KB078558

풍운사일

박선우 新무협 판타지 소설

풍운사일 1

박선우 新무협 판타지 소설

초판 1쇄 찍은 날 § 2014년 7월 28일
초판 1쇄 펴낸 날 § 2014년 8월 4일

지은이 § 박선우
펴낸이 § 서경석

편집부장 § 권태완
편집책임 § 정수경

펴낸곳 § 도서출판 청어람
등록번호 § 제387-1999-000006호
등록일자 § 1999. 5. 31
어람번호 § 제2-2522호

주소 § 경기도 부천시 원미구 부일로 483번길 40 서경B/D 3F (우) 420-822
전화 § 032-656-4452 팩스 § 032-656-4453
http://www.chungeoram.com
E-mail § chungeorambook@daum.net

ⓒ 박선우, 2014

ISBN 978-89-251-9138-0 04810
ISBN 978-89-251-9137-3 (세트)

풍운사일

박선우 新무협 판타지 소설

FANTASTIIC ORIENTAL HEROES

1

풍운사일

CONTENTS

서장

바람의 전설

　천무삼십팔맥.

　천하에는 수많은 문파가 난립해 있으나 그중 독보적인 세력과 영역을 구축한 문파들을 두고 사람들은 천무삼십팔맥이라 불렀다.

　신비와 은둔 속에 잠들어 있는 구대문파.

　세상 속의 잠룡 칠대세가.

　전통의 강호 호천십문.

　패력으로 급격히 세력을 확장하고 있는 십이무맹이 바로 그들이었다.

역사상 무력의 기운이 가장 왕성해진 현 무림은 절정고수들이 천하를 질주했고, 세력과 세력이 부딪치며 끝없이 피를 흘리는 혼돈의 시대로 변해 있었다.

그럼에도 철저하게 힘의 균형이 지켜질 수 있었던 것은 강력한 서른여덟 개의 세력이 서로를 견제하며 자신의 영역을 지켰기 때문이다.

그러나 사람들은 알고 있다.

이렇듯 팽창된 힘은 언젠가 터지고 만다는 것을.

천하인이 모두 아는 사실을 어찌 당사자들이 모르겠는가.

암천(暗天).

바람을 따라 돌며 세상에 알려진 삼십팔무맥의 정화를 천하인은 통칭해서 암천이라 불렀다.

물론 세력마다 불리는 이름은 달랐으나 세인들은 암천이라는 이름 하나로 그들의 무서움을 한껏 가슴에 새겨야 했다.

어둠 속의 하늘.

각자의 세력 중에서 가장 강한 신진들로 구성된 비밀병기.

그들의 무력이 어느 정도인지 알려진 바는 없으나 은밀하게 전해진 소문에 의하면 암천은 천하를 분할하고 있는 삼십팔무맥의 수장들이 직접 비전을 전수했고, 어려서부터 갖가지 영약을 투입하여 내력의 한계를 측정하기 어려울 지경이라 전한다.

비수가 되어 적의 심장을 찌르기 위해 키워진 자들.

언젠가 들이닥칠 전쟁에서 마지막 순간에 승패를 결정할 수 있을 만큼 강력한 무력을 지닌 무인들.

먼 훗날 바람의 전설이 되어 무림 역사를 새롭게 쓴 이름.

그들을 두고 사람들은 암천이라 불렀다.

1장

귀환

"다 왔구나, 운호야. 고생이 많았다."

고사리만 한 손을 이끌며 사부님은 빙긋이 웃고 멀리 보이는 산문을 가리켰다.

멀고 먼 길을 돌아 보름 동안 걸어온 길의 마지막에 나타난 산문은 금방이라도 쓰러질 것처럼 초라했지만, 사부는 지쳐 말조차 꺼내지 못하는 자신을 향해 기쁜 얼굴을 숨기지 않았다.

고향.

오랜 외유 끝에 돌아와 산문을 바라보는 사부의 눈은 온통 그리움으로 가득 차 있었다.

산길은 언제나 그렇듯 가까워 보였지만 생각보다 많은 시간을 필요로 했다.

구불구불한 길을 걸어 거의 반 시진이 지나서야 산문에 도착할 수 있었다.

숨이 턱까지 올라와 제대로 내쉬기 어려웠으나 운호는 우뚝 멈춰 서서 산문을 바라보는 사부의 모습에 힘든 표정을 숨겼다.

어느덧 사부의 눈에서는 진하고 굵은 눈물이 흐르고 있었다.

농사꾼이 애써 가꾼 밭에 새겨진 고랑처럼 수많은 주름이 덮여 있는 사부의 얼굴은, 흘러내리는 눈물을 똑바로 흐르지 못하게 막아 좌우로 흩뿌리게 만들었다.

격정.

끄트머리에 선 사부의 오랜 인생이 갑작스럽게 찾아온 감정을 누르지 못하고 힘없이 무너지고 있었다.

사부의 눈이 머무는 곳.

산문 좌측에 놓인 거암에 웅혼하게 쓰여 있는 글씨가 사부의 눈을 움직이지 못하도록 만드는 것이 분명했다.

바위는 아홉 살밖에 되지 않은 자신에게조차 알 수 없는 위엄을 내보이며 당당히 서 있었는데, 오랜 세월의 풍상으로 깎이고 희미해졌으나 그 위엄은 전혀 손상되지 않았다.

글을 모르기 때문에 무슨 내용인지는 알지 못했지만 운호는 글씨에서 뿜어져 나오는 위엄을 이겨내지 못하고 간신히 다잡은 호흡을 결국 흩트리고 말았다.

기이한 경험이었다.

오랜 시간 떨리는 몸으로 눈물을 흘리던 사부가 서서히 바위를 향해 다가섰다.

조심스러웠다.

얼마나 조심스럽게 행동하는지 운호는 바짝 마른 입술을 향해 혀를 내밀어야 했다.

바위에 다다른 사부의 손이 글씨를 따라 느리게 움직여 나갔다.

갓난아이의 손발을 만지는 것처럼 부들부들 떨리는 손.

가슴을 차지하고 있는 격정으로 인해 제대로 움직이지 못했지만 손은 글씨의 획을 따라 끊임없이 흘러내렸다.

사부의 모습은 오랫동안 헤어져 지낸 어머니를 찾은 불효자의 모습처럼 안타까움과 미안함이 절절히 배어 있었다.

다시는 헤어지지 않겠다는 마음이 절절히 울려 나왔고, 오랜 사랑 또한 숨기지 못했다.

얼마나 오랜 시간이 지났을까.

영원히 움직이지 않을 것 같던 사부가 바위에서 떨어져 나와 절을 하기 시작했다.

한 번, 두 번…….

사부의 절은 쉽게 끝나지 않았다.

왜 저렇게 많은 절을 하는지 이해하지 못했으나 말릴 엄두
가 나지 않아 그저 지켜보는 수밖에 없었다.

"운호야."

"예, 사부님!"

등을 보인 채 갑작스럽게 불렀기 때문에 운호는 큰 목소리
로 대답하고 말았다.

엄숙했던 분위기와 전혀 어울리지 않은 목소리.

그러나 사부님은 책하는 대신 옆으로 운호를 오게 한 후 다
시 입을 열었다.

"무릎을 꿇어라."

"이렇게요?"

"그래, 잘했구나."

운호가 사신과 똑같은 자세로 무릎을 꿇자 노안에 희미한
미소가 피어올랐다.

그는 운호를 만난 후 항상 이런 미소를 지었다.

"운호야, 너는 이 글씨가 뭔 줄 아느냐?"

"몰라요……."

언제나 그렇듯 부끄럽다.

글을 모른다는 건 자랑이 아니기에 운호는 인자한 미소를
짓는 사부를 향해 부끄러운 얼굴로 말끝을 흐렸다.

그러나 사부는 미소를 지우지 않은 채 부드러운 음성으로
말을 이었다.

"이 글씨는 사부의 사문을 나타내는 이름이다. 따라서 읽어라. 점, 창."

"점, 창."

"그렇다. 사부의 사문이며 너의 사문이기도 하다. 앞으로 네가 살아갈 곳이며 너를 책임질 곳이니 영원히 가슴속에 묻어야 할 것이다."

"알았어요."

"점창의 명예는 한없이 높고 푸르니 너는 이 이름을 한시도 잊어서는 안 된다. 알겠느냐?"

"네, 사부님."

그 말이 무엇을 의미하는지 알지 못했으나 운호는 고개를 끄덕이며 분명하게 대답했다.

몸을 일으켜 산문으로 들어서자 끝이 보이지 않는 활엽수와 수명을 추측하기 어려울 정도의 노송들이 그들을 맞이했다.

길은 여전히 좁고 구불거렸으며 매우 가팔라 사부는 운호의 손을 꼭 잡은 채 조심스럽게 걸음을 옮겼다.

거친 산길을 따라 걷는 노인과 소년의 모습은 너무나 다정스러워 그림처럼 아름답게 보였다.

명공의 손에 의해 그려진 그림이 있다면 이런 풍경일 것이다.

그러나 그 광경은 오래 지속되지 못했다.

시간이 갈수록 운호의 입에서 가쁜 숨소리가 새어 나오며 허리가 구부러지기 시작했다.

"헉, 헉……."

느린 발걸음이었으나 가파른 산길을 걷기에는 아직 육체가 영글지 못했기에 운호는 사부의 손을 꼭 잡고 비틀거리는 다리를 제어하느라 비지땀을 흘렸다.

힘들다는 시늉이라도 하련만 운호는 입을 열지 않은 채 가쁜 숨을 몰아쉬며 앞만 보고 걸었다.

자신보다 훨씬 힘들어 보이는 사부의 육신.

손을 잡은 주름진 손은 앙상하고 구부러진 허리가 안타깝다.

사부조차 힘든 것을 숨기는 마당에 제자가 먼저 힘들다는 말을 꺼내기엔 그의 심성이 너무나 곱고 바르다.

"힘든 모양이구나."

"헉헉, 괜찮아요."

"괜찮긴, 사문의 길은 예전부터 무척이나 험난했다. 나도 이렇게 힘든데 너는 오죽하겠느냐. 잠시 쉬어가자꾸나."

"……예."

사부가 걸음을 멈추자 운호가 얼른 등에 멘 봇짐을 풀어 땅에 내려놓았다.

사부의 옷이 더러워지지 않도록 깔고 앉을 수 있게 평편한

곳을 골라 자리를 마련했다.

사부는 스스럼없이 자리에 앉아, 말없이 서 있는 운호를 무릎 사이로 끌어안았다.

사부의 늙은 품은 좁고 메말랐으나 운호를 품기에는 부족함이 없었다.

운호를 바라보는 사부의 눈은 손주를 보는 것처럼 더없이 은혜로웠다.

제자로 맞이한 지 불과 한 달밖에 지나지 않았지만 보면 볼수록 심성이 곱고 심지 또한 강한 아이였다.

힘들어하는 것을 보면서도 일부러 외면한 것은 운호의 자세를 확인하기 위함이었다.

늙은이의 걱정.

늙으면 고집이 커지고 집착이 강해진다고 하는데 자신이 꼭 그 짝이다.

일흔이 다 되어 얻은 어린 제자가 풍족한 의지로 무의 세계에 다가서기를 바라는 욕심은 머리를 흔들 정도로 컸다.

아홉 살의 나이.

또래보다 훨씬 작은 체구.

얼마나 못 먹고 자랐는지 갈비뼈가 고스란히 드러날 정도로 바짝 마른 아이에게서 도대체 무엇을 원하고 있는 걸까.

그럼에도 이런 경우가 생길 때마다 운호의 행동을 지켜보는 것은, 앞으로 다가올 역경과 당당히 맞서 싸울 수 있는 토대를 마련해 주고 싶기 때문이다.

그러나 생각과 다르게 마음은 여지없이 아파왔다.

앉으라는 말을 하지 않고 있자 그저 힘든 몸으로 자신만 바라보고 있는 아이.

가쁜 숨을 몰아쉬는 운호를 향해 사부가 손을 내밀었다.

품으로 끌어당겨 안자 운호는 힘들었던 몸을 기대며 축 늘어졌다.

"운호야."

"예, 사부님."

"이제 반 시진 정도만 가면 사형제들을 볼 수 있겠구나."

"사형제가 뭐지요?"

"그들은 너의 가족이란다."

"가족······."

사부의 입에서 가족이란 말이 나오자 운호가 되뇌며 당황스러운 표정을 지었다.

천애고아인 그에게 가족이란 단어는 매우 생소한 것이었으니 어찌 보면 당연한 반응이다.

그런 운호의 머리를 사부는 손을 들어 쓰다듬었다.

생소하기도 하고 두렵기도 하겠지.

세상으로부터 버림받은 삶 속에서 얼마나 많은 불행을 당했겠느냐.

하지만 이제는 그런 일이 생기지 않게 만들어주마.

"운호야, 저 하늘이 너무나 푸르구나."

"손가락으로 찌르면 물이 나올 것 같아요."

"허허, 꼭 맞는 비유구나. 네 말을 들으니 정말 그럴 것도 같구나."

"그럴까요?"

"껄껄껄!"

맑게 웃는 운호를 보는 사부의 입에서 유쾌한 웃음이 흘러나왔다.

가끔 가다 보이기 시작한 운호의 웃음이 수많은 사연을 간직하며 굴곡진 인생을 살아온 자신에게 한줄기 빛이 되고 있었다.

이 아이의 웃음이 지속되기를 진정으로 바랐다.

"운호야, 점창의 하늘은 더없이 푸르고, 점창을 둘러싼 나무와 바위 역시 고결하기 그지없단다. 너는 앞으로 네가 살아갈 이곳 점창처럼 광명정대하고 웅혼한 기상을 키울 수 있겠느냐?"

"그럴 수 있어요. 사부님만 옆에 있어 준다면."

"내 나이 벌써 예순아홉이다. 늙어빠진 몸을 이끌고 꿈에 그리던 사문으로 돌아왔으니 이제 죽어도 여한이 없다. 그런 내가 너에게 해줄 수 있는 게 무엇이 있겠느냐."

"사부님……."

"너의 삶을 사부에게 기대는 순간 너는 진정한 무인으로 성장할 수 없다. 사내의 삶은 스스로 개척해 나가야 하는 법이란다. 더욱 굳건한 의지를 키우지 못하면 강호는 물론이고 사문에서조차 배척받는 자가 될 것이다. 무슨 뜻인지 알겠느냐?"

"……예."

부릅뜬 눈으로 쳐다보자 운호가 눈을 내리깔며 억지로 대답했다.

그 모습에 눈가가 뿌옇게 흐려왔다.

자신이 거두었으니 이 아이가 믿는 사람은 자신밖에 없다.

그럼에도 시간이 날 때마다 이토록 냉정하게 말하는 것은 남아 있는 수명이 그리 많지 않다는 것을 직감하고 있기 때문이다.

자신의 삶이 불행했던 만큼 이 아이의 삶은 불행하게 되지 않기를 간절히 바란다.

제자로서 사부를 믿는 것이 어찌 잘못된 일일까.

그럼에도 자신은 말도 안 되는 소리를 하며 운호를 향해 화를 내었다.

주고 싶어도 주지 못하는 자신의 운명.

그 운명이 저주스러웠다.

"잠시 멈추시오!"

쉬었던 걸음을 다시 옮겨 일각 정도 산길을 따라 걸었을 때, 나지막하면서도 강렬한 음성이 그들의 발길을 막았다.

왼편 바위에 걸터앉은 사내에게서 흘러나온 것이다.

흑색 무복을 입은 사내는 서른은 훌쩍 넘었고 마흔에는 모자라 보였는데, 왼손에 검을 잡은 채 여유 있는 자세로 그들을 내려다보고 있었다.

불경하다는 생각이 들지 않은 것은 사내의 얼굴에 담겨 있는 부드러운 미소와 그의 몸에서 은은하게 새어 나오는 자유로움 때문임이 분명했다.

"어르신께서는 점창에 볼일이 있는 분이시군요. 저에게 미리 말씀해 주시면 무슨 일인지 도와드릴 수 있을 것 같습니다만."

"당연히 도와야지."

흑의 사내가 자리에서 일어나며 묻자 운호의 손을 잡고 있던 사부에게서 반가운 눈빛이 흘러나왔다.

더불어 그의 얼굴에는 왜 이제야 나타났느냐는 가벼운 질책도 함께 묻어 있었다.

"자네는 누군가?"

"운학이라 하옵니다만."

"운학이라……. 사부의 명호는 어떻게 되는가?"

다짜고짜 사부가 누구인가를 묻는 노인을 향해 나타난 사내는 슬쩍 웃음을 거뒀다.

그리고는 노인의 얼굴을 유심히 바라본 후 천천히 입을 열었다.

"청 자, 현 자 쓰십니다."

"청현… 그는 잘 있느냐?"

"저의 사부님을 아시는 모양이군요. 뉘신지 여쭤봐도 되겠습니까?"

"쯧쯧쯧, 사문의 존장도 몰라보다니. 하긴 내가 산을 떠난 시간이 너무나 오래되었으니 어찌 너를 탓하겠느냐. 나는 청곡이라고 한다."

불쾌하게 변해가던 사내의 표정이 순식간에 귀신을 본 것 같은 얼굴로 바뀌었다.

점창에 적을 둔 자로 어찌 청곡이란 이름을 모를 것인가.

오랜 세월이 지났다 해도 청곡이란 이름은 너무나 큰 것이었다.

"청곡 사백이시라고요? 정말이십니까?"

"그렇다."

그러나 놀란 얼굴로 노인의 정체를 확인하던 사내가 원래의 표정으로 되돌아온 것은 그리 길지 않았다.

명문의 직전제자가 가져야 하는 침착함이 그의 모습에 고스란히 배어 있다.

"점창은 그 신분을 확인할 수 있는 신물을 가지고 있습니다. 확인할 수 있겠습니까?"

"당연한 말이로다."

노인의 손이 등 뒤로 돌아가자 운학의 시선이 날카롭게 변했다.

무인의 손이 시선에서 사라진다는 것은 매우 위험한 일이기 때문이다.

그렇게 운학은 침묵 속에서 노인의 손이 다시 앞으로 나올 때까지 기다렸다.

노인은 운학의 기다림은 상관없다는 듯, 아주 느린 손길로 등 뒤에서 천으로 감싼 기다란 물건을 꺼내 들었다.

천이 아래로 흐른 후 나타난 것은 낡은 검집에 싸인 고검.

검을 꺼내지 않아도 운학의 눈길이 무섭게 변했다. 점창의 검은 확인하지 않아도 알 수 있는 법이고, 이제 거의 전설이 되어버린 흑룡검갑은 점창 역사상 최고의 무재로 꼽히던 청곡의 상징이기 때문이다.

설마 하던 그의 눈이 찢어질 듯 부릅떠졌다.

"운학이 사백님을 뵈옵니다."

두 사람이 하는 행동을 보며 운호가 눈을 끔벅거리고 있을 때, 운학이 커다란 목소리와 함께 노인을 향해 절을 올렸다.

그의 행동엔 한없는 공경이 배어 있었고, 옷이 황토에 더럽혀지는 것조차 개의치 않았다.

운호는 운학을 바라보다 느긋한 모습으로 서 있는 사부를 향해 고개를 돌렸다.

사부가 지금까지 자신의 정체에 대해 언급한 것은 오직 점창 사람이란 것뿐이다.

청곡이라는 도호는 생소했고, 점창 내에서도 꽤나 높은 배분이라는 것 역시 처음 알았다.

아직까지 땅에 무릎을 대고 있는 운학은 진정으로 놀란 얼굴을 하고 있었는데, 청곡의 출현이 그만큼 충격적이었던 모양이다.

"사부께서는 저에게 사백의 이야기를 수없이 하셨습니다. 언젠가는 돌아오실 거라며, 사백께서 떠나실 때 손을 잡아주셨다는 초량암을 매일 들르다시피 하셨습니다. 사부께서는 사백을 무척이나 그리워하셨습니다."

"허허, 청현의 마음이 그리 여리니 너희가 꽤나 힘들었겠구나."

"아니옵니다."

"이 아이는 운호라고 한다. 내가 제자로 들였으니 너하고는 사형제가 되겠구나."

"아, 그렇습니까."

어리둥절한 모습.

청곡의 배분이라면 그 제자는 자신보다 훨씬 연장자여야 정상이다. 그런데 입김만 불어도 쓰러질 것만 같은 아이를 제자라고 소개하자 운학은 대답을 해놓곤 찬찬히 운호를 뜯어봤다.

그런 운학을 향해 운호가 서둘러 인사를 했다.

"앞으로 잘 부탁드려요."

"하하하, 그래. 우리 잘 지내보자꾸나."

의외였을 게 분명함에도 운학은 금방 맑은 웃음을 지었다.

어떤 사정인지는 나중에 알아봐도 된다는 생각에 그는 어린 사제의 손을 꼬옥 잡은 채 한참 동안 눈을 들여다보았다.

눈을 보면 그 사람이 가진 것을 대충이나마 알 수 있기 때문이다.

하지만 청곡은 운학에게 더 이상 시간을 주지 않았다.

"장문인께서는 잘 지내시느냐?"

"장문인께서는……."

"왜 그러느냐?"

"며칠 전 편지 한 통을 써놓으시고 떠나셨습니다."

"어디로?"

"마지막 심득을 얻어 좋은 세상으로 가겠다며 찾지 말라 하셨습니다. 아마 산 어딘가에 거처를 마련하신 것 같습니다."

"이런, 점창의 병이 또 도진 게로구먼."

청곡이 한심스럽다는 얼굴로 중얼거리자 운학이 슬쩍 미소를 지으며 고개를 돌렸다.

그 역시 선조들이 해오던 기행을 너무나 잘 알고 있었기에 당황한 표정은 짓지 않았으나, 오랜만에 돌아온 사백이 혀를 차자 뻣뻣하게 마주 대하기는 무안했던 모양이다.

그럼에도 입을 열어 산에서 벌어지고 있는 일들에 대해 말하는 건 잊지는 않았다.

"상청궁에서 그 때문에 장로회의가 열리고 있는 중입니다."

"쯧쯧, 가보자. 앞장서거라."

"예, 사백."

청곡의 손짓에 몸을 돌린 운학은 유운신법을 펼쳐 바위를 짚고 순식간에 오 장을 전진했다. 그러다 이상한 기색을 느끼고는 뒤로 돌아본 후 곤혹스러운 표정을 지었다.

유운신법은 명칭대로 구름이 흘러가는 것처럼 부드럽고 표홀해서 전진과 후퇴가 자유롭고 적은 내공으로도 험한 지형과 먼 거리를 이동할 수 있는 절학이었다.

점창에 몸을 담은 제자들이 유운검법과 더불어 가장 기본으로 배우는 공부였다.

물론 그 깊이에 따라 효능의 차이가 극명하게 나타나지만 일정 수준까지는 큰 차이가 없기 때문에 점창 사람은 대부분 이동 시 유운신법을 펼쳤다.

그런데 청곡 사백과 그의 손을 꼭 잡고 있는 꼬마는 그러지를 못하고 있었다.

당연히 청곡 사백이 아이를 안고 신법을 펼칠 것이란 생각을 했지만, 사백은 제자리에서 불과 다섯 발자국 옮긴 상태에서 어색한 웃음을 짓고 있었다.

아, 이런 바보 같은 짓을.

그때서야 청곡 사백에 대한 사부의 말이 머리를 때렸다.

역대 점창 무인 중에서 손가락에 꼽힌다는 천고의 기재.

점창의 최후 절예인 사일검의 마지막 초식, 회풍무류를 익히다 내력이 역행되어 모든 내공을 잃었다고 했던가.

그 충격으로 인해 점창을 벗어나 세상을 전전하며 스스로를 혹사시켰다던 불운의 천재가 바로 청곡이었다.

그런 사실을 깜박하고 신법을 펼쳐 움직였으니 결례도 이런 결례가 없었다.

다시 몸을 날려 다가온 운학은 아무런 말 없이 정중하게 고개를 숙인 후 청곡의 손에 잡혀 있는 운호에게 손을 내밀었다.

"아이를 저에게 주시면 조금 덜 힘드실 것 같습니다."

"그리하는 게 좋겠구나. 운호야, 사형의 등에 업히거라."

"아니에요. 걸을 수 있어요."

"네 사형의 무공이 깊으니 등에 업히면 편하게 갈 수 있을게다."

"저는 사부님과 함께 걷는 게 좋아요."

"이런, 쯧쯧. 사부 말을 들으래도."

"……."

청곡이 혀를 찼음에도 운호는 아무 말 없이 사부를 바라보기만 했다.

그 눈엔 헤어짐을 싫어하는 고집이 담겨 있었다.

"그냥 천천히 걸어가시지요. 먼 거리도 아니니 사제 말처럼 걸어가는 게 좋겠습니다."

운호를 바라보는 운학의 얼굴에 훈훈한 미소가 피어올랐다.

사부를 먼저 생각하는 제자의 마음.

자신도 어린 시절 그러했다.

목숨을 주어도 아깝지 않을 만큼 사랑하는 사부님.

그분이 힘든 것을 보면서 자신이 편해진다는 것은 한 번도 상상해 보지 않았으니 운호의 마음을 충분히 이해할 수 있었다.

그랬기에 운학은 두 사제의 말다툼을 말리지 않고 천천히 걷기 시작했다.

말린다고 해결될 대화 내용이 아니었다.

서로를 사랑해서 달리 주장하는 말이 어느 게 맞고 어느 게 틀리겠는가.

오직 거기에는 곱고 고운 따뜻함만이 있을 뿐이다.

점창.

구대문파 중의 하나로서 칠백 년의 역사를 지닌, 명문 중의 명문이다.

현재에 들어 무림을 장악한 문파들은 점창의 역사를 폄하하느라 개파의 시기를 이백여 년 전으로 주장하고 있으나 도도한 점창의 역사는 오랜 시간 동안 장구하게 흘러왔다.

점창의 특징은 다른 구대문파와는 다르게 불교나 도교에 완전히 예속되지 않는다는 데 있었다.

굳이 표현하자면 불교에서 태동했고, 도교의 무공과 실전적인 무예로 이동해 간 경우이다.

그중 점창을 상징하는 사일검법은 점창의 기풍을 극명하게 알려주는 실전검법으로 천하일절이다.

무림에서 실전검법이 천하일절로까지 불린 이유는 사일검법이 역사와 전통을 자랑하는 점창에서 생성되었기 때문이다.

점창의 칠백 년 역사 속에서 면면히 이어져 온 무인들의 혼이 사일검법에 고스란히 담겨져 있기에 실전검법임에도 불구하고 천하일절로 불릴 만큼 강력한 위력을 담고 있다.

점창의 초인들은 각자의 능력에 맞추어 사일검법에 자신의 검을 담음으로써 수많은 초식이 태어났다 사라져 갔다.

만류귀종이라고 했던가.

현재 사일검법을 이루는 일곱 초식은, 오백 년 전 당대 천하제일인이었던 십팔대장문인 태청자가 그때까지의 이론과 선조들이 구성한 초식을 집대성해서 뼈대를 만든 것이다. 그 후 삼백 년 동안 수많은 점창의 무인이 혼을 담아 계승, 발전

시킴으로써 아홉 초식으로 완성되었다.

특히 여덟 번째 초식인 분광천하와 아홉 번째 초식인 회풍무류는 무림 역사상 가장 강한 무인 중 하나로 손꼽히는 검제 무진자가, 임종을 앞두고 자신이 평생 얻은 심득을 집대성해 만들었다고 알려진 무적의 검공이었다.

그러나 사일검법이 완성된 후 극에 달하도록 익힌 무인은 단 한 명에 불과했다.

백 년 전 점창을 무림의 태두로 만들며 천하제일인으로 우뚝 섰던 만천자가 바로 그다.

태양을 베어버린 검.

대막과 사천, 청해, 운남을 장악한 후 거침없이 중원으로 진격하던 천왕성주 요광의 앞을 가로막은 채 하늘에 떠 있는 태양을 베어버린 전설은 무림오대사건 중 하나로 생생히 기억될 정도다.

그 당시 천왕성의 전력은 가히 폭풍과 같아 무림은 바람 앞의 등불과 다름없었다.

수많은 문파가 소멸되었고, 수많은 무인이 피를 흘리며 쓰러져 갔다.

결국 소림을 중심으로 연합군이 구성될 즈음, 천왕성과 가장 가까운 위치에 있던 점창이 홀로 일어나 그를 가로막았다.

중원으로 들어서는 운남의 길목을 지킨 삼백의 점창 무인.

그들의 위용은 비록 오천에 달하는 천왕성의 압도적인 병력에 의해 결국 소멸되고 말았지만 거의 칠 할에 달하는 적을 주살했고, 만천자는 성주인 요광의 두 다리를 자름으로써 천왕성의 야욕을 꺾어버렸다.

천하인은 그 사건이 있은 후 무림을 구한 점창에게 황금패를 만들어 바침으로써 무림의 태두가 점창임을 공공연하게 인정했다.

하나, 영광 뒤에 남은 상처는 커도 너무 컸다.

천왕성주 요광과의 전투에서 얻은 내상으로 만천자가 불과 삼 년 만에 세상을 떠났고, 주력 무인 대부분이 유명을 달리한 점창은 그때부터 줄곧 세력이 축소되어 현재는 구대문파의 말석에서 간신히 이름만 차지하고 있는 실정이다.

상청궁.

뿌리가 도교는 아니나 도교에 적을 두었으니 점창의 중심에는 원시천존을 모신 상청궁이 떡하니 지어져 있었다.

건물을 모두 합쳐 봐야 스무 채가 되지 않았고 상청궁을 제외한 나머지는 뿔뿔이 흩어져 있었는데 그 규모가 상청궁의 절반도 되지 않았다.

운학이 앞장서서 상청궁으로 들어설 때 시끌벅적한 소리가 문을 통해 마당으로 흘러나왔다.

누구 한 사람의 소리가 아니라 여러 명이 동시다발적으로 떠들고 있었기 때문에 몇 사람이 말하는지 헷갈릴 정도였다.

운학이 입맛을 다시는 청곡을 확인한 후 고개를 설레설레 흔들었다.

오랜만에 돌아온 사문에서 갑론을박이 벌어지고 있으니 당황스럽기도 하련만 청곡 사백은 그저 입맛만 다시고 있다.

눈치를 보니 청곡 사백이 점창에 있을 때부터 흔히 볼 수 있는 일이었음이 분명했다.

"제자 운학이옵니다!"

"나중에 와! 장로회의 때는 오지 말라고 했잖아, 이놈아!"

"급한 일입니다."

"허어, 그놈. 나중에 오라니까!"

운학이 물러서지 않고 재차 말을 하자 문이 왈칵 열리며 백발이 성성한 노인이 고함을 쳤다.

나타난 노인은 앙상한 몸매를 지니고 있었는데, 고함을 치면서도 마당에 서 있는 사람들을 매섭게 훑어보는 걸 잊지 않았다.

장로회의가 있는 날에는 그 누구도 상청궁에 접근하지 않는 것이 불문율인데 운학이 찾아왔다는 것은 그만한 일이 생겼다는 뜻이다.

몸을 일으키지 않은 상태에서 눈을 부라리던 그가 자리에서 벌떡 일어나 대청마루로 나선 것은 청곡과 시선이 마주친 후였다.

"청곡… 사… 형?"

"청면, 반가우이."

"아이고, 사형!"

청면자가 맨발로 마당을 향해 뛰어내렸다.

그는 귀신을 본 것 같은 얼굴을 하고 있었는데, 얼마나 감격스러웠는지 청곡자를 안은 몸이 덜덜 떨리고 있었다.

밖에서의 소란은 안에서 벌어지던 말싸움을 그치게 만들었고, 곧이어 말소리의 주인들을 나타나게 만들었다.

마루에 모습을 드러낸 노인은 모두 일곱.

모두 머리가 하얗게 세었고 허리마저 구부정할 정도로 나이가 든 노인이었다.

마루에 나타난 노인 중 넷이 청면자가 안고 있는 청곡을 확인한 후 마당으로 뛰어내렸다.

그들 또한 청면자처럼 반가움으로 인해 눈물을 보이며 그의 손을 놓지 못했는데, 모두 격정에 겨워 제대로 말조차 잇지 못했다.

그러나 나머지 세 노인은 꼿꼿이 서서 움직이지 않았다.

중간에 선 노인은 마당에서 벌어지고 있는 감격적인 해후를 더 이상 지켜보기 싫다는 듯 커다랗게 고함을 쳐서 소란을 잠재워 버렸다.

"청곡, 여기엔 뭐하러 왔느냐!"

"사형……."

"내가 어찌 네 사형이란 말이냐? 맘대로 떠난 게 벌써 삼십 년 전이다! 당장 내 눈앞에서 꺼져라!"

"사형, 보고 싶었소."

"홍, 입에 발린 소리 하지 마라!"

"내가 어찌 사형을 잊을 수 있겠소. 밤마다 자리에 누우면… 사형에게 미안한 마음 때문에 미칠 듯 괴로웠소."

"점창은 가고 싶으면 가고 오고 싶으면 올 수 있는 곳이 아니다."

"청허 사형, 노여움을 풀어주시오. 사형이 아니면 누가 나를 반겨준단 말이오. 이제 소제는 병들고 늙어 갈 곳이 없소."

"미친놈!"

이를 악다문 청허자의 눈이 시뻘겋게 충혈되었다.

그토록 사랑했던 사제.

시들어가는 점창의 유일한 희망이었고, 자신을 대신해 점창의 미래를 이끌어갈 대들보였다.

그가 원하는 모든 것을 이뤄주기 위해 노력했고, 그의 무력이 한 단계씩 높아질 때마다 자신의 일인 양 기뻐했다.

그런 사제가 마지막 관문을 넘어서지 못하고 폐인이 되었을 때 얼마나 괴로워했던가.

무너져 가는 사문.

그 사문의 마지막 희망이 무너지는 것을 보며 청자배 대사형 청허는 숨이 끊어지는 것 같은 고통을 느껴야 했다.

그런 청곡이 삼십 년 만에 불구의 몸이 되어 자신의 앞에 나타나 있으니 만감이 교차했다.

옆에서 차마 마당으로 내려서지 못하고 울고 있는 사제들은 청문과 청현이었다.

청곡과 가장 커다란 인연을 가진 사람들.

아들과도 같았던 청현.

비록 사제의 신분이었으나 청현은 청곡을 아버지처럼 따르며 남다른 정을 보였다.

청곡이 떠난 후 매일같이 헤어졌던 곳을 찾은 것은 그만큼 그에 대한 그리움이 크기 때문일 것이다.

그리고 또 하나의 인물 청문.

청현이 가족의 정으로 그리워했다면 청문은 우상을 잃어버렸다는 괴로움에 시달렸다.

현재 점창 최고수에 이름을 올려놓고 있는 청문은 어릴 적 청곡의 일거수일투족을 모두 따라 할 정도로 그를 우상으로 삼았는데, 청곡이 떠난 후 한동안 수련을 멈출 정도로 방황의 세월을 보내야 했다.

그런 사람들이니 청곡을 바라보는 감정이 어찌 단순할 수 있겠는가.

2장

슬픈 인연

"저 아이는 누구냐?"

사제들의 간곡한 청에 의해 청곡자를 방으로 들인 청허자
가 운호를 바라보며 물었다.

얼굴에는 말라비틀어질 만큼 가녀린 운호에 대한 못마땅
함이 한가득 담겨 있었다.

"얼마 전 제자로 들인 아입니다."

"허허……."

못마땅함이 한층 커졌다.

제 앞가림도 못할 정도로 엉망인 청곡자가 제자를 들였다
고 하자 기가 막혀 말도 나오지 않는 모양이다.

"어디에서 만났느냐?"

"용현에서입니다. 부모를 잃고 넋이 나가 있더군요."

"자넨 도대체… 저 아이를 어쩔 생각으로……."

"사문에 맡길 생각이었습니다."

처연한 미소를 지으며 청곡자가 대답했다.

무슨 뜻으로 물었는지 너무나 잘 알기에 청곡자의 얼굴에는 미안함이 가득했다.

사형은 자신의 삶이 얼마 남지 않은 것을 단박에 알아채고 운호의 처분을 물었음이 분명했다.

너무나 무책임한 대답이었다.

사부로서 제자의 앞길을 장담하지 못한다는 것은 참으로 슬픈 일이었다.

그랬기에 방에 있는 모든 장로의 입에서 안타까운 한숨 소리가 동시에 흘러나왔고, 한동안 깊은 침묵이 자리했다.

침묵을 깬 것은 좌중을 이끄는 청허자였다.

"무슨 말인지 알겠다. 너는 여전히 무책임하고 뻔뻔한 짓을 골라 하는구나."

"죄송합니다, 사형."

"흥! 운학이 게 있느냐!"

"예, 여기 있습니다."

청허자가 소리쳐 부르자 밖에서 운학의 대답이 들려온 후 방문이 열렸다.

운학은 안에서 벌어지는 일이 궁금해서 자리를 뜨지 못한 모양이었다.

"이 아이를 데리고 나가서 씻긴 후 쉬게 하거라."

"그리하겠습니다."

고개를 조아렸지만 운학은 떨떠름한 얼굴이었다.

운호를 데리고 나가라는 것은 더 이상 밖에서 장로들이 하는 말을 듣지 말라는 것과 다름없었다.

오늘의 장로회의는 다른 날과 다르게 흥미 있는 내용이 많았기 때문에 들어놓으면 사형제들에게 어깨를 으쓱거릴 수 있었을 텐데 여우 같은 사백은 운호를 핑계대어 그를 내쳤다.

운학이 운호를 데리고 나가자 청허자가 살쾡이 같은 눈으로 청곡을 노려보더니 커다랗게 헛기침을 한 후 말문을 열었다.

"청곡의 일은 나중에 논하고 눈앞에 벌어진 일부터 해결해야 되겠다. 청문 사제는 이 일을 어떻게 할 생각인가?"

"사형, 장문인께서 자리 비운 걸 왜 자꾸 저에게 떠넘기려 하십니까."

"그럼 자네가 찾아오든가!"

"그런 억지가 어디 있습니까."

"청면 사제."

"예, 사형."

"청문이 나보고 억지를 쓴다고 하는군. 자네 생각은 어떤가?"

"장문인을 찾기는 어려울 것이라고 생각됩니다."

"어째서?"

"과거 장문인치고 도망친 후 나타나신 분이 있습니까?"

"없었지."

"특히 이번 장문인이신 청학 사형은 과거 어떤 장문인보다 그 심계가 깊으신 분입니다. 우리가 찾을 만큼 허술하게 숨지 않았을 겁니다."

"내 말이 그 말일세. 장문인을 찾기가 요원해진 이상 점창에는 새로운 장문인이 필요하단 말일세. 해결책이 필요하지 않겠나!"

"당연한 말씀입니다."

"어찌하면 좋을꼬?"

"소제는 점창의 하늘이 언제나 푸르기를 원하고 있습니다."

"뜬구름 잡는 소리 말고!"

"청문이라면 점창의 하늘을 푸르게 만들 수 있을 것입니다."

"바로 그거야. 내 말이 그 말일세!"

의미심장한 표정을 지으며 청면자가 분명하게 말을 끊자 청허자가 무릎을 쳤고, 다른 장로들이 슬그머니 미소를 지은 채 헛기침을 해댔다.

불똥이 청문자에게로 향하자 장로들은 지금까지의 심각했던 표정을 지우고 여기저기서 동조하는 말을 쏟아냈다.

청자배 돌림의 사형제는 여기 있는 아홉과 장문인 자리를 팽개치고 도망친 청학까지 모두 열 명이었다.

물론 속가를 합하게 되면 그 숫자는 훨씬 많아지겠지만 본산 직전제자는 이들이 전부였다.

그중 장문인직을 맡았던 청학은 두 번째이고, 지금 거론되고 있는 청문은 아홉 번째이니 나이 차이가 거의 이십 년이나 났다. 장문영부가 넘어온다 해도 하등 이상할 것이 없다.

그럼에도 청문이 펄쩍 뛴 것은, 문규로 봤을 때 청자배에서 장문인을 맡았다가 유고되었을 경우 다음 대인 운자배로 넘어가는 것이 관례이기 때문이다.

청문의 입장에서 본다면 억울하기 짝이 없는 노릇인 것이다.

자유롭게 살아온 세월이 얼만데 자기들 편하겠다고 덤터기를 씌운단 말인가.

비록 자신의 무력이 점창제일의 위치에 올라 있다지만 잘못된 관례를 만드는 것은 옳지 않았다.

점창십삼검의 수장인 운풍의 나이 벌써 마흔 아홉에 이르렀고, 그 성품이 뛰어나 장문인직을 수행함에 부족함이 없음에도 사형들은 점창의 부활을 외치며 자신에게 말도 안 되는 강요를 하고 있었다.

"사형들께서는 잘못된 생각을 하고 계십니다. 소제가 장문인직을 넘겨받으면 점창의 하늘은 결코 푸름을 되찾지 못할 것입니다. 새 술은 새 부대에 담는다고 했습니다. 점창의 역사를 새롭게 쓰기 위해서는 운풍에게 장문인직을 넘기는 것이 맞습니다."

"그럼 자네는?"

"무슨 말씀이신지?"

"운풍에게 맡겨놓고 자네는 놀고먹겠다는 뜻인가?"

"제가 언제 그런다고 했습니까?"

"흥! 내 눈에는 그리 보이는구먼."

"사형!"

"우리도 놀지 않겠다고 했잖아. 최선을 다해 도울 테니 내 말대로 하게."

"……."

"풍운대를 위해 적극 나서겠다는 말일세. 그리할 테니 그만하고 맡아주게. 십 년만 맡아. 그 정도면 우리는 다 늙어서 죽든가 말할 힘도 없을 테니까."

"끙!"

풍운대를 거론하며 청허가 결론을 내려 버리자 청문의 입에서 솥뚜껑 떨어지는 듯한 신음 소리가 흘러나왔다.

올가미에 걸린 짐승의 마지막 발버둥치는 소리와 비슷한 것이었다.

그동안 사형제들이 하는 소리를 듣기만 하던 청곡이 입을 연 것은 궁금증 때문임이 분명했다.

오랜 외유 끝에 돌아온 그가 입을 열기란 쉽지 않은 일이었을 텐데도 청곡은 청허를 향해 말을 꺼냈다.

"사형, 장문인이 된 것은 한두 번 있는 일이 아니었으니 소제도 이해합니다만, 풍운대는 처음 듣는군요. 그게 뭔지 물어 봐도 되겠습니까?"

"흥, 그걸 알아서 뭐하려고!"

청허의 입에서 곧바로 통을 놓는 소리가 튀어나왔다.

아직까지 처분에 대한 논의조차 이뤄지지 않은 마당에 청 곡이 질문까지 하자 그는 못마땅한 감정을 감추지 않았다.

하지만 그것은 청허에게 국한된 것이었다. 나머지 장로들 은 이미 청곡을 가슴으로 받아들였기에 질문에 대답하기 위 해 입을 연 사람이 셋이나 되었다.

그중 청면자의 목소리가 가장 컸다.

"사문의 기재들을 골라 비기를 전수함으로써 점창의 비력 으로 만드는 일을 추진하고 있습니다. 그들을 일러 풍운대라 합니다."

"왜 그런 일을……?"

"천하가 점차 난세에 빠져들고 있습니다. 각 문파와 세력 이 힘을 키우기 위해 전력을 기울이고 있는 실정입니다. 다른 곳은 이미 오래전 비력들을 키우기 시작했으나 점창은 아직 그러지 못했습니다. 한참이나 늦었지요."

"음, 그렇구먼."

"처음에는 점창십삼검에게 맡길 생각이었으나 장로들이 직접 나서서 키우는 것으로 생각을 바꿨습니다. 장문인께서 생각보다 일찍 도망간 이유도 장로들이 움직이길 바라서일 겁니다."

"그래, 인원은?"

"일곱입니다."

"일곱이라……. 너무 적군."

"지금 점창의 여력으로는 일곱도 많습니다. 삼 년 동안 준비해서 겨우 일곱을 마련했으니까요."

"어린 제자들이겠지?"

"그렇습니다."

"백지에 그림을 그려 천년거목으로 키우겠다는 생각이군."

"최선을 다해 준비했습니다. 사문의 태청단을 박박 긁어모았고, 연무장도 별도로 마련해 놓았습니다. 장로들이 그 아이들 곁을 한시도 떠나지 않을 것입니다."

청곡의 말에 답한 청년자가 고개를 끄덕이며 눈을 지그시 감았다.

청곡의 입술이 자꾸 움찔거리는 걸 눈치채고는 그가 청허를 향해 이야기를 꺼낼 수 있도록 배려한 것이다.

그랬기에 청곡은 고개를 돌려 청허에게 입을 열 수 있었다.

"사형, 풍운대에 운호를 넣어주시오."

"뭐라?!"

"어차피 나는 오래 살지 못하오. 그러니 운호를 풍운대에 넣어서 키워주시오."

"가당찮은 말이로다. 풍운대에 뽑혀온 아이들은 천부적인 재질과 영명함을 지녔다. 그런 풍운대에 어찌 운호를 넣는단 말인가?"

"사형께서 운호를 자세히 보지 않으신 모양이오. 운호는 그 어떤 기재보다 더 대단한 재질을 지녔소."

"흥, 이제 거짓까지 하는구나. 내 눈이 아무리 무뎌졌다 해도 그 정도까지 침침해지지는 않았거늘."

"허허, 사형은 아예 나를 내놓으셨나 보구려. 내 말은 전혀 믿으려 하지 않으시니 답답하오."

"네가 사문을 나섰을 때부터 나는 너를 잊었다."

"그런데 왜 내치시지 않소?"

"그것은……."

"사형, 나는 한때 점창의 역사 속에서 가장 뛰어나다 지칭되던 무인이었소. 기억하십니까?"

"지나간 일을 떠올려 무엇 하겠느냐."

"운호를 받아주시오. 그러면 나도 풍운대를 위해 내놓으리다."

"무엇을 말인가?"

"태양을 베어버리는 검을 주겠소."

"그게… 정말인가?"

청곡의 말에 청허를 비롯해 장내에 있던 장로들의 얼굴이 동시에 변했다.

태양을 베는 검.

청곡의 입에서 나온 말은 사일검법의 최후 검결을 풀어낸 해설서가 그의 품속에 있다는 뜻이었으니 장로들은 입을 벌린 채 아무런 말도 꺼내지 못했다.

청문자가 무섭게 얼굴을 굳히고 청곡자를 노려본 것은 사일검법에 대한 이야기가 나온 직후였다.

그의 얼굴은 일그러진 채 엄청난 충격에 사로잡혀 있었는데 그냥 내버려 두면 금방 검이라도 뽑을 기세였다.

"사형, 사실이오?"

"그러하네."

"언제 완성하셨소?"

"주화입마에 빠진 후 내가 산을 등지고 세상에 나선 것은 사일의 끝을 보기 위함이었네. 천하를 둘러보며 사연의 위대함을 끝없이 궁구하였고 깨달음을 얻기 위해 십여 년 동안 고통스러운 면벽 수련을 수행하기도 했지. 하지만 사일을 보게 된 것은 내 병이 깊어져 모든 것을 체념하고 무심으로 돌아갔을 때였네. 참 해탈의 경지가 있음과 없음의 경계선에 있다는 걸 죽음을 앞두고서야 알게 되더군."

"분광이요, 회풍이요?"

"둘 다라네."

"흐, 사형께서는 끝까지 소제를 괴롭히시는구려."

"무슨 말인가?"

"어려서부터 사형은 넘을 수 없는 거대한 벽이었소. 내가 밤잠을 설치며 미친놈처럼 발버둥 친 것은 그 벽을 한 번만이라도 부수고 싶었기 때문이오. 하지만 사형이 쳐놓은 벽은 너무나 거대했기에 나의 고통은 끝없이 지속되었소. 다른 사람들은 내가 사형을 존경했다고 알고 있지만 사실 나는 사형을 저주하고 있었소."

"이런, 쯧쯧."

"사형이 산을 떠난 후에야 나는 그 강박관념에서 벗어나 비로소 사람처럼 살 수 있었소. 그 삼십 년 세월이 꿈결처럼 행복했는데 이제 나타나서 또다시 나를 괴롭히는구려!"

"진정으로 하는 말인가?"

"진정이오!"

"자네는 어려서부터 호승심이 있었지. 하지만 그 호승심보다 더 큰 것이 있었으니 바로 사문에 대한 사랑이었네. 자네가 미친 듯 수련한 이유는 나를 넘어서기 위함이 아니라 땅으로 떨어진 점창의 명예를 회복하고 싶어서였음이야. 나를 넘어서고 싶었던 것은 그 연장선상에 불과한 것이었지. 내 말이 틀렸나?"

"점창을 사랑하는 것은 여기 있는 모든 사람에게 해당되는 일이지, 나만의 일은 아니오."

"당연한 말이지. 하지만 내가 본 자네는 더욱 특별하더군. 그래서 나는 점창의 영광을 위해 자네가 더욱 분발할 수 있도록 지속적인 자극을 줄 수밖에 없었네."

"나를 무시하듯 쳐다보던 눈빛과 말들이 그 때문이었단 말이오?"

"그러하네."

"흐……"

"지금에 와서 생각해 보니 참으로 못할 짓을 했네. 하지만 그로 인해 자네의 검이 창천을 날았으니 어찌 미안하기만 하겠는가."

"제 검은 겨우 창천에 달했을 뿐이오. 분광과 회풍은 그림 자조차 보지 못했소."

"내가 얻은 심득이 분광과 회풍을 볼 수 있는 토대를 마련해 줄 수 있을 걸세."

눈을 부릅뜬 채 노려보는 청문자를 향해 청곡이 부드러운 목소리로 말을 마치자 여기저기서 탄성이 새어 나왔다.

점창의 장로이니 여기 있는 사람들은 모두 창천의 경지에 도달해 있었다.

물론 창천을 완벽하게 익힌 사람은 청문이 유일했으나 나머지도 창천이 가지고 있는 수많은 경지의 둔덕을 오른 사람들이다.

그랬으니 청곡의 말을 들은 후 기대에 찬 탄성을 흘리며 눈을 빛낼 수밖에 없었다.

청곡의 말대로라면 꿈의 경지인 분광과 회풍에 입문할 수 있다는 뜻이 되기 때문이다.

그러나 역시 가장 강렬한 눈빛과 표정으로 청곡을 노려본 것은 청문이었다.

그는 잠시도 청곡에게서 눈을 떼지 못했는데, 그의 눈에는 이미 태양이 담겨져 있었다.

"시간이 얼마나 있소?"

"후후, 내 생명 말인가?"

"…사형……."

"잘 모르겠구먼."

"저에게 분광과 회풍을 보여주시오. 그때까지 살아주시오."

"시간은 의미가 없는 것이라네. 점창의 운명이 청문, 자네에게 달려 있으니 오늘부터 나와 함께 거처하시게."

"그리하리다. 그리고 청허 사형."

"왜 그러는가?"

청문의 입에서 어느 샌가 뿌옇게 흐려진 눈으로 상황을 지켜보고 있는 청허자의 이름이 나왔다.

청허자는 갑작스러운 부름에 눈을 동그랗게 떴는데, 예상치 못한 일이 지속적으로 발생하자 정신을 차리지 못하는 얼굴이다.

"장문인직은 청현이 맡아야겠소."

"무슨 소리?"

"잘 아시는 것처럼 점창의 내실을 기하는 데는 청현만 한

인재가 없습니다. 사형께서 저에게 장문인직을 강요한 이유
는 강건한 점창을 꿈꾸었기 때문이라고 말씀하셨습니다. 저
는 그리 되도록 하겠습니다. 분광과 회풍을 가슴에 품어 점창
이 하늘로 비상하도록 만들겠습니다. 그리할 테니 장문인직
은 청현에게 주셨으면 하오."

　천선각에 도착한 운호는 환하게 비추는 햇살을 맞으며 마
루에 걸터앉아, 자신의 곁을 빙빙 맴도는 운학을 바라보고 있
었다.

　불안한 시선.

　사부를 만난 이후 한 번도 떨어져 본 적이 없는 운호는 낯
선 사형과 단둘이 있게 되자 시선을 똑바로 두지 못하고 연신
운학의 다리를 따라 눈을 돌렸다.

　그런 운호의 불안정한 태도가 장로회의 결과의 궁금증을
날려 버리고 운학의 호기심을 이끌어냈다.

　"이봐, 꼬맹이 사제."

　"……예."

　"이런, 쯧쯧. 내가 부를 때는 뒤에 사형이란 말을 붙여야
한단다. 알겠느냐?"

　"예, 사형."

　"몇 살이지?"

　"……아홉 살이요."

"어허, 아홉 살이라고?"

운호를 살피는 운학의 눈에서 이채가 나타났다. 아홉 살로 보기에는 작아도 너무 작았다. 맑은 눈동자는 한없이 순수했지만 체격은 살아온 삶의 흉험함을 고스란히 보여줄 만큼 형편없었다. 그랬기에 운학은 다정스러운 목소리로 입을 열었다.

"운호야, 청곡 사백은 어떻게 만났느냐?"

"어머니가 돌아가셔서 집에 혼자 있었는데 사부님이 오셨어요."

"그래서 따라왔느냐?"

"사부님께서 사람답게 사는 방법을 가르쳐 주신다고 했어요."

"그랬구나. 그랬어."

고개를 끄덕였으나 마음이 무거워졌다.

그 역시 점창십삼검의 일원인 만큼 사람의 수명을 살필 수 있는 능력을 지녔다.

청곡자의 수명은 아무리 길게 잡아도 육 개월을 넘길 것 같아 보이지 않았다.

무림문파에서 사부의 죽음이 가지는 의미는 단순한 것이 아니었다.

특히 운호처럼 배분이 높은 사부의 홀연한 죽음은 그가 살아가는 데 수많은 어려움을 만들어낼 터였다.

그랬기에 운학은 천천히 운호에게서 눈을 떼며 고개를 흔들 수밖에 없었다. 사제라고는 하나 제자뻘도 되지 않을 만큼 어리다. 더군다나 육신마저 온전하지 못하니 더더욱 불쌍하게 여겨졌다.

한번 스승이 결정되면 누구도 그 결과를 바꿀 수 없는 것이 무림의 법칙.

그 이야기는 사문의 어떤 사람도 운호의 장래를 위해 도움을 주지 못한다는 뜻이 된다.

운호.

불과 육 개월의 생명을 지닌 사부를 믿으며 점창으로 들어온 아이.

무공을 익히기 위해 기본 체력을 연마하는 데 걸리는 시간만 따져도 최소 삼 년이다.

사부의 존재는 입문 후부터 십 년이 가장 중요하다.

기초 골격을 만드는 삼 년과 기초 무공을 익히며 무리를 터득하는 삼 년, 점창의 비기 입문 과정을 익히는 데 필요한 사 년.

그러나 그것조차 기재 중의 기재나 되어야 주파할 수 있는 시간이었으니 운호를 두고 계산한다면 얼마나 걸릴지 알 수 없었다.

청곡 사백이 점창의 역사 속에서 몇 안 되는 기재로 추앙받고 있으나 주화입마로 인해 반신불수가 된 이상 운호의 운명은 정해진 것이나 다름없었다.

조용히 점창의 그늘에서 기본 무공만 익히다가 죽어야 하는 운명이 그것이다.

이것이 가혹하지 않다면 어떤 것이 가혹한 것일까.

그나마 그것도 점창이 청곡 사백을 받아들였을 때나 가능한 일이다.

만약 장로회의에서 무단으로 산을 이탈한 청곡 사백의 파문이 결정되기라도 한다면 운호는 강호의 한 귀퉁이에서 굶어 죽게 될지도 몰랐다.

불쌍하다는 듯 바라보던 운학의 시선에서 이채가 생겨난 것은 운호의 눈이 자신과 부딪쳤을 때다.

처음에는 불안함으로 인해 안정되지 못하던 운호의 눈이 어느 샌가 밤하늘에 빛나는 별처럼 초롱초롱 반짝였고, 그와 더불어 무슨 생각을 하고 있는지 알아채지 못할 만큼 깊어졌다.

그만한 나이에서는 볼 수 없는 눈빛이었다.

운호의 입이 열린 것은, 운학이 이상 징후의 정체를 파악하기 위해 두 발자국 앞으로 다가왔을 때였다.

"사형, 사부님께서는 언제 오실까요?"

"조금 기다려야 할 게다. 장로회의는 보통 세 시진씩 하니 너는 여기서 몸을 씻고 쉬고 있거라."

"한 가지 물어봐도 되나요?"

"그래라."

"사형은 왜 저를 불쌍하게 보시죠?"

"응?"

"사형의 눈이 저를 불쌍하게 보고 있었어요. 그래서 물어본 거예요."

"음……."

운호의 질문에 운학이 목구멍 속에서 나오는 신음을 흘렸다.

이런 질문이 나올 줄은 꿈에도 생각하지 못했기 때문에 말문이 막혔다.

운학이 그저 당황한 표정으로 지켜보기만 하자 이야기를 시작한 것은 운호였다.

"사부님 때문인가요? 사부님이 오래 사시지 못한다는 사실을 사형도 알고 계신 거죠? 그래서 제가 걱정된 거죠?"

"……그렇다."

"그런 거라면 사형께서는 걱정하지 않으셔도 돼요. 사부님께서는 저에게 사내대장부는 누구의 도움 없이 스스로 운명을 개척해 나가야 한다고 말씀하셨어요. 사부님의 말씀은 한 번도 틀린 적이 없으니까 그 말도 맞는 걸 거예요. 그리고 사부님은 운호가 그리 될 수 있을 정도의 심성과 자격이 있다고 하셨어요. 저는 믿어요. 사부님의 말씀이 옳고 운호가 반드시 그리해야 된다는 걸."

운호의 눈은 말을 하면서 더욱 빛나고 깊어졌다.

그는 자신의 말대로 모든 일이 이뤄질 것이라는 확신을 가지고 있었고, 심지어 청곡 사백의 죽음마저 담담히 받아들일 준비가 된 것처럼 보였다.

"허허, 아직 털도 벗겨지지 않은 누에고치인 줄 알았더니 벌써 날기 위한 날개가 준비되었구나. 그래, 그런 마음이 있다면 무엇이 부족하겠느냐. 내가 옆에서 너의 비상을 지켜보마. 나를 실망시키지 않도록 최선을 다해보거라."

상청궁에서 벌어지고 있는 장로회의는 운학의 말처럼 벌써 두 시진이 훌쩍 넘어 세 시진에 가깝게 진행되고 있었다.

사일검법의 끝을 보겠다는 청문의 요청에 의해 장문인직이 청현자에게 넘어감으로써 가장 중요한 사안은 결정되었으나, 그 이후에도 속가에서 발생되었던 몇 개의 사건이 처리되었다. 또한 점창과 직접적인 연계는 되지 않았으나 사천에서 일어난 호원검파와 파령문의 충돌이 거론되며 시간을 끌었다.

비록 직접적인 연관은 없다고 하지만 근래에 지속적으로 발생하고 있는 문파 간의 분쟁은 그 빈도가 점점 많아졌고, 점창이 영향력을 두고 있는 운남의 일각까지 확대되고 있는 중이었다.

가볍게 넘어갈 사안이 아니었기에 그에 관한 토론으로 또다시 반 시진이 할애되었다.

그러나 장로들은 회의가 막바지로 치달을수록 청허자와 이제 장문인으로 자리 잡은 청현자의 눈치를 보며 헛기침을 하기 시작했다.

지금까지 반가움마저 숨기고 아무렇지 않은 듯 회의를 지속해 온 이유도 지금 이 순간을 위해서였다.

가장 민감하고도 반드시 시행해야 되는 문호의 정리가 남았기 때문이다.

그러나 장문인에 추대되어 회의를 주재하던 청현자가 입을 닫은 후 꼼짝하지 않았다.

그 또한 사형들의 눈짓이 무얼 의미하는지 너무나 잘 알고 있었으나 입을 굳게 닫은 채 언급을 피하고 있었다.

그는 청허자의 잔뜩 굳은 시선을 슬쩍 본 후 입술 끝을 지그시 내밀었다가 결국 청곡자 쪽으로 시선을 돌렸다.

청현자가 입을 열지 않는 이유가 너무나 뻔했기에 장로들의 입에서 쿵쿵거리는 기침 소리가 연속으로 울려 나왔다.

청허자.

사형제 중 대제자임과 동시에 가장 연장자였고 현 점창과의 무인 중 가장 어른이었다.

전대의 현자배 사숙들이 산 어딘가에 똬리를 틀고 살고 있을 터이지만 살았는지 죽었는지 연락조차 되지 않으니 현재로써는 청허자가 점창의 산증인이라 봐야 했다.

현재 장문인직을 물려받은 청현자와 비교한다면 무려 서른 살의 나이 차가 있고, 점창에 몸담은 세월 또한 그 정도 차이가 난다.

그랬기에 청현자를 비롯한 장로들은 청허자의 표정을 살피며 쉽사리 입을 열지 못했다.

다른 사안은 몰라도 청곡자에 관한 것이라면 청허자의 뜻에 따라야 된다는 것을 본능적으로 느끼고 있기 때문이다.

굴곡된 애증.

청곡자를 누구보다 사랑했고 누구보다 미워한 것은 다름 아닌 청허자였다.

방에 들였다는 사실 하나만 가지고 청허자의 오랜 미움이 모두 걷혔다고 판단하기에는 그의 언행에 너무 날이 서 있었다. 장로들은 눈치를 살피며 방바닥만 뚫어지게 쳐다보고 있었다.

오랜 침묵.

장로들은 서로의 눈치를 살피며 말을 잃었고, 청곡자 또한 지금의 침묵이 자신으로 인해 생겨난 것임을 너무나 잘 알기에 고개를 수그린 채 얼굴을 들지 못했다.

결국 입을 연 것은 청허자였다.

일곱에 달하는 인간이 모두 자신의 눈치만 살피니 나서지 않으면 침묵은 아주 오랫동안 지속될 것이었다.

말을 꺼내면서 신경질적인 기침 소리를 낸 것은 장문인인 청현자가 아주 잠이라도 자겠다는 자세로 눈을 꼭 감고 있기 때문이었다.

"험험, 장문인께서 아무런 말씀이 없으시니 늙은 내가 나설 수밖에 없구먼. 지금부터 문호를 정리하기로 하겠네. 장로들은 청곡자의 처리에 대해서 의견을 말씀해 보시게."

청허자가 먼저 돗자리를 펼쳤으나 장로 중에 입을 여는 사람은 아무도 없었다.

그도 그럴 것이, 애초부터 그들은 의견을 내놓을 생각이 눈곱만큼도 없었다. 따라서 청허자가 눈을 부릅뜬 채 한 명씩 노려봐도 시선을 피하며 딴청만 해댔다.

그런 태도가 청허자의 입에서 또다시 신경질적인 기침을 쏟아내게 만들었다.

청곡자에 대한 징계?

어찌 보면 징계라는 표현 자체가 이상하기도 했다.

전전대의 장문인이던 현궁자는 청곡이 무단으로 산을 나서서 행방불명이 되었어도 아무런 조치를 취하지 않았다.

그것은 전대장문인이던 청학자 역시 마찬가지였기 때문에 청곡자에 내한 징계는 현재까시 아무것도 이뤄신 것이 없었다.

그 말은, 돌아오지 않았다면 청곡자는 점창의 일원인 채 남은 생을 마감할 수 있었다는 뜻이 된다.

하지만 문제는 그가 다시 돌아왔다는 점이었다.

문규상 무단으로 산을 등진 것은 파문에 해당될 만큼 중대한 잘못이었다.

만약 전전대 장문인이나 전대 장문인이 결정을 내렸다면 장로들이 망설이거나 주저하는 일은 발생하지 않았을 것이다.

청곡자가 비록 사형제 간이고 점창이 낳은 불세출의 기재임은 사실이지만, 칠백 년 역사의 점창은 내려진 결정을 번복

하지 못할 만큼 엄한 문규를 가지고 있었기에 장로들의 입은 굳은 조개처럼 다물어진 채 벌어지지 않았다.

대쪽 같은 성격의 장로들.

문호의 정리를 논하기 시작한다면 그들은 문규에 얽매어 자칫 엉뚱한 결론을 내리게 될지도 몰랐다.

입을 닫은 채 아예 꼼짝하지 않는 이유는, 자신조차 스스로를 제어하지 못하는 경우를 미연에 방지하기 위함이었다.

장로들이 묵비권을 행사하자 시선을 돌린 청허자가 장문인을 향해 입을 열었다.

청현자는 여전히 눈을 감은 채 꼼짝도 하지 않는 중이다.

"모두 아무런 말씀이 없으니 내가 의견을 내겠네. 어떤 결론을 내리든 이의가 없었으면 좋겠군. 장문인께서도 동의하시지요?"

"…사형, 그것은……."

여전히 눈을 감고 꼼짝 안 하는 청현자 대신 칼같이 끊어버리는 청허자의 말에 청면자가 불안한 기색을 숨기지 못하고 나섰다.

그러나 그는 끝까지 말을 잇지 못하고 또다시 뒤로 물러났다.

다른 대안을 제시할 수 없다는 걸 깨닫고는 자신의 실책을 인정한다는 태도로 입술을 굳게 닫은 것이다.

"청곡은 문규상 당연히 파문해야 되는 잘못을 저질렀다. 선대의 어른들이나 전대 장문인이 아무런 조치를 취하지 못한 것은 그의 죄가 없기 때문이 아님을, 장로들도 잘 알 것이야."

"……청허 사형!"

"하나 청곡이 산을 나선 이유가 사일검을 얻기 위함이었음이 밝혀졌으니 그 죄가 상당 부분 희석되었음 또한 인정하지 않을 수 없다. 따라서 나는 청곡의 문호를 거두는 대신 장로직을 박탈하는 것으로 이 일을 마무리하고자 한다."

"아이고! 현명한 판단이십니다!"

한숨을 내쉬며 청허자가 말을 마치자 듣고 있던 장로들이 죽었다 살아난 사람처럼 이구동성으로 반색했다. 눈을 감은 채 꼼짝하지 않던 청현자는 슬그머니 눈을 뜨면서 작은 목소리로 도호를 외웠다.

오랜 회의 끝에 신분이 결정된 청곡은 사형제들의 끈끈한 정을 느끼며 저녁 식사를 마친 후에야 천선각으로 돌아올 수 있었다.

유등이 매달린 천선각의 한쪽 귀퉁이에서 기다리고 있던 운호는 느린 걸음으로 다가오는 청곡자를 확인하자마자 부리나케 달려 나와 품에 안겼다.

사부를 맞아들이는 그의 모습은 맛있는 걸 사 들고 돌아오는 할아버지를 반기는 막냇손자와 하등 다를 바가 없었다.

"이 녀석, 들어가서 편히 쉬지 않고?"

"사부님이 돌아오지 않으셨는데 어찌 제자가 편히 쉴 수 있겠어요. 당연히 기다려야죠. 그런데 저녁은 드셨어요?"

"그래, 나는 먹었단다. 너는 어찌했느냐?"

"저도 운학 사형을 따라서 먹었어요."

"허허, 잘했구나. 나는 네가 혹시 밥이라도 굶는 게 아닌가 걱정했다."

청곡자가 너털웃음을 흘리며 운호의 머리를 쓰다듬었다.

혼자 떨어뜨려 놓고 마음이 불편했는데 운호는 오히려 자신을 걱정하고 있었으니 대견한 마음이 들었다.

고사리만 한 손은 잡을 때마다 조심스럽다.

자신의 손 역시 늙고 야위어 그리 보기 좋은 건 아니었으나 운호의 손은 조금이라도 굳게 잡으면 부서질 것 같아 항상 조심스런 마음이 들었다.

청곡은 운호의 손을 이끌고 방으로 들어섰다. 반짝이는 눈으로 자신을 쳐다보는 운호를 정면에 앉힌 후 천천히 입을 열었다.

"운호야, 지금부터 내 말 잘 듣거라."

"예, 사부님."

"너는 한 달 후면 다른 곳으로 가야 한단다. 그러니 너와 내가 같이할 수 있는 시간은 한 달밖에 없구나."

"왜죠?"

"사문에서 중요한 일을 하는데 네가 반드시 필요하다고 한다. 그러니 사문의 명예를 위해 거기에 가서 최선을 다해야 하느니라."

"안 가면 안 되나요. 저는 사부님 곁에 있고 싶어요."

"운호야, 사나이는 어떻게 행동해야 된다고 했지?"

"뜨거운 심장과 냉철한 이성으로 치열하게 살아야 한다고 했어요."

"잘 기억하는구나. 그렇다. 그것이 사나이가 지향해야 할 기준이란다. 그 말은 절대 치졸하게 행동해서는 안 된다는 것을 나타내기도 하고, 비겁해서는 안 된다는 것을 나타내기도 한다. 그런데 너는 왜 말과 행동을 다르게 하려 하느냐."

"……사부님."

"결정된 일에 대해서는 망설이는 것이 아니다. 너는 어떤 상황이 와도 당황하지 말고 최선을 다해 현실과 싸워야 한다."

"명심하겠습니다."

"너와 같이할 시간이 얼마 없으니 내일부터 자리를 옮겨 공부를 가르칠 생각이다."

"공부요?"

"그렇다. 사부가 몸이 안 좋구나. 그래서 너에게 할애할 수 있는 시간이 그리 많지 않다. 짧은 시간 동안 최대한 효율적인 공부가 될 수 있도록 할 테니 절대 한눈팔아서는 아니 될 것이다."

"실망하지 않으시도록 최선을 다할게요."

청곡자는 날이 밝자마자 운호를 이끌고 사문이 자신에게 배려한 거처를 향해 움직였다.

청현은 그의 몸이 편치 않다는 걸 감안해 사람들이 북적이는 곳에서 벗어난 장소에 거처를 마련해 주었다. 상청궁에서 오백 장 정도 떨어진 외딴 전각이었다.

상륜각이란 글씨가 작은 현판에 새겨져 있었으나 말이 전각이지, 오래 방치되어 집으로 보기 어려울 정도로 험한 곳이었다.

장문인의 명으로 문도들에 의해 깨끗이 치워졌음에도 군데군데 거미줄이 보였고 창문을 가로막은 창호지는 찢겨 너덜거렸다.

그럼에도 운호의 마음을 흡족하게 만든 것은 너무나 아름다운 주변의 경치였다.

마당 너머에서 흐르는 계곡물 소리는 천상에 사는 새의 지저귐처럼 청아했고, 전각 뒤쪽으로는 아름다운 꽃들이 병풍처럼 둘러싸고 있었다. 쪽문을 열면 선계에 온 것처럼 황홀한 정경이 한눈에 들어왔다.

공부를 가르치겠다는 말에 잔뜩 긴장했던 운호는 책상을 마주하고 천천히 이야기를 시작하는 사부의 부드러운 목소리로 인해 어느새 눈을 반짝거리며 정신을 집중했다.

사부의 입에서 나온 것은 학문에 관한 것도, 무공에 관한 것도 아니었다.

점창의 기원과 역사, 무림을 좌지우지했던 영웅들의 일대기, 옛 선현들의 주옥같은 가르침과 전설로 전해져 내려오는 신비로운 이야기가 줄줄이 흘러나왔다.

점창을 이끌던 선조들의 족적과 무림의 한 획을 그었던 천왕성과의 일전을 들었을 때 운호의 주먹은 땀으로 가득 찼다. 선현들의 가르침을 들었을 때는 고개를 끄덕이며 그 뜻을 되새겼다.

믿을 수조차 없을 만큼 신기로운 전설은 무한한 상상력을 키워줬고, 소림을 창시했다는 달마조사의 유훈과 점창을 무림의 태두로 이끌었다는 만천자의 일대기는 원대한 꿈을 꾸도록 만들었다.

그렇게 청곡자는 칠 주야에 걸쳐 운호를 앞에 앉혀놓고 사람에 대한 이야기를 멈추지 않았다.

"운호야, 사부의 이야기가 재미있느냐?"

"예, 너무나 재밌어요."

"허허, 지루하지 않다니 다행이구나."

"이렇게 사부님과 있으니 시간 가는 줄 모르겠어요. 계속 이렇게 있고 싶어요."

"이런, 쯧쯧……. 우리 운호가 계속 놀고 싶은 모양이구나."

"헤헤."

운호의 입에서 함박웃음이 새어 나왔다.

어느 날부터 조금씩 보이던 미소가 함박웃음이 될 만큼 운호의 가슴이 열린 것은, 청곡자가 보여준 끊임없는 사랑 때문이리라.

운호의 웃음을 받으며 청곡자의 입이 다시 열렸다.

이번에 나온 것은 청곡자 자신에 관한 이야기였다.

사제의 연을 맺은 이후 이렇듯 오랜 시간 동안 마주한 적이 없기에, 운호는 초롱초롱한 눈으로 사부의 말을 놓치지 않으려 노력했다.

재미도 있었지만 사부와 함께하는 이 시간이 더없이 즐거웠다.

그것은 청곡자도 마찬가지인 모양이었다.

청곡자는 자신의 이야기를 들은 후 눈물을 멈추지 못하는 제자를 보며 부드러운 미소를 지었다.

"사부의 인생은 너에게 말한 것처럼 참으로 박복하고 기구했다. 오랜 시간 불행하다고 생각하며 많은 눈물을 흘렸고, 천형에 처한 내 신세를 면해보고자 발버둥 쳤다. 하지만 모든 것을 내려놓은 지금에서야 나는 깨달았구나. 내 인생이 다른 사람에 비해 그리 불행하기만 했던 것은 아니라는 사실을 말이다."

"왜 그런가요?"

"버리면 얻는다고 했는데, 나에게는 기적처럼 그런 일들이 일어났지. 그러니 어찌 그런 마음이 들지 않았겠느냐."

"그게 뭔데요?"

"하나는 사일을 얻은 것이고, 또 하나는 너를 얻은 것이다. 그 두 가지가 나를 행복하게 만들었으니 일생 동안 겪은 모든 불행이 한순간 꿈처럼 여겨지는구나."

"사일은 사부님의 염원이었으니 당연한 거지만 저는 왜……?"

"내 꿈은 천하제일의 자리에 오르는 것이었다. 그러나 한순간의 실수로 인해 모든 것이 물거품으로 변해 버리고 말았다. 그 아쉬움과 안타까움이 평생의 족쇄가 되어 나를 괴롭혔지만 너를 만나는 순간 그 꿈을 다시 꿀 수 있게 되었다. 네가 나의 꿈을 이뤄줄 텐데 어찌 기쁘지 않겠느냐."

"정말 제가 할 수 있을까요?"

"너는 그 누구보다 뛰어난 오성을 가졌다. 사부를 믿고 지금부터 가르쳐 주는 심법을 밤낮없이 익히게 된다면 세상에서 가장 강한 무인이 될 수 있을 것이다. 너의 모든 것이 이 심법에서부터 발현될 터이니 한 치의 의심도 가지면 안 되느니라."

"알겠습니다."

"내가 가르쳐 주는 심법은 점창이 백 년 동안 잃어버린 천룡무상신공(天龍無上神功)이다. 너에게 지금까지 어떠한 심법도 가르쳐 주지 않은 것은 천룡무상신공을 익히게 하기 위함이었다. 천룡무상신공이 뒷받침된 사일검법은 천하무적이다."

3장

눈물의 이별

　팔 일째가 되자 청곡자는 운호에게 천룡무상신공의 구결을 전해주고 모두 외울 때까지 옆에서 떠나지 않았다.

　무려 삼백팔십 자에 달하는 구결은 외우는 것 자체만으로도 난해했기에 운호는 땀을 뻘뻘 흘리며 정성을 다해야 했다.

　구결을 외우는 데 성공한 것은 꼬박 하루 반나절이 지난 후였다.

　그나마 그 시간에 구결을 외울 수 있었던 것은 운호의 천부적인 암기 능력 덕분이었다.

　그러나 문제는 그때부터였다.

　청곡자는 운호가 구결을 모두 외우자 기다렸다는 듯이 강론을 펼치기 시작했다.

단순히 외우는 것만으로도 머리가 깨질 듯이 아팠는데 강론이 시작되자 정신이 하나도 없었다.

눈을 부릅뜨고 사부가 해주는 말이 무엇을 의미하는지 깨닫기 위해 최선을 다했으나 일 할조차 알아듣기 힘들 정도로 난해했다.

알아듣지 못하니 표정이 좋을 리 없고 바른 자세를 유지하기 어려웠다.

더군다나 운호는 체력이 약했기 때문에 시간이 지날수록 힘든 표정을 숨기지 못했다.

그럼에도 불구하고 청곡자는 심법의 문구들을 하나씩 해석해 가며 보름 동안 끝없이 운호의 귀를 자극시켰다.

아홉 살에 불과한 제자.

훌륭한 스승 밑에서 사서삼경과 대학을 수학하고 기초부터 제대로 무공을 익혔다 해도 단시간에 천룡무상신공의 구결을 받아들인다는 건 있을 수 없는 일이었으니 운호가 알아듣지 못하는 건 당연했다.

그만큼 천룡무상신공의 구결은 그 뜻이 모호하고 수많은 해석이 가능했다.

청곡자 스스로도 이론적인 정립만 해놨을 뿐 실질적인 수련은 해보지 못한 상태였다. 마지막 몇 구절에 대해서는 확실한 해석조차 해주지 못했으니 운호의 우둔함을 탓하는 건 말도 안 되는 일이었다.

무려 보름 동안의 강론.

알아듣지도 못하는 우주만물의 이치와 음양오행의 이론에, 운호는 사부의 입에 시선을 고정시킨 채 정신줄을 반쯤 놓고 말았다.

다행인 것은 수십 차례에 걸친 반복적인 강론으로 인해 정확한 의미는 알아듣지 못해도 대부분의 내용이 머릿속에 기억되었다는 것이다.

평범한 아이였다면 절대 있을 수 없는 일이었으나 운호의 오성은 생각보다 훨씬 뛰어났다.

보름 동안 천룡무상심법을 강론하면서 청곡자는 놀라움을 숨기느라 무진 애를 써야 했다.

운호의 머리가 뛰어나다는 것을 인식한 것은 만난 지 불과 하루 만이었고, 체력의 보완이 이루어진다면 타고난 무골로 성장할 수 있다는 것을 눈치챘기에 두말하지 않고 제자로 삼아 점창으로 데려온 것이다.

그런데 운호의 오성은 자신의 판단을 뛰어넘어 두려움을 느낄 만큼 엄청났다.

중원 천하에 그 누가 있어 단 보름 만에 천룡무상심법 구결을 암기할 수 있단 말인가.

물론 그 뜻을 이해하지 못했다는 건 표정만으로도 알 수 있었다.

처음에는 안타까웠으나 며칠이 지나고부터 자신의 질문에 대답하기 시작하는 운호를 보며 청곡자는 전율이 느껴지기 시작했다.

설마 이 아이가…….

의심은 들었으나 확신하지는 못했다.

그러나 천명지에서 본 것과 너무나 흡사했기에 청곡자는 운호의 눈을 보고 또 보았다.

그러다 자신의 행동에 헛웃음을 짓곤 했다.

천명지는 그저 무림에 떠도는 전설들을 집대성해 만든 것에 불과했다.

물론 신빙성이 있는 것도 있었으나 대부분 흥미를 끌기 위해 지어낸 것임을 너무나 잘 알고 있었다.

청곡자는 머리를 흔들며 질문을 계속해 나갔다.

뜻은 알지 못했으나 운호는 자신이 설명한 내용들을 정확히 암기해서 답변하고 있었다.

욕심이 생겼다.

사부로서 제자에게 주는 마지막 선물이라 생각해 천룡무상심법의 구결을 전수했고, 그 해석을 강론했다.

운호의 운명이 천운으로 천룡무상심법의 한 자락이나마 잡을 수 있다면 자신은 충분히 만족스러웠다.

청문자와 약속한 기간은 단 한 달.

남은 수명으로 봤을 때 청문자와 지내야 할 시간에서 한 달

을 뺀다는 것은 커다란 모험이었으나 청곡자는 주저 없이 제
자와의 시간을 선택했다.

소득이 없다 해도 제자와 마지막 시간을 가지고 싶었다.

한 달은 천룡무상심법을 전수하기에 턱없이 부족한 시간
이었으나 막상 운호가 자신의 해석 강론을 모두 암기하자 청
곡자는 물끄러미 제자를 바라보다가 결심을 굳힌 후 입술을
지그시 깨물었다.

이리 된 이상 가능성을 증폭시켜 운호가 천룡무상심법에
쉽사리 접근할 수 있게 해주고 싶었다.

"운호야, 이제 남은 칠 일 동안 사부가 너의 몸에 있는 혈들
을 짚을 것이다."

"혈이 뭔데요?"

"사람의 몸에는 삼백육십 개의 급소가 있단다. 맞으면 아
픈 곳이고 어떤 곳은 잘못 건드리면 죽기도 하는 곳이란다."

"그럼 저 죽어요?"

"허허, 사부가 너를 왜 죽이겠느냐. 내가 혈을 만지는 것은
네 몸에 길을 내기 위함이니 타격된 혈도의 순서를 잊지 말고
반드시 기억해야 한다. 알겠느냐?"

"예, 사부님."

"앞으로 와서 등을 대고 앉거라."

운호가 무릎걸음으로 다가와 등을 대고 앉자 청곡자의 손
이 천천히 올라가 명문혈에 손을 댔다.

그는 주먹을 쥐더니 명문, 현추, 척중을 거슬러 아문과 풍부를 타격했다. 그 뒤 오른 주먹은 부분, 백호, 고황을, 왼 주먹은 독유, 간유, 격유 쪽을 타격하기 시작했다.

빠르지도 느리지도 않고, 강하지도 약하지도 않은 타격술이었으나 정확하게 일정한 흐름을 지닌 채 끊임없이 시전되었다.

청문자는 흥분되는 마음을 추스르며 상륜각을 향해 걸어가고 있었다.

마음 같아서는 신법을 펼쳐 단숨에 날아가고 싶었으나 허둥대고 싶지 않아 천천히 걸었다.

수많은 시간을 기다려 왔다.

꿈속에서조차 이루고 싶던 사일검의 끝.

분광과 회풍을 보고 싶어 얼마나 많은 노력과 눈물을 흘렸던가.

나락으로 떨어진 점창의 명예.

천왕성과의 전쟁에서 수많은 사조가 갑작스러운 죽음을 맞이했고, 점창을 상징하는 만천자가 죽음으로써 분광과 회풍은 더 이상 모습을 드러내지 못했다.

후학을 키우지 못한 상태에서 발생한 참화는 점창을 몰락의 길로 내몰았다.

더불어 칠절중수(七絶重手)와 냉염장(冷焰掌), 오귀검법(五鬼

劍法) 등을 비롯해 문파의 주력 비기들이 소실되는 일까지 발생하면서 몰락은 가속되고 말았다.

그러한 세월이 백 년.

그 백 년 동안 점창이 받아온 수모가 얼마나 한스러웠던가.

강호의 질서는 오직 무력에서 나온다는 사실을 뼈저리게 느낀 백 년이었다.

무시당한다는 것은 무인에게 있어 죽음과 같은 것.

그랬기에 점창의 무인들은 과거의 영광을 되찾기 위해 피나는 수련을 거듭해 왔다.

그러나 그 성과는 그리 크지 않았다.

상승 무도의 접근은 개인의 오성도 크게 작용하지만 스승의 도움이 결정적인데 점창에는 그런 무인이 존재하지 못했다.

청곡자가 주화입마에 빠진 것 또한 마지막 득검의 길을 스스로 찾다가 발생한 일이었다.

만약 만천자와 같은 스승이 옆에 있었다면 청곡자는 무림의 역사에 또 한 번 점창의 이름을 떨쳐 울리는 절대무인으로 우뚝 섰을 것이고, 자신 또한 그리 되었을지 모른다.

무인의 절망은 그 어떤 것보다 슬픈 것이었다.

살아가는 것 자체가 괴로웠고, 점창의 미래로 성장하는 후학들을 볼 때마다 부끄러워 산을 등지고 싶은 마음이 간절했다.

점창제일의 고수라는 청문자.

하지만 강호에 나가는 순간 그 이름은 무림백대고수의 말

석에 겨우 오를 정도밖에 되지 못한다는 걸 너무나 잘 알고
있다.

청곡자가 사라지면서 점창의 영광을 양어깨에 지고 살아
야 했던 삼십 년 세월이 주마등처럼 스쳤다.

무참한 심정과 절망 속에서 살아온 세월이다.

지금 걸어가는 이 길이 그러한 절망과 슬픔을 거두길 간절
히 바라면서, 청곡자는 멀리 보이는 상륜각을 향해 묵묵히 걸
어갔다.

분광과 회풍을 얻을 수만 있다면 점창의 영광은 언제든지
다시 살아날 수 있다는 확신이 있었기에 발길에 힘이 실리고
얼굴에는 자신감이 가득했다.

상승의 검로에 들어선 것은 이미 오래전 일이다.

마지막 길을 안내해 줄 스승만 있다면 득검을 이루는 것은
그리 어려운 일이 아닐 것이다.

상륜각과의 거리는 이제 십여 장에 불과했다.

옛날부터 약속을 생명처럼 지키던 청곡자는 오늘 자신이
나타날 것이라는 사실을 잊지 않았을 것이기에 그의 발걸음
은 저절로 빨라졌다.

"사형, 이게 도대체……!"

상륜각에 도착해 방문을 열던 청문자의 입에서 경악성이
터져 나왔다.

경직.

너무 황당한 일을 보게 되었을 때 사람은 일시 멈추게 되는데, 그 사실이 황당함을 넘어 충격적일 때는 지금의 청문자처럼 온몸을 경직시키게 된다.

너무나 놀라 움직이는 것조차 잊어버렸던 청문자는 이내 방문을 박차고 들어서며 거의 초죽음 상태에 빠져 있는 청곡자의 몸을 끌어안았다.

운호는 옆에서 눈을 감고 고개를 수그리고 있었는데 그 또한 상태가 좋아 보이지 않았다. 하지만 청문자에게는 오직 청곡자의 무너진 모습만 보일 뿐이었다.

"사형, 정신 차리시오!"

비명이 저절로 흘러나왔다.

어떻게 얻은 기횐데 이런 지경이 되었단 말인가.

정신이 없음에도 급히 청곡자를 억지로 정좌시키고 명문혈을 향해 현천진기를 쏟아부었다.

현천진기가 도도한 장강의 물줄기처럼 청곡자의 전신 혈도를 어루만지며 고갈된 진기를 채우기 시작했다.

그러나 청곡자의 몸은 바람 빠진 풍선처럼 현천진기를 몸에 채우지 못했기 때문에 거의 한 시진이 걸려서야 겨우 단전에 미약한 진기를 갈무리할 수 있었다.

"음……."

미약한 신음 소리와 함께 청곡자의 눈이 떠졌다.

그 모습에 청문자의 눈에서 번개가 쏟아져 나왔다.

얼마나 화가 났는지 그의 얼굴은 악귀처럼 변해 있었다.

"사형, 미쳤소!"

"자네 왔구먼. 왜 소리를 지르고 그러는가."

"이리 죽으면, 만약에 이리 죽었다면… 사형은 죽어서도 편치 않았을 것이오! 사문에 지은 죄를 어찌하려고 이런 짓을 한단 말이오!"

"죽지 않았으니 된 것 아닌가."

"사형에게 점창의 미래가 달려 있소! 그런데 이게 무슨 짓이란 말이오! 저 아이만을 위해 몸을 망치는 사형의 행동은 패륜과 다름없소!"

"점창의 미래… 맞아, 그게 있었지. 자네에게 점창의 영광을 남겨야 하는 사명이 남아 있는데 잠시 잊고 있었구먼. 원래 내가 한 가지에 몰두하면 잘 까먹는 버릇이 있긴 하지. 하지만 말일세, 사제. 이것 하나는 반드시 기억해 두시게. 자네가 떠난 점창의 미래는 저 아이로 인해 새롭게 쓰일 것이네. 그러니 저 아이를 잘 키워주게."

사부도 지독했고 제자도 그에 못지않게 지독했다.

쉴 새 없이 제자의 몸을 타격하며 밤낮없이 오 일을 새워 버린 청곡자가 탈진으로 인해 쓰러질 동안 운호는 고통과 충격을 끝내 이겨내지 못하고 정신을 잃었다.

어린아이에 불과했으나 몸도 성치 않은 사부의 몸짓이 얼마나 치열한 것인지 가슴으로 느꼈던 운호는 이를 악물고 고통을 참다가 결국 마지막 날 앉은 채 실신하고 말았던 것이다.

눈을 떴을 때는 햇살이 창을 통해 들어와 세상의 모든 것을 화려하게 만드는 아침이었다.

일어나려 했으나 몸이 말을 듣지 않아 몸부림을 치며 버둥거려야 했다.

결국 일어서는 것을 포기하고 고개만 돌려 방 안을 둘러보던 운호는 마주 앉은 두 사람이 자신을 바라보는 걸 확인했다.

한 사람의 시선은 더없이 따뜻했고 반대로 또 한 사람의 시선은 차갑기 그지없었다.

사부의 따스한 시선은 받을 때마다 나른함이 느껴질 정도로 기쁜 것이었지만 청의를 입은 노인의 차가운 시선은 낯설기 그지없었다.

상청궁에서 본 청문자란 사숙이다.

그때에도 사부를 보면서 소리를 쳐댔기 때문에 무섭다는 생각이 들었는데 자신을 노려보고 있자 저절로 어깨가 움츠러들었다.

"여보게, 청문. 아이의 몸을 주물러 주게. 오랫동안 타격을 당했기 때문에 혈이 굳어 있을 걸세."

"왜 그걸 나한테 시킵니까. 사형이 했으니 사형이 하세요."

"허어, 그 사람. 성질머리하고는. 내가 할 수 있으면 벌써

했을 테지. 밖에서 운학이 기다리고 있지 않나. 그만 일으켜
주시게."

"끄응!"

청곡자가 힘없는 웃음으로 재촉하자 청문자는 마땅치 않
다는 기침을 토해내고는 엉덩이를 밀어 운호에게 다가갔다.

그의 손이 운호의 가슴을 훑고 전신을 천천히 주물러 나갔다.

차가운 시선과는 다른 조심스러운 움직임이었다.

청문자의 조심스러운 움직임이 급하고 빨라지기 시작한
것은 불과 차 한 잔 마실 시간이 지난 뒤였다.

그의 손은 운호의 몸 구석구석에 가벼운 통증이 생성될 만
큼 강하게 움직였는데, 어떨 때는 타격까지 이루어졌다.

신기한 것은 그 후 일각 만에 운호가 멀쩡하게 자리에서 일
어났다는 것이다.

"운호야, 몸은 괜찮으냐?"

"예, 사부님. 조금 뻐근하지만 움직이는 데 이상은 없어요."

"힘들었을 텐데 잘 참아주었구나. 고맙다."

"사부님이 더 힘드셨잖아요. 그에 비하면 저는 한 일이 아
무것도 없어요."

"허허, 우리 운호가 갈수록 대견해지는구나. 운호야!"

"예, 사부님."

"오늘이 무슨 날인지 아느냐?"

"……잘 모르겠어요."

청곡자의 질문에 골똘히 생각하던 운호는 결국 모르겠다는 답변을 내놓았다.

아무리 생각해 봐도 자신에게 특별한 날이란 존재하지 않기 때문에 청곡자의 얼굴을 바라보며 의문에 찬 표정을 지었다.

청곡자의 얼굴이 아련하게 변해갔다.

이전보다 훨씬 창백하게 변하고 골이 파여 반송장으로 여겨질 만큼 엉망이 되어 있었다.

하루 반나절 동안 기절해 있던 제자.

겨우 눈을 뜨자마자 하고 싶지 않은 말을 꺼내야 하는 그의 목소리는 작은 진폭을 일으키며 심하게 떨렸다.

"운호야, 오늘이 사부가 너에게 약속했던 날이다. 너는 오늘부터 이곳을 떠나 공부를 하러 가야 한다."

정신을 차린 지 얼마 되지 않았으니 금방 이해하지 못했다.

죽고 싶을 만큼 힘들던 고통에서 벗어나 새롭게 눈을 떴고, 사랑하는 사부님의 얼굴을 보자 너무나 반가워 다른 생각을 할 수 없었다.

그랬기에 떠나라는 말이 무슨 뜻인지 쉽게 받아들여지지 않았다.

"아……!"

연이은 사부의 재촉에 정신이 돌아온 운호의 표정이 급격하게 무너져 내렸다.

한 달 전, 사부가 말한 이별의 시간이 오늘이라는 사실에 그는 금방 눈물을 글썽이며 강한 거부 반응을 보이기 시작했다.

"사부님, 며칠만… 며칠만 더 있고 싶어요."

"사내의 약속은 그 무엇보다 중한 것이다. 네가 이곳을 떠난다 해도 영원히 떠나는 것이 아닐진대 왜 그런 표정을 짓느냐."

"저는… 저는……."

"나는 네가 점창의 별이 되기를 원한다. 사문에서 내려주는 은혜를 발판으로 무림에 우뚝 서는 무인이 되기를 바란단 말이다. 너는 내 뜻을 거역할 생각이냐?"

"아닙니다. 아니에요."

"그만 일어나라. 밖에 운학이 기다리고 있으니 그를 따라가거라."

"……사부님."

운학의 눈에서 글썽이던 눈물이 빙울방울 떨어져 방바닥을 적시기 시작했다.

청곡자의 질책을 받으며 눈물은 더욱 많아졌고, 꿇려 있던 무릎이 어쩔 수 없이 천천히 세워졌다.

아직 마음이 여린 아이 운호.

가슴 아픈 이별이 서러워 운호는 떨어지는 눈물을 소매로 막고 억눌린 울음을 터뜨렸다.

가고 싶지 않은 길.

어떻게 만난 사부님인데, 얼마나 사랑하는 사부님인데 만날 기약조차 하지 못하고 떠난단 말인가.

너무나 야속하고 가슴이 아파 운호는 사부의 얼굴을 똑바로 쳐다볼 수가 없었다.

일어선 운호가 한동안 눈물을 멈추지 못하고 울다가 천천히 절을 하기 시작한 건 청곡자가 자신을 외면한 채 다른 곳을 보고 있다는 걸 확인한 후였다.

그 모습에는 반드시 떠나보내고야 말겠다는 청곡자의 의지가 담겨 있었다.

지금까지 한 번도 보여주지 않던 사부의 냉정한 모습에 더욱 많은 눈물이 쏟아져 나왔다.

"사부님, 사부님께서 원하시는 대로 멋진 무인이 될게요. 그때까지… 그때까지 기다려 주세요."

만날 기약은 하지 못하나 사부님이 여기 계신 한 반드시 돌아온다.

사부님이 원하신 대로 사문의 동량이 되어 다시 돌아와 사부를 기쁘게 해주고 싶었기에 운호는 떨리는 음성으로 마지막 인사를 하고 말았다.

"……무정검이 우시는구려. 그리 가슴 아프시오?"

운호가 사라진 후 노안에 떨어지는 눈물을 막지 못한 청곡자가 가슴을 움켜쥐자 청문자가 깊은 한숨을 내리쉬었다.

청곡자의 별호는 무정검.

옛날 강호를 종횡할 때 무림인들이 지어준 별호이다.

그만큼 강건했고 냉정했다. 불의는 참지 못했고 약한 자의 편에 서서 점창의 이름을 드높였다.

협객의 진정한 모습.

그럼에도 무정검으로 불리게 된 것은 그만큼 악한 자들에게는 조금의 인정도 두지 않았기 때문이다.

그런 무정검이 운다.

그리 강건하고 우직하던 사형에게서 눈물이 흘러나오자 청문자는 잠시 동안 말을 하지 못하고 지켜보기만 했다.

울음을 삼키는 그의 얼굴에는 진정한 슬픔과 아픔이 담겨 있었다.

"그만하시구려."

"……사제도 제자가 있겠지?"

"둘을 키웠소."

"어땠나?"

"예쁘기도 했고 귀찮기도 했소. 어떨 때는 밉기도 하더이다."

"운호는 불쌍한 아이였어. 나를 만나 새 생명을 얻었지. 그리고 곧 내 목숨이 되었다네."

"그런데 왜 굳이 풍운대에 보낸 것이오?"

"가야 했으니까."

"어차피 얼마 남지 않았는데 옆에 두지 그러셨소."

"내 마지막을 보여주고 싶지 않았네."

"하긴… 그렇기도 하겠구려."

양손을 주무르며 청곡자가 대답하자 청문자는 고개를 끄덕였다. 주화입마를 당한 무인의 마지막은 더없이 고통스럽고 잔인하다.

그런 모습을 제자에게 보여주지 않으려는 청곡자의 마음이 고스란히 전해졌기에 청문자는 그저 눈만 끔벅였다.

잠시 동안 침묵이 방 안에 흘렀다. 갑작스러운 슬픈 이별을 정리하기에는 시간이 필요했다. 한참이 지나고 청곡자의 눈물이 잦아들자 그때서야 청문자의 입이 열렸다.

"천룡무상심법은 어디서 구했소?"

"하산할 때 초량암 구석에서 상자를 발견했네. 그 상자에 담겨 있더군."

"그렇구려. 그런데 왜 그걸 운호에게 전해주었소? 천룡무상심법은 익히기 난해해서 거의 쓸모가 없는 심법 아니오?"

"맞네. 하지만 만천자께서는 천룡무상심법을 익히시고 태양을 베셨네. 사일검을 극으로 펼치기 위해서는 천룡무상심법을 익혀야 하네."

"하지만 익히지 못한다면 무슨 소용이 있소. 만천자께서 돌아가신 후 수많은 사조께서 심법을 익히기 위해 노력했으나 결국은 포기하고 말지 않습니까. 더군다나 천룡무상심법을 익히기 위해서는 다른 심법을 익히지 못하는 치명적인 단점이 있으니 천룡무상심법을 익힌 사조들께서는 모두 땅을 치며 후회하셨소."

"사제 말이 하나도 틀리지 않네. 삼십 년 동안 천룡무상심법을 공부했지만 나조차 그 극의를 확인하지 못했어. 그럼에도 운호에게 심법을 전수한 것은 한 가닥 희망을 품었기 때문이네. 점창의 영광을 되찾고 싶다는 열망이 나로 하여금 그런 선택을 하게 만들었네."

"운호가 절망한 사조들처럼 될 수도 있다는 걸 알면서도 그리하셨단 말이오?"

"분광과 회풍을 자네와 장로들에게 전한다면 점창은 날개를 달게 된다네. 하지만 태양을 베지 못한다면 그 옛날 무림을 이끈 점창의 영화를 되찾지 못해. 나는 운호가 천룡을 얻어 태양을 베기를 간절히 바라네."

"사형의 욕심이 참으로 크시구려."

마지막 절을 마치고 운호가 나선 방문을 쳐다보며 청곡자가 떨리는 음성으로 말하자 청문자의 입에서 또다시 깊은 한숨이 흘러나왔다.

운호에 대한 사랑은 사형의 늙은 얼굴을 가득 적신 눈물에서 충분히 알 수 있었다.

그럼에도 점창을 위해 제자에게 무거운 짐을 지게 만든 사형의 이중적인 태도는 진정 이해할 수 없을 정도로 잔인한 것이었다.

백 년 동안 절전되었던 천룡무상심법.

다른 절기를 되찾았다면 커다란 흥분에 젖어 점창이 온통 난리가 났겠지만 천룡무상심법은 근본적으로 거의 사장되었던 심법이었다. 청곡자를 통해 다시 나타났어도 장문인인 청현자를 포함해 모든 장로가 그저 덤덤히 받아들였을 뿐이다.

그만큼 쓸모없는 심법으로 여겨졌기 때문이다.

목숨처럼 사랑하는 제자에게 그런 심법을 전수했으니 진정 이해할 수 없었다.

하지만 청문자의 그런 의문은 청곡자의 한마디로 인해 금세 허공으로 날아가 버렸다.

"사제, 나에게 시간이 별로 없다는 걸 잘 알고 있겠지? 지금부터 자네에게 분광과 회풍을 보여주겠네. 태양을 벨 수는 없겠으나 자네라면 빛과 바람은 충분히 벨 수 있을 것이야. 그러니 당장 준비하시게."

상륜각에서 나온 후 운학의 손에 이끌려 황계곡에 도착할 때까지 운호는 슬픔을 숨기지 못하고 계속해서 눈물을 보였다.

그의 눈물은 경망스럽지 않았고 시끄럽지 않았으며 가볍지 않았다.

묵묵히 얼굴을 타고 흐르는 눈물.

그 눈물 속에는 슬픔이 절절히 담겨 있어 바라보는 운학의 마음을 무겁게 만들었다.

상륜각에서 그들 사제의 슬픈 이별을 직접 눈으로 확인한 운학은 황계곡까지 올 동안 운호에게 청곡자에 대한 어떤 말도 꺼내지 않았다.

어차피 겪어야 할 이별이라면 그에 대한 슬픔은 운호의 몫이 될 수밖에 없고, 그 슬픔을 이겨내는 것 역시 운호가 해야할 일이었다.

어린 사제이나 사부를 사랑하는 마음은 오래전 어른이 되어버린 자신보다 훨씬 강한 것 같아 쓸쓸한 마음마저 들었다.

조건 없는 운호의 사랑은 티끌 하나 없는 백지에 쓰인 것처럼 선명하고 아름다운 것이었다.

그냥 이별이 아니라 죽음을 염두에 둔 이별이니 그 찢어지는 마음이 오죽하랴.

운학은 운호를 옆으로 끌어당긴 후 멀리 보이는 오목한 계곡을 가리켰다. 이대로 운호를 지켜보다가는 감정을 억제 못하고 사부인 청현에게 달려갈지 모르겠다는 생각마저 들었기 때문이다. 언제부터인지 청현자의 몸이 야위어져 간다는 생각이 점점 커져 갔다.

"운호야, 저기가 황계곡이다. 나는 더 이상 들어갈 수 없으니 이제부터는 너 혼자 가야겠다."

"어느 쪽으로 가요?"

"움푹 파인 계곡 쪽으로 돌아가면 세 채의 전각이 나타날 것이다. 그리 가면 된다."

"……알았어요."

"앞으로 네 앞날에는 힘든 일이 많을 것 같구나. 육체적인 고통은 지독하고, 죽고 싶을 정도의 외로움이 너를 괴롭힐 것이다. 그러나 견뎌라. 그리고 이겨내라. 점창의 암천이 되어 강호를 질주하기 위해서 그 정도의 난관이 어찌 대수이겠느냐. 운호야, 부디 멋진 무인이 되길 바란다."

"최선을 다할게요."

"나는 이제 돌아가련다. 언제 다시 만나게 될지 알 수 없으나 다시 만나는 날에는 눈물을 보이지 않았으면 좋겠구나."

"저는 울보 아니에요. 오늘은 아주 특별하게 슬픈 날이기 때문에 운 것뿐이에요. 사부님께서 사내의 심장은 언제나 뜨거워야 한다고 말씀하셨어요. 저 운호는 사부님의 말씀처럼 철혈의 심장을 갖도록 노력할 거예요."

"껄껄껄, 장하다."

"사형, 이렇게 데려다 주셔서 고맙습니다. 다시 뵐 때까지 건강하세요."

"그래, 너도 몸조심하거라."

공손히 인사하는 운호의 머리를 쓰다듬는 운학의 얼굴에는 기특하다는 웃음이 매달려 있었다.

나이로 따진다면 바로 위인 운몽 사형의 제자보다 어렸으나 운호의 행동에는 어딘지 모르게 절제된 기품이 담겨져 있었다.

진정 모를 일이었다.

품성으로 인한 것인지, 아니면 청곡자의 가르침 때문인지 정확하게 알 수는 없으나 배분이 자신과 동렬이라는 사실조차 자연스럽게 받아들일 만큼 운호의 품성은 남다른 데가 있었다.

자신도 모르게 탐이 났다.

비록 몸은 성치 않으나 이런 기상을 지녔으니 바르게 키워 보고 싶다는 욕심이 생길 정도였다.

그러나 절대 이루어질 수 없는 현실에 그는 머리를 흔들었다.

한번 선택한 이상 운호는 오직 청곡자의 제자일 뿐이다.

잠시 동안 머리를 쓰다듬던 운학이 유운신법을 펼쳐 뒤로 날아간 것은 황계골에서 못마땅한 기침 소리가 울려 나왔을 때다.

그는 기침 소리를 듣자마자 뒤도 돌아보지 않고 도망쳤는데, 기침 소리의 주인에게 모습을 드러내는 걸 무척이나 꺼리는 것 같았다.

역시 점창십삼검에 포함되는 무인.

전력으로 신법을 펼치자 마치 그림자가 움직이는 것처럼 투명한 기운만을 남긴 채 순식간에 사라지고 말았다.

대신 모습을 드러낸 것은 상청궁에서 처음 만난 청면이라는 이름의 사숙이었다.

점창 최고 배분의 청자배 장로 중 다섯 번째이고 성격이 유별나게 까다로워 점창에 속한 무인들은 그와 상대하는 걸 극도로 꺼렸다.

"여기서 뭐 하는 게냐, 왔으면 냉큼 들어오지 않고!"

"이제 막 도착했어요."

"어허, 이놈이 말대꾸를!"

"……죄송합니다."

아침부터 뭘 잘못 먹었는지, 청면자는 불안한 눈으로 쳐다보는 운호를 향해 소리를 고래고래 질렀다.

미리 운학 사형에게서 청면자의 성격에 대해 들었기 때문에 운호는 지체 없이 고개를 조아렸다.

운학은 장로들이 화를 낼 때 무조건 고개를 조아리고 잘못을 시인하면 웬만한 일은 대충 넘어간다고 대처 방안을 말해 주었다.

그리고 그 방법은 무척 효과적이었다.

"흥, 따라오너라. 너를 기다리느라 네 사형이 아침을 굶고 있었다는 걸 명심해라. 멍청한 놈!"

청면자는 더 이상 추궁은 하지 않았으나 대신 간담이 서늘해지는 이야기를 꺼냈다.

사형들에 관해 처음으로 듣는 정보였다.

그런데 그것이 자신 때문에 아침밥을 굶어 상당히 화가 났다는 것이니 정신이 아득해질 수밖에 없었다.

비록 자신의 잘못이 아니라 하더라도 상황이 자신으로 인해 발생했다면 사형들은 모든 책임을 지우려 할 것이다.

같이 살아가야 할 사형들이니 첫 대면에서 좋은 인상을 주고 싶었다. 그러나 상황은 이상하게 나쁜 쪽으로 흐르고 있었다.

그랬기에 청면자를 따라 계곡으로 들어서는 운호의 발걸음은 전각에 가까워질수록 점점 무거워져 갔다.

"그 아이는 왔는가?"
"놈들 방에 넣고 오는 길이오."
"수고했구먼. 앉게. 아직 식지 않았어."
방문을 열고 들어서는 청면자를 향해 청운자가 빈자리를 가리켰다.

방 안에는 그 말고도 청우자가 더 있었는데 청면자가 밥상을 향해 다가오자 슬그머니 엉덩이를 밀어 공간을 여유 있게 만들어주었다.

청현자가 장문인으로 취임한 후부터 장로들이 직접 풍운대를 지도하기 시작했다. 세 사람이 돌아가면서 넉 달씩 맡는 것으로 결정되었고, 그 처음이 방 안에 있는 세 사람이었다.

두 노인의 밥그릇은 벌써 바닥을 드러내고 있었기 때문에 자리에 앉은 청면자의 인상이 슬그머니 변했다.

"잠깐 갔다 온다고 했는데 그새 드셨소? 참으로 너무하는구려."
"껄껄, 미안하구먼."
"사형은 그렇다 쳐도 자네까지 이럴 수 있는가?"
"넷째 사형께서 혼자 먹으면 밥맛이 떨어진다고 하더이다. 소제도 어쩔 수 없었소."

"흥, 말은 잘하는군."

"그깟 밥 가지고 뭘 그러나. 청우는 내가 억지로 먹였네. 그러니 그만 화 풀게. 그건 그렇고 그래, 아이는 어떠하든가?"

"직접 보시면 될 것 아니오."

"사제, 다음부터는 같이 먹을 테니 그만하고 말해봐."

"무골이 아니오."

"어허, 그렇게 단정적으로 말하시는가!"

"사실이 그런 걸 어떡하오. 워낙 고생을 해서 그런지 혈이 망가진 것으로 보이오. 무공은 고사하고 일반인처럼 체력을 회복하는 데도 한참 걸릴 것 같소."

"음⋯⋯."

청면자의 말에 반대쪽에 있던 두 노인의 입에서 동시에 신음 소리가 흘러나왔다.

다시 확인해 봐야 되겠지만 청면자의 말이 사실이라면 난 감한 일이 아닐 수 없기 때문이다.

풍운대에 포함되어 한참 수련 중인 일곱 명의 아이는 벌써 일 년 반 전부터 점창십삼검의 지도 아래 체력 훈련을 지속해 왔고, 점창의 기초 심법과 무공에 입문해서 어느 정도 성취를 보이고 있는 중이다.

그러나 그들이 걱정하는 것은 단순히 운호가 풍운대의 아이들보다 늦게 들어왔다는 점이 아니었다.

풍운대에 포함된 일곱 명의 아이는 청자배 장로들이 직접 천하를 휘젓고 다니면서 고르고 고른 무골이기 때문에 무공의 성취도가 무척이나 빨랐고, 태청단을 주기적으로 먹어 체력 또한 또래에 비해 월등한 상태였다.

반대로 운호의 체력은 또래에 한참 뒤질 정도로 연약했고 무공은 아예 견식조차 못해봤기 때문에, 그가 풍운대를 따라간다는 것은 거의 불가능에 가까운 일이었다.

장로들은 곤혹스러운 표정을 지을 수밖에 없었다.

너무나 큰 격차는 특수한 목적을 가지고 전력을 다해 육성하고 있는 풍운대의 수련에 방해가 될 공산이 컸기 때문이다.

"만져 봤나?"

"꼭 만져 봐야 압니까?"

"그래도 만져는 봐야지. 혹시 알아. 너무 말라서 근골을 확인하지 못한 것일 수도 있잖아."

"사형은 나를 그렇게 못 믿으시오?"

"쯧쯧, 못 믿어서 그러겠는가. 셋째 사형 때문에 그러지. 그리 간절하게 부탁했는데……."

"어쨌든 일단 애들한테 넣어놨으니 천천히 지켜봅시다. 셋째 사형이 계실 때까지라도 최선을 다해야겠지요. 나 또한 셋째 사형이 죽기 전에 여한을 만들어주고 싶지 않습니다."

4장

수련

　청면자가 찬바람이 도는 태도로 돌아서자 운호는 천천히 눈앞에 보이는 전각으로 향했다.

　눈치를 보니 앞쪽에 있는 전각이 사형제들이 미무는 곳이고, 청면자가 향한 전각이 무공을 가르치기 위해 온 장로들의 거처인 것 같았다.

　별다른 말을 해주지 않았으나 들어가야 된다는 것 정도는 눈치로 알 수 있었기에 빠르지 않게 전각으로 걸어 들어갔다.

　전각에는 용호각이라는 현판이 걸려 있었는데 열 평 정도의 마당과 세 개의 방으로 구성된 단순한 구조였다.

　마당을 가로지르자 두 명의 소년이 보였다.

체격이 자신보다 월등하고 나이도 두세 살 더 많아 보였는데 왠지 그들의 시선이 우호적이지 않다는 걸 느낄 수 있었다.

그들의 시선에 위축감을 느낀 운호의 발걸음이 느려질 때 좌측에 있는 소년의 입에서 갑작스럽게 음성이 튀어나왔다.

"거기 서라. 누가 마음대로 들어오라고 했나?"

"청면 사숙께서 여기에 머물라고 하셨어요."

"시끄럽다!"

"……."

아직 변성이 이뤄지지 않았음에도 고함을 치자 서릿발 같은 기운이 흘러나와 몸을 옭아맸다.

그는 고함을 친 후 천천히 운호를 향해 다가왔다.

"풍운대가 그리 우습게보였느냐?"

"무슨 말씀이신지……."

"풍운대는 규율을 생명처럼 여긴다. 너는 진시까지 오라는 말을 어겨 형제들이 지금까지 아침 식사를 하지 못하도록 만들었다. 그런데도 잘했다고 고개를 처들고 말대꾸를 해!"

"사형, 저는 진시까지 오라는 말은 처음 들었어요."

"누가 네 사형이란 말이냐!"

"운몽, 그만해라."

다시 한 번 소년이 고함을 칠 때 방문이 열리며 커다란 덩치의 소년이 나타났다.

소년은 이미 어른처럼 당당한 체구를 가졌고, 머리에 두른 푸른색 두건이 그를 더욱 어른처럼 보이게 했다.

"나는 운곡이다. 풍운대를 이끌고 있다."

"운호가 사형을 뵙습니다."

"아침밥을 굶어서 애들 심사가 틀어진 모양이다. 네가 이해해라."

"아닙니다. 저 때문에 식사를 못했다면 당연히 제 잘못입니다. 다음부터는 이런 일이 일어나지 않도록 주의하겠습니다."

"그리 생각해 주니 고맙다. 여기 있는 사형들과 먼저 인사를 해라. 이들은 운몽과 운천이다. 셋째와 넷째 사형이다."

"운호가 사형들을 뵙습니다."

"흥, 앞으로 조심하도록!"

운곡의 소개에 따라 운호가 정중하게 인사를 했으나 운몽과 운천은 가볍게 콧방귀를 뀌고 고개를 돌렸다.

뒤틀린 심사가 풀리지 않은 모양이었다.

그런 두 사람을 향해 운곡이 인상을 스윽 긁은 후 운호를 데리고 방으로 향했다.

방 안에는 밖에 있는 사형들보다 어려 보이는 세 명의 소년이 편안한 자세로 쉬고 있었다. 그들은 운곡이 들어서자 재빨리 몸을 일으켰다. 운곡을 무척 어려워하는 것처럼 보였다.

"인사들 해라. 오늘부터 우리와 함께할 운호다."

"반갑다. 나는 운극이다."

중간에 있는 소년이 먼저 인사를 하자 운상과 운여로 불리는 소년들이 따라서 인사를 해왔다.

밖에 있는 사형들보다는 훨씬 밝은 얼굴이었기에 화답을 하는 운호의 얼굴이 부드러워졌다.

"곧 식사가 들어올 것이다. 식사가 끝나는 대로 연무장으로 모이도록."

운곡은 사제들을 향해 지시를 내린 후 운호를 내버려 두고 바깥으로 나가 버렸다.

나름대로 운호와 형제들이 인사할 수 있는 시간을 배려해 준 것 같았다.

운곡이 나가자 운극을 비롯한 소년들이 신기한 동물을 구경하듯 운호의 옆으로 다가왔다.

"너 도대체 몇 살이냐?"

"아홉 살인데요."

"무슨 아홉 살이 그 모양이야. 훨씬 어려 보이잖아. 그래서 수련이나 할 수 있겠어?"

"잘할 수 있습니다."

"청곡 사숙의 제자라고 했지?"

"맞아요."

"장로들께서는 우리를 공동제자로 맞이하신다고 하셨어. 그랬기 때문에 입산과 관계없이 나이순으로 서열이 맺어졌지. 나는 열 살이라서 다섯 번째야. 여기 운상와 운여가 막내로 아홉 살이야. 너하고는 동갑이니까 앞으로 친하게 지내라. 얼굴 볼 시간은 별로 없겠지만 말이다."

"열심히 하겠습니다."

"곧 식사가 들어온다니 많이 먹어둬라. 맛있을 거다. 감옥에서는 죽이기 전에 맛있는 음식을 먹인다고 하던데 여기가 꼭 그렇거든."

사형제는 모두 식사를 마치고 연무장으로 나갔으나 운호는 그렇게 하지 못했다.

갑작스럽게 방문을 열고 들어선 청면자가 그를 남게 한 후 방바닥에 뉘었기 때문이다.

운호의 옷을 모두 벗긴 청면자는 아주 느린 속도로 전신을 어루만졌는데, 눈을 지그시 감고 있어 무척이나 신중한 일을 하는 것처럼 보였다.

청면자의 손길이 멈춘 것은 거의 반 시진이 지난 후였다.

아득한 한숨 소리.

손길을 멈춘 청면자의 고개가 절레절레 흔들렸고, 그에 맞춰 깊은 한숨 소리가 흘러나왔다.

"운호야, 너는 당분간 사형들과 함께 수련을 할 수 없겠구나. 그러니 나를 따라나서라."

"예, 사숙."

옷 입기를 기다린 청면자는 운호의 준비가 끝나자 방문을 열고 바깥으로 나섰다.

따뜻한 오월의 아침 햇살이 너무나 눈부셔 눈살이 저절로 찌푸려질 정도였다.

청면자가 운호의 허리를 낚아채서 공중으로 도약한 것은 새처럼 보이는 청의 노인이 왼쪽 절벽을 향해 날아가는 것을 확인하고 난 후였다.

그러나 청면자가 몸을 날린 곳은 청의 노인과 완전히 반대쪽인 계곡부였다.

점창을 대표하는 무인 중의 하나인 청면자.

운호를 안았음에도 신형의 흐름이 바람처럼 부드러워 달리는 것인지 날아가는 것인지 알 수 없을 정도로 현묘했다.

분명 같은 유운신법인데도 청면자의 것은 운학이 보여준 것과 또 다른 향기를 나타내고 있었다.

거의 일각 동안 달리던 청면자가 신형을 멈춘 곳은 깎아지른 절벽이 아가리를 벌리고 있는 무저갱의 입구부였다.

"여기가 어딘 줄 아느냐?"

"모르겠어요."

"혈류동이라는 곳이다. 바닥까지의 거리가 삼십 장이 넘고 경사가 심해 내려가기 힘들 뿐 아니라 자칫 잘못하면 죽을 정도로 험한 곳이다."

"그런데 왜 여길……."

"너는 다른 아이들과 달리 체력이 너무 약하구나. 체력을 기르지 못하면 무공 입문은 공염불에 불과하다는 걸 잘 알 것이다. 체력을 길러야만 다른 아이들처럼 무공을 익힐 수 있다."

"저보고 저길 내려가란 말인가요?"

"아니다. 너는 여기서부터 용호각까지 뛴다."

"매일요?"

"그렇다. 그러나 힘들면 안 해도 된다."

"아니에요. 하겠습니다."

"오늘은 내가 데려다 줬지만 내일부터는 스스로 하거라. 분명히 말하지만 너무 힘들면 하지 않아도 된다."

청면자의 음성은 단호하고 냉정했다.

운호를 향해 던지는 그의 목소리에는 조금의 동정심도 담겨 있지 않았다.

신법을 펼쳐 날아왔으니 용호각까지의 거리는 직선으로 따져도 오 리가 넘는다.

점창의 험한 산세에서 직선으로 오 리라면 하루 종일 뛴다 해도 용호각까지 도착하기 힘들다.

그런데도 청면자는 차가운 얼굴을 풀지 않고 운호를 한동안 노려보다 온 길을 되짚어 사라져 갔다.

체력이 약해서 무공을 익히기 어렵다는 사숙의 말은 충분히 이해할 만한 것이었다.

운호 역시 자신의 체격 조건이 형편없다는 것을 너무나 잘 알고 있었기 때문이다.

용호각까지 매일 뛰라는 청면 사숙의 지시는 자신의 체력을 증진시켜 무공 입문에 도움을 주기 위함일 것이다.

그럼에도 혼자 남겨진 운호는 멍하니 청면자가 사라진 거대한 바위를 넋을 놓고 바라보았다.

암담한 현실.

올 때는 구름을 타고 유람하듯 건넌 길이었으나 지금 까마득한 점창산을 바라보자 기가 질릴 대로 질렸다.

한참을 제자리에서 멍하니 산을 바라보던 운호가 천천히 움직이기 시작했다.

사숙은 힘들면 하지 않아도 된다고 하셨다.

그 말은 힘이 들어 하기 싫으면 무인이 되기를 포기하라는 말이나 다름없는 것이다.

죽는 한이 있어도 그러고 싶지는 않았다.

사부님의 말씀은 멋진 무인이 되어 천하에 우뚝 서라는 것이었다.

불굴의 의지를 가지고 포기하지 않을 때 그리 될 수 있다며 사부님은 용기를 불어넣어 주셨다.

사부님의 말씀을 믿었다.

천애고아가 되어버린 자신에게 따뜻한 정을 주신 사부님

께 기쁨이 될 수 있다면 무슨 일이라도 할 수 있다고 생각해 왔다.

그랬기에 그는 늘어진 소매를 걷고 바지자락을 접어 달리기 편하도록 만들며 뛰어가야 할 길을 노려봤다.

비록 육신이 부족하고 지금까지 한 번도 하지 않은 힘든 싸움을 해야 했지만 하고자 하는 의지만 있다면 반드시 해낼 수 있다며 이를 악물었다.

전력으로 달릴 필요는 없다.

사숙이 원한 것 또한 시간이 아니라 완주라는 것을 잘 알기에 운호는 자신의 심장에 맞추어 느리지 않은 걸음으로 산길을 달려 나갔다.

얼마나 달렸을까.

다리가 후들거려 오고 심장은 미친 듯 폭주하며 호흡을 거칠게 만들기 시작했다.

참았다.

얼마나 참을 수 있는지 시험하고 싶어 통증으로 인해 가슴이 터질 때까지 달렸다.

평지도 힘든데 산길을 뛰고 있으니 오죽할까.

머릿속을 가득 채운 뜨거운 의지가 막바지에 달한 그의 육신을 지배하며 계속 뛰도록 강요했다. 그러나 그는 더 이상 견디지 못하고 쓰러질 수밖에 없었다.

인내의 한계를 건너뛰고 싶었지만 어린 육신은 고통의 한계를 이겨내는 데 익숙하지 못했다.

그러나 쓰러진 것이 그를 완전히 포기하게 만든 것은 아니었다.

쓰러지면 일어났고, 다시 쓰러지면 기력이 회복될 때까지 기다렸다가 뛰었다.

벌써 몇 번째인지 기억조차 하지 못할 만큼 쓰러지고 또 쓰러졌지만 그때마다 호흡을 가다듬고 팔다리에 감각이 돌아오기를 기다리며 다시 일어나기를 반복했다.

눈을 감으면 다시 일어나지 못한다는 생각에 천근이 되어버린 눈꺼풀을 손가락으로 끌어당겼다.

점심을 굶어 배가 등가죽에 붙을 정도로 고팠으나 계곡물을 마시며 허기를 채웠다.

"헉헉……!"

언제부턴가 거칠어진 호흡이 진정되지 않았다.

호흡이 진정되지 않는다는 것은 체력이 한계를 넘었다는 뜻이고, 여기서 멈추지 않는다면 육신에 무리가 온다는 걸 의미했다.

그럼에도 그는 뛰었다.

처음의 두려움과 외로움은 한 올도 남아 있지 않았고, 대신 가슴을 가득 채운 것은 용호각까지 가야 한다는 열망뿐이었다.

"사제, 정말 그랬는가?"

"그런다고 했잖습니까."

"어허, 이 사람. 농담이라고 생각했지, 그걸 진심으로 받아들였겠나. 아무리 그래도 그렇지, 어떻게 그런 짓을 해."

"그럼 사형은 다른 방법이 있소?"

청면자가 빤히 쳐다보며 묻자 청운자가 거품을 물다가 황당한 표정을 지었다.

청면자의 행동을 질책하고 싶었으나 막상 그의 반박에 적당한 대꾸가 떠오르지 않았기 때문이다. 풍운대를 속성으로 가르치기 위해 그들은 각각 검법과 심법, 장법 등으로 나누어 집중적인 교육을 시행하는 중이다.

기재들만 모아놓았으니 솜이 물을 빨아들이는 것처럼 뛰어난 오성에 잠시도 한눈을 팔기 어려웠다.

더군다나 수시로 상륜각을 찾아 분광과 회풍의 검리를 익혀야 했기에 그들의 하루는 눈 깜짝할 사이에 지나가고 있었다.

그런 상태에서 운호의 출현은 고심거리일 수밖에 없었다.

풍운대와 함께 운호를 가르친다는 건 차라리 방치하는 것만 못했기에 며칠 전부터 그들은 운호의 처리를 놓고 고심을 거듭했다.

따라오지 못할 뿐만 아니라 섣불리 따라 하다가는 몸을 완전히 망쳐 폐인이 될지도 모르기 때문이다.

그렇다고 해서 그를 위해 따로 시간을 할애한다는 건 점창의 꿈을 위해 바람직하지 못한 일이었다.

근골을 확인한 청면자는 운호의 재질이 보통 이하라는 결론을 내렸고, 기본 체력이 보강되지 않는 한 무공을 익히는 것이 불가능하다며 고개를 흔들었다.

집중해도 모자란 힘을 헛되이 쓴다는 건 결코 옳은 일이 아니었다.

청운자가 깊은 한숨을 쉬며 찌푸려졌던 인상을 풀고 입을 연 것은 다른 방법이 떠오르지 않았기 때문이다.

"사제, 그래도 그건 너무 심했네. 천천히 체력이 증진되도록 하는 방법도 있지 않겠나."

"어떤 방법 말입니까?"

"예를 들면……."

"사형, 잘 알면서 그러십니까. 그 아이는 피를 쏟고 뼈를 깎는 고통을 겪지 않으면 풍운대의 일원이 될 수 없습니다. 청곡 사형이 원하는 것처럼 풍운대의 일원이 되기 위해서는 삼 년 이내에 저들을 칠 할 이상 따라잡아야 합니다. 그리 되기 위해서는 더 힘든 일도 해내야 된단 말입니다. 저는 이것이 그 아이에게 할 수 있는 최상의 방법이라고 생각합니다."

"음, 언제까지 시킬 생각인가? 잘못하면 죽을 수도 있네."

"눈을 보니 하겠다는 의지가 가득하더이다. 며칠 지켜보겠소. 어렵다고 생각되면 가차 없이 중지시킬 생각이니 너무 염려하지 마시오. 도저히 안 된다고 생각되면 청곡 사형 모르게 본문으로 보낼 생각이오."

"청곡 사형이 원망스럽군. 어찌해서 그런 아이를 보내 우리에게 이런 괴로움을 준단 말인가."

고개를 돌리는 청면자를 따라 청운자의 고개 역시 돌아갔다.

무거운 얼굴들.

그저 운호에 국한된 일이라면 마음에 꺼릴 일이 아니었을 것이다.

그들의 마음을 돌덩이로 눌러놓은 것처럼 무겁게 만든 것은 운호의 뒤를 지키는 청곡자의 존재였다.

얼마 남지 않은 생명.

그 생명을 걸고 운호를 걱정하는 청곡자의 간절한 바람이 그들을 억누르고 있었다.

청자배 장로치고 청곡자의 영향을 받지 않은 사람이 없다.

삼십 년 전 그의 존재는 점창의 내일을 밝혀주는 뜨거운 태양이었고 전설의 시작이었다.

모든 이의 존경을 한 몸에 받던 철혈의 무인.

주화입마에 걸리기 전 십여 년 동안 강호행에서 그가 보여준 협행은 점창의 명예를 한껏 드높였고, 오십여 차례에 걸친 비무를 전부 승리로 이끌면서 점창문인의 자존심을 하늘로 치솟게 만들었다.

그런 청곡자의 마지막 바람을 어찌 가벼이 생각할 수 있겠는가.

그러나 원하는 대로 쉽게 해줄 수 있는 일이 아니었다. 운호의 재질은 청곡자의 바람을 채우기에 모자라도 너무나 모자랐다.

아쉬웠다.

운호가 지금 연무장에서 유운검법의 기초를 익히고 있는 풍운대원 중 한 명이었다면 정성을 다해서 키웠을 것이다.

하지만 운호는 그런 재질을 가지고 있지 못했다.

"헉… 헉……."

입술이 갈라지고 거칠어진 호흡은 금방이라도 끊어질 듯 가늘어졌다.

뛰는 것은 고사하고 걷지도 못했기에 운호는 멀리 보이는 불 켜진 용호각을 향해 기어가고 있었다.

한 걸음, 또 한 걸음.

걸음마다 담겨 있는 고통과 슬픔은 운호를 더욱 힘들고 괴롭게 만들었다.

그럼에도 그는 번갈아가며 팔과 무릎을 움직였다.

간다. 반드시 가고 만다.

철혈의 무인이 되기 위해, 사부님의 꿈을 이루기 위해 반드시 해내고야 말겠다는 의지가 아직도 눈에 그득했다.

날은 이미 어두워질 대로 어두워져 사물을 확인하기 어려 웠으나 운호는 더듬거리며 한 발, 한 발 앞으로 나아갔다.

어두워진 오월의 산바람이 땀으로 범벅이 된 그의 몸을 싸늘하게 가라앉히며 괴롭혔으나 그는 아랑곳하지 않고 앞만 보며 나아갔다.

용호각의 불빛이 흔들렸고, 그에 맞추어 그의 몸도 비틀거렸다.

누에가 나비로 변신하기 위해 발버둥치는 마지막 꿈틀거림처럼 운호의 몸은 그리 움직였다.

어린 육신 어디에서 저런 힘이 나올까.

청면자의 눈이 심하게 흔들린 것은 온몸으로 표현되고 있는 운호의 간절함이 그를 자극했기 때문일 것이다.

불굴의 의지.

연약한 체력을 상쇄해 버리는 운호의 뜨거운 의지가, 지켜만 보겠다던 청면자의 발걸음을 옮기도록 만들고 있었다.

사람들의 웅성거림이 잠시 동안 이어졌고, 어디론가 옮겨진 후 곧이어 몸을 만지는 손길이 느껴졌다.

따뜻한 느낌이 가슴을 적시더니 점점 전신으로 움직이며 온몸을 나른하게 만들었다.

꼼짝하지 못했던 팔과 다리의 감각이 돌아와 통증을 호소하기 시작한 건 몸을 만지던 손길이 전신을 돌아 가슴으로 왔을 때다.

그리고 그때 극심한 허기도 같이 몰려왔다.

"으……."

천근같은 눈꺼풀을 밀어 올리며 억눌린 신음을 뿜어냈다.

가늘게 떠진 눈에 온몸을 어루만지는 청면 사숙의 모습이 보였다.

냉정하던 모습과는 다르게 부드러움과 따뜻함을 가진 손길이었다.

그러나 그 손길은 운호의 눈이 떠진 걸 확인한 순간 즉시 거두어졌고, 대신 차가운 음성이 귀를 자극해 왔다.

"고생했다. 하지만 이래서야 어찌 내일을 기약할 수 있겠느냐. 쯧쯧쯧. 그만 포기하거라."

"할 수 있어요."

"고집을 피워서 될 일이 아니다. 계속 이리하면 몸이 망가져 반신불수가 될 수도 있다. 그리 되면 청곡 사형을 뵐 면목이 없다."

"저는… 할 수 있어요."

"미련한 놈이로다. 계속 이렇게 정신을 잃는다면 어쩐단 말이냐. 나보고 신성한 점창의 그늘에서 시체를 치우는 불상사를 만들란 말이냐!"

"……."

차가운 음성으로 질책했음에도 운호는 오직 고개를 조아

릴 뿐이다.

거의 반송장이 되어 돌아왔음에도 아이는 포기하라는 말을 간절한 눈빛으로 부정하고 있었다.

도와주고 싶었으나 도와줄 방법이 없다.

그랬기에 입에서 나온 음성은 여전히 차가웠다.

"무리한 일을 지속하는 것은 용기가 아니라 만용이다. 나는 너에게 이 일을 지시하면서 스스로 이기지 못하면 그만두라고 분명히 말했다. 오늘 너의 모습을 보아라. 그것을 두고 어찌 수련이라 할 수 있겠느냐?"

"힘들어요. 하지만 했잖아요. 그러니까 내일도 할 수 있을 거예요."

"계속하겠다는 뜻이냐?"

"네."

"흥! 계속하겠다니 지켜는 보겠다. 하지만 나는 네가 포기하기를 바란다. 매번 너를 치료해 줄 만큼 한가하지 않다. 네 사형들을 가르쳐야 하고 내 스스로도 여유가 없다. 앞으로 이런 일이 계속 생기면 네 훈련을 중단시킬 생각이다."

"다른 방법이 있나요?"

"이놈아, 굳이 풍운대가 되어야만 강한 무인이 되는 것은 아니다. 아직 나이가 어리니 천천히 순서를 밟아 체력을 기른 후 무공에 입문해도 충분히 훌륭한 무인으로 성장할 수 있다."

"사부님이 풍운대에 들기를 원하세요. 저보고 풍운대에서 점창의 별이 되라 하셨어요."

"그놈의 고집! 굳이 험한 길을 가겠다면 더 이상 말리지 않겠다. 하지만 나를 원망하지는 말거라. 하루 종일 먹은 게 없을 테니 요기부터 하고 기력을 회복해라."

"고맙습니다."

청면자가 마땅치 않은 표정으로 몸을 일으키자 운호는 억지로 팔을 짚으며 따라 일어서 깊이 허리를 숙였다.

운호는 청면자가 나갈 때까지 공손하게 서 있다가 방문이 닫히자 옆에 놓인 밥상을 향해 다가갔다.

정신없이 먹었다.

얼마나 맛있던지 젓가락이 보이지 않을 정도로 열심히 먹어댔다.

그리고는 젓가락을 밥상에 놓은 뒤 목 놓아 울었다.

서럽게, 서럽게.

누구도 도와주지 않으니 혼자 해내야 한다.

해낼 수 있을 거라 믿었고, 그리하기 위해 혼신의 노력을 다할 생각이다.

하지만 뼈에 사무치는 외로움은 이겨낼 수가 없었다.

꿈을 꾸기 시작한 것은 혈류동에서 돌아와 녹초가 되어 쓰러진 그날 밤부터였다.

미처 닦지 못한 눈물을 매달고 스르륵 잠이 든 그날.

사부님은 언제나처럼 다정한 미소를 지은 채 다가와 그의 몸을 안아주었다.

억지로 멈추었던 눈물이 다시 흘렀다.

그 미소와 그 손길.

떨어진 지 불과 하루밖에 되지 않았으나 그 하루가 준 지독한 외로움과 슬픔이 사부를 만나자 주체할 수 없는 눈물이 되어 흘러나왔다.

응석을 부리고 싶었다.

자신을 떠나보낸 사부에게 하루 동안 겪은 슬픔과 외로움을 눈물로 보여주며 다시 데려가 주기를 간절히 바랐다.

하지만 사부는 미소만 지은 채 그를 사랑스럽게 어루만질 뿐이었다.

그리고 어느 순간 그 손길에 힘이 담겼고, 두드림이 발생하기 시작했다.

익숙한 손놀림.

"아······."

시간이 지나자 그 손놀림이 천룡무상심법의 운용 비결대로 움직이는 걸 알 수 있었다.

사부님의 손길에 맞추어 혈들이 연속으로 반응하며 고통을 만들어냈다. 타격이 시작된 지 반 시진이 지나고 난 후부터였다.

울음 대신 온몸에서 땀이 새어 나오기 시작했고, 고통은 점점 심해졌다.

참기 위해 이를 악물었으나 온몸을 두드리는 사부의 손길은 멈추지 않았고, 그에 따른 고통은 전신을 떨리게 만들 정도로 커져 갔다.

그때 사부의 부드러운 목소리가 들렸다.

"뭐 하느냐, 내가 가르쳐 준 대로 구결을 암기하고 그 뜻을 되뇌지 않고!"

왜 잊어버리고 있었을까.

예전에도 사부님은 전신을 두들기며 구결을 암기하도록 했었다.

구결을 암송하는 것이 고통을 완화시켜 주는 역할을 한 것은 아니었으나, 어느 순간 고통을 정체시키며 심신의 안정을 가져다주었다.

일정한 고통은 신체를 자극해 지속적으로 땀을 생성시켜 몸을 흠뻑 젖게 만들었다.

꿈속에서조차 망아의 세계에 빠져들고 말았다.

시간의 흐름을 잊었고, 오직 혈들을 자극하는 고통에 몸을 맡긴 채 기묘한 힘을 하나하나 되새겼다.

혈들은 타격에 따라 살아 있는 생명체처럼 몸을 비틀고 움츠렸으며 반발했다. 때론 연인의 손길을 받아들이는 아낙네처럼 다소곳해지기도 했다.

눈을 자극하는 빛.

시간의 흐름은 잊었지만 창문을 통해 들어오는 햇살의 기운이 정신을 깨웠다.

아침이 되어 눈을 떴을 때 그의 몸은 옷을 입은 채 목욕을 한 것처럼 변해 있었다.

그러나 더욱 그를 놀라게 만든 것은 엉망으로 변한 자신의 신체가 정상으로 돌아와 있다는 점이었다.

팔도 멀쩡하게 움직였고 다리에는 힘이 붙었다.

넘어지고 쓰러지면서 부딪쳤던 허리와 가슴의 멍울도 희미해졌고 통증마저 느껴지지 않았다.

무슨 일이 벌어진 건지 이해할 수 없었으나 그때부터 그는 청면자가 원하는 대로 혈류동까지의 험난한 산길을 달리기 시작했다.

달라진 것은 없었다.

처음처럼 괴로웠고 처음처럼 쓰러졌다.

쓰러지면 다시 일어났고, 힘이 다하면 기어서라도 끝까지 움직였다.

첫날처럼 정신을 잃지는 않았으나 달리고 나면 온몸이 부서지는 것 같은 고통을 느껴야 했다.

하지만 꿈을 꾸면 모든 것이 원상태로 되돌아온다는 걸 알게 되면서 운호는 고통 속에서도 웃으며 그 길을 달릴 수 있었다.

앙상했던 팔과 다리에 힘이 붙기 시작한 것은 한 달이 지난 후부터였다.

비록 팔과 다리는 넘어지면서 생긴 상처들로 도배가 될 정도였지만 참고 견디자 힘이 붙기 시작했다.

석 달이 지나자 처음으로 쓰러지지 않은 채 끝까지 완주할 수 있었고, 또다시 석 달이 지난 후부터는 저녁 식사 전에 용호각에 도착할 수 있어 사형제들과 함께 나란히 앉아 밥을 먹을 수 있었다.

사형제들은 처음에는 자신들 사이에 끼어 밥 먹는 것을 무척이나 어색해했다. 하지만 금방 자연스럽게 받아들였는데, 특히 동갑인 운여와 운상은 항상 옆에서 어색하지 않도록 말을 붙여왔다.

그리고 그들은 아침이 되면 보자기를 내밀었다.

점심을 굶어야 하는 운호의 처지가 안타까웠는지 운여와 운상이 번갈아가며 세 알의 삶은 감자를 챙겨주었던 것이다.

눈치를 보니 대사형의 지시에 의해 하는 행동인 것 같았다.

사형제들은 말을 하지 않았으나 모두 운호의 처지를 동정하는 것처럼 보였다.

새로 풍운대를 맡은 청무자의 지시에 의해 모래각반을 팔 다리에 매단 것도 그때부터였다.

"헉헉······!"

각각 반 근에 달하는 모래각반은 상상보다 훨씬 커다란 괴로움을 주었다.

움직임에 따른 작용과 반작용으로, 모래각반은 훨씬 커다란 무게로 변해 괴롭혔다.

뜨거운 콧김이 거친 호흡에 묻혀 뿜어져 나왔다.

어느새 찾아온 초겨울의 추위는 운호가 뿜어내는 콧김을 새하얗게 허공으로 날려 보내고 있었다.

처음에 비한다면 괄목상대라 할 만큼 엄청나게 강해진 체력이었으나 모래각반까지 차고 추위 속에서 달리자 서서히 체력이 고갈되기 시작했다.

아직 용호각까지의 거리는 한 시진 가까이 남았기 때문에 운호는 잠시 멈춰 서서 구름을 머금고 있는 점창산을 올려다봤다.

육 개월 동안 하루도 빠짐없이 달렸으니 혈류동에서 용호각까지의 지형은 눈을 감고도 찾아갈 수 있을 정도로 익숙해진 상태였다.

하지만 눈을 들어 바라본 산 정상은 똑같은 모습을 한 번도 보여주지 않았기에 항상 낯설고 신비로웠다.

어떨 때는 구름 속에 감춰져 있고, 어떨 때는 푸른 하늘을 배경으로 날아갈 듯 서 있었으며, 어떤 날은 쓸쓸한 여행자처럼 외롭게도 보였다.

반각만 쉴 생각이었다.

그리고 소모된 체력이 회복되면 남아 있는 거리를 한 번에 달려갈 생각이었다.

모래각반으로 인한 무게 증가는 피로를 가중시켜 벌써 다섯 번이나 걸음을 멈추게 만들었지만 지금부터는 멈추지 않고 끝장을 보고 싶었다.

대충 기력이 돌아오자 운호는 크게 한숨을 몰아쉬고 모래각반을 조였다.

팔을 휘두르고 발을 굴러 모래각반이 빡빡해지도록 만든 운호가 어깨를 풀고 고개를 좌우로 꺾었다.

창로한 음성이 들려온 것은 출발하기 위해 발걸음을 내딛는 순간이었다.

"운호야!"

"어, 청우 사숙께서 어인 일로……."

익숙한 지형.

청우 사숙의 등에 업혀 날아가는 동안 주변을 스쳐 지나는 지형들이 예전 사부님과 함께 머물던 상륜각으로 가는 길이란 걸 알려주고 있었다.

심하게 굳은 얼굴.

청우자는 나타난 순간부터 지금까지 한마디도 하지 않았는데, 무척이나 어두운 얼굴을 하고 있어 운호를 주눅 들게 만들었다.

왜 온 것일까?

물어보고 싶었으나 굳어진 사숙의 얼굴을 본 순간 열리던 입이 저절로 닫혔다.

그만큼 사숙의 얼굴은 무서울 정도로 굳어 있었다.

체력이 좋아져서 달리는 것이 무섭지 않게 되었으나 사숙의 신법은 달리는 것을 벗어나 날아가는 것이었기에 운호는 속으로 감탄을 연발했다.

바위를 밟는 발의 움직임은 구름을 밟고 도약하는 것처럼 한없이 부드러웠다. 나무 사이를 연속으로 차는 탄력은 시위에서 떠난 화살처럼 강력해 엄청난 속도를 뿜어냈다.

언제쯤 이런 신법을 배울 수 있을까.

사숙이 펼치는 신법을 배울 수만 있다면 혈류동에서 용호각까지 뛰는 것은 그만둘 수 있을 것이라는 상상을 하며 운호는 청우자의 등에서 작은 미소를 지었다.

그런 상상을 하고 있을 때 멀리서 모습을 드러내던 상륜각이 눈앞으로 확 다가왔다.

워낙 빠른 신법을 구사했기 때문에 금방 상륜각의 전경이 나타났고, 전각을 가득 채운 사람들의 모습도 보였다.

무슨 일이기에 이리 많은 사람이 모인 걸까?

자신도 모르게 불안해졌기 때문에 사부님을 찾기 위해 눈을 부지런히 돌렸다.

청우 사숙의 목적지가 상륜각이라는 것을 알고 난 후부터 꿈속에서만 보던 사부님의 모습을 볼 수 있다는 생각에 가슴이 정신없이 쿵쿵 뛰고 있었다.

그러나 워낙 많은 사람이 장막을 치고 있었기에 사부님의 모습은 찾을 수 없었다.

자신을 괴롭히던 청면 사숙과 청운 사숙이 먼저 보였고, 그 옆으로 현재 풍운대를 맡고 있는 청명 사숙이 보였다.

그리고 줄줄이 장로들이 들어차 있고, 처음 보는 사람들이 형형한 눈빛을 빛내며 상륜각의 마당을 장악하고 있었다.

그들은 청우 사숙이 마당으로 들어서자 마치 기다리고 있던 것처럼 좌우로 비켜서며 일사불란하게 길을 내줬다.

청우 사숙의 발걸음은 주저함이 없었다.

방문을 차고 안으로 들어서자 점창을 책임지고 있는 장문인과 가장 배분이 높은 청허 사숙, 그리고 청문 사숙이 무거운 얼굴로 앉아 있는 것이 보였다.

그 가운데 누워 있는 사람은 꿈속에서나마 매일 만나던 사부님이었다.

"우리… 운호가 왔구나."

허깨비와 같은 얼굴로 허공에 붕 뜬 것처럼 힘없는 음성이 사부의 입에서 흘러나왔다.

청곡자를 발견한 운호가 청우자의 등 뒤에서 버둥거렸다.

목소리에 홀린 영혼처럼 사부에게 가려는 운호의 행동은 간절하기 그지없었다.

청우 사숙의 등에서 내린 운호가 정신없이 다가가 사부님의 가슴에 자신의 몸을 묻었다.

아무런 말도 필요 없었다.

그리운 가슴, 그리운 얼굴, 그리고 한시도 잊지 못한 사부님의 음성.

얼마나 상태가 안 좋은지는 한눈에 알 수 있었다.

그럼에도 묻지 못한 것은 가슴이 터질 듯 아파왔기 때문이다.

끝없이 흐르는 눈물.

청곡자의 가녀린 가슴에 안긴 운호의 몸이 정신없이 떨렸고, 입에서는 비명과 같은 울음소리가 끝없이 새어 나왔다.

그런 운호를 청곡자는 꼭 끌어안은 채 한동안 죽은 듯 움직이지 않았다.

운호를 떼어낸 것은 청문자였다.

"운호야, 우리 운호 많이 컸구나."

"사부님, 보고 싶었어요."

"나도… 나도 보고 싶었다."

"어헝!"

말없이 떨어지는 눈물.

청곡자의 눈에서 운호를 향한 사랑이 흘렀고, 그에 맞춰 운호가 짐승처럼 다시 울음을 터뜨렸다.

그때 청곡자의 손이 간신히 움직여 운호의 손을 잡았다.

"운호야, 울지 말거라. 옳지, 그래야지."

잡은 손을 다독거리며 울음을 진정시킨 청곡자가 운호의 얼굴에서 눈물을 닦아냈다.

그의 손은 오랜 가뭄으로 인해 갈라진 농토처럼 형편없이 변해 있었다.

"운호야, 시간이 없구나. 그러니 사부의 말을 잘 듣거라."

"사부님, 말씀하세요. 잘 들을게요."

"착하구나. 사부는 이제 먼 길을 가야 한다. 그래서 너를 더 이상 볼 수가 없을 것 같다."

"돌아가시는 건가요?"

"……그렇단다."

"조금만 더 있다가 가시면 안 돼요? 사부님과… 사부님과 조금만 더 같이 있고 싶어요."

"그러고 싶은데 그럴 수가 없을 것 같구나. 미안하다."

"안 돼요! 안 돼요!"

"사람의 운명은 바람과 같아 왔다가 어느 날 문득 사라지는 것이다. 막아서도 안 되고 막을 수도 없는 것이 운명이다. 그러니 너무 아쉬워 말아라."

"크윽!"

"나는 이제 여한이 없다. 사문에 모든 것을 돌려주었고, 너를 이렇게나마 볼 수 있으니 웃으며 눈을 감을 수 있다."

"사부님!"

"운호야, 사내는 어떻게 살아야 된다고 했느냐?"

"뜨거운 심장과 냉철한 이성으로 불꽃같이 살라 하셨어요."

"그렇다. 그것이 열혈의 무인이 살아가야 할 자세이다. 믿어도 되겠느냐?"

"네, 그리 살겠습니다."

"사부가 전해준 심법을 익히는 데 한시도 게을리하지 마라. 네가 점창의 별이 되는 걸 보지 못하고 눈을 감는 것이 아쉬우나 나는 그리 될 것이라 믿는다. 너와 함께한 시간이 사부에게는 가장 행복한 시간이었다. 운호야, 부디 점창의 별이 되어다오."

"그럴게요, 그럴게요."

청곡자의 음성이 심하게 떨렸고, 호흡도 그에 맞춰 진폭이 커졌다.

목에서는 가래 끓는 소리가 끊임이 없었는데 금방이라도 숨이 멈출 것처럼 급박했다.

그럼에도 그는 마지막 힘을 내어 청현자를 향해 입을 열었다.

"장문인!"

"사형, 말씀하시지요."

"우리… 운호, 우리 운호를 꼭 부탁하오."

"사부님!"

청곡자가 끝내 말을 마치지 못하고 손을 놓자 자신의 손을 놓아버린 청곡자의 마른 손을 다시 부여잡으며 운호가 비명을 질렀다.

그의 비명 소리는 엄마를 잃은 아기 사슴처럼 길고 높았으며 찢어질 듯 뾰족했다.

청현자를 포함해 청허자가 연속으로 벼락처럼 고함을 질렀고, 방 밖에서 장로들과 문인들의 도호 소리가 동시에 합창되며 울음이 터져 나왔다.

점창의 구성이며 전설이던 청곡자의 죽음.

그 죽음이 점창산을 하늘이 무너지는 것과 같은 슬픔 속으로 빠져들게 만들었다.

5장

유운검법

청곡자의 장례는 조촐하게 치러져 선묘에 안장되었다.

장로의 직책을 박탈당한 상태이기 때문에 평문도에 불과
해 문장으로 치르지 못했지만 그의 죽음은 수많은 점창문인
을 뜬눈으로 밤새우도록 만들기 충분했다.

슬픔은 가슴에 묻는다고 했던가.

운호가 그랬고, 청자배 장로들이 그랬다. 점창의 미래를 짊
어질 운자배 일대제자들이 청곡자의 마지막을 아름답게 보내
며 본래의 삶으로 되돌아갔다.

잊었기 때문이 아니라 또 다른 내일 속에서 점창의 명예
를 드높이라는 청곡자의 가르침을 더욱 공고히 새기기 위함

이다.

장례가 끝난 다음 날부터 운호는 또다시 달리는 걸 시작했다.

다른 사람보다 훨씬 큰 슬픔이 가슴에 담겨 있었지만 사부의 마지막 말을 이루기 위해서는 잠시라도 절망에 빠져 있어서는 안 된다고 생각했다.

아직 그에게는 무공에 대한 입문이 허락되지 않았기에 골격이 완성되고 체력이 궤도에 오를 때까지 외로운 싸움은 계속될 수밖에 없었다.

스승님을 멀리 보낸 슬픔을 잊기 위해, 약속을 지키기 위해 오로지 앞만 보고 뛰었다.

그런 세월이 계속되면서 많은 변화가 생겨났다.

뼈마디만 있었던 체격은 그로부터 이 년이 지나자 어느 샌가 탄탄해졌다. 모래각반을 전신에 두른 상태에서 한 번도 쉬지 않고 용호각까지 뛸 수 있는 체력을 갖추게 된 것이다.

모래각반은 팔다리에서 어깨와 가슴, 허벅지까지 전신으로 확장해서 착용했는데, 그 무게가 다섯 근이나 되었다.

청허자로부터 달리는 걸 멈추라는 명이 내려진 것은 정확하게 이 년 일곱 달 열흘이 지난 후였다.

운호의 나이 열두 살에서 두 달이 지났을 때다.

여느 날과 다름없이 아침이 되어 모래각반을 온몸에 두르고 나서려는 운호를 아침 일찍 나타난 청허자가 가로막았다.

"앉아라."

"예, 사백."

"등을 대고."

대뜸 명을 내린 청허자는 얼떨떨한 얼굴로 등을 내민 운호를 향해 손을 내밀었다.

오른손이 중추, 척중, 명문을 훑어 내렸고, 곧이어 왼손이 대맥, 요추, 오도를 일일이 짚으며 꼼꼼히 살펴 내려갔다.

그리고도 한동안 청허자는 운호의 전신 혈도를 하나씩 살펴 나갔다. 중간중간 근육의 형성과 장기들의 위치까지 확인했다.

청허자의 손길이 멈춘 것은 거의 일각이 지난 후였다.

"혈류동이 지겹지 않더냐?"

"그렇지 않았습니다."

"네 심지가 참으로 대단하구나. 무공을 익히지 못할 만큼 빈약했던 근골이 불과 삼 년 만에 이 정도로 완벽해진 것은 너의 노력이 얼마나 치열했는지 알 수 있게 해준다. 참으로 고생했다."

"사숙들의 가르침을 따랐을 뿐입니다."

"흘흘, 그런 건 또 어디서 배웠을꼬. 가르쳐 준 사람도 없었을 텐데 별걸 다 배웠구나."

운호가 무슨 뜻이냐는 얼굴로 쳐다보자 청허자가 가볍게 헛기침을 해댔다.

듣기 좋은 말을 하는 처세에 대해 한마디 한 것인데 운호는 전혀 알아듣지 못하는 얼굴을 하고 있다.

'쯧쯧.'

세상물정에 문외한이나 다름없는 운호를 향해 말도 안 되는 상상을 한 자신이 한심하기 그지없었으나 재빨리 다시 입을 열어 운호의 말을 막았다.

질문을 받고 난처한 대답을 하는 것보다는 미리 선수를 쳐서 곤란함을 해결하는 것이 훨씬 현명한 대처 방법이었다.

"오늘부터 달리는 걸 멈추고 운문으로 가거라. 청문 사숙이 기다리고 있을 것이다."

"청문 사숙께서 왜 저를?"

"이놈아, 그럼 언제까지 뛰기만 할 생각이냐. 풍운대가 매일 뛴다고 해서 되는 줄 알았느냐?"

"그럼 저에게 무공을 가르쳐 주시는 건가요?"

"청문이 직접 네 기초를 닦아준다고 했다. 그러니 지금 즉시 짐을 챙겨서 운문으로 가거라. 그리고 이것은 사문의 기보인 태청단이란 것이다. 청문에게 가면 복용하는 방법을 가르쳐 줄 테니 잘 보관하도록. 이젠 앞으로 종종 보게 될 테니 각오하거라."

청허자는 자신이 할 말만 하고 왔던 것처럼 순식간에 사라졌다.

가장 무서운 청허 사백이 불현듯 나타나 대뜸 무공 입문을 통보했기 때문에 얼떨떨해하던 운호는 한참이 지나서야 방문을 열었다.

방문 밖에는 아무도 보이지 않았다.

사형제들은 몇 달 전부터 둘씩 나뉘어 사숙들로부터 집중적인 지도를 받았다. 수련에 매진하고 있기 때문에 용호각은 텅 빈 상태였다.

그때부터 용호각을 지킨 것은 운호가 유일했기 때문에 사람의 인기척은 찾아보기 어려웠다.

방문을 통해 들어온 전경.

언제나 방문을 열면 그를 반겨주던 마당과 담장, 그리고 한쪽에 우뚝 서 있는 참나무와 그 옆의 못생긴 바위가 한눈에 들어왔다.

그것들을 바라보며 운호는 한동안 움직이지 않았다.

혼자만의 외로웠던 이 년 칠 개월의 싸움.

그 누구도 도와줄 수 없던 고독한 싸움은 고통스럽고 잔인했으며 더없이 외로운 것이었다.

그런데 갑자기 나타난 청허 사백은 이제 그 싸움을 끝내라며 수고했다고 말했다.

쉬이 믿을 수 없었으나 청허자가 남겨준 옥함이 아직도 손에 꼭 쥐어져 있기에 운호는 몸을 부르르 떨며 눈을 감고 말았다.

사부님이 돌아가신 후 다시는 울지 않겠다고 맹세했는데

저절로 눈물이 고였다.

좋은데 왜 눈물이 나는 걸까.

아무리 생각해 봐도 이해할 수 없는 눈물이 자꾸 흘러내려 운호는 웃으면서 소매로 눈물을 닦아냈다.

운문은 점창산 서쪽의 험한 지형을 일컫는 말이다.

바위들이 줄지어 늘어서 길을 만드는 곳.

향화객들이 절대 오르지 못하는 길일 뿐 아니라 점창문인 조차 드나들기 꺼릴 정도로 험한 지형이었다.

용호각과는 동전의 앞, 뒷면처럼 완벽하게 반대쪽에 위치 했기 때문에 최소한 다섯 시진은 걸리는 거리이다.

짐이라고 해봐야 달랑 옷 몇 가지와 사부가 남겨주신 세 개 의 유품이 전부이다.

운호는 사부의 유품을 조심스럽게 쓰다듬은 후 옷가지에 정성스럽게 싸맸다.

두 개의 목각 인형과 하나의 작은 은종.

목각 인형은 점창으로 오는 도중 저잣거리에서 사부님이 사주신 것이고, 은종은 예전 강호에서 활동할 때 무정검의 징 표로 삼았던 것이라고 했다.

마음 같아서는 언제 돌아올지 모르는 사형들과 운여에게 자신의 행적을 남기고 싶었으나 아직 글을 배우지 못했기에 그냥 일어설 수밖에 없었다.

용호각을 나선 운호는 잠시 멈춰 서서 전각들을 확인한 후 즉시 정상을 향해 달리기 시작했다.

조금의 미련도 남기지 않겠다는 자세.

미래에 대한 도전이 있을 뿐, 불안했던 과거는 과감히 지워 버리겠다는 의지가 고스란히 나타나고 있었다.

정상까지의 길은 혈류동에서 용호각을 잇는 험로에 비한 다면 오히려 평이했다. 정상을 넘어 나타나는 운문까지의 길 은 험준하기 그지없었으나 내려가는 길이어서 속도에 지장을 주지는 않았다. 운문에 도착한 것은 아직 해가 남았을 때였 다.

거의 삼 년 동안 달리기로 체력을 키운 운호는 전신에서 모 래각반을 제거하고 뛰자 고양이처럼 날렵하기 그지없었다.

온통 바위로 뒤덮인 지형.

운문이라면 구름과 관련되어야 정상인데 눈에 보이는 것 은 온통 바위뿐이었다.

운호는 움직이지 못하고 있다가 한참이 지난 후에야 걸음 을 떼었다.

험한 바위군 사이에 허름한 초옥 하나가 한쪽 능선에 덩그 러니 세워져 있었다.

초옥을 발견한 이상 망설이 필요가 없었다.

운문으로 가서 청문 사숙을 찾으라 했으니 그가 있을 곳은 오직 저 초옥뿐이고, 예상은 정확히 들어맞았다.

초옥에 도착하자 마당에 놓인 평상에 좌정한 채 흑색 도복을 입은 노인이 그를 맞아들였다.

허허로운 기운.

처음에 봤을 때는 그 기세가 너무나 강렬해 눈조차 마주치지 못했다. 청문자는 끝을 발견하지 못할 정도의 깊은 눈으로 운호를 지켜보고 있었다.

그의 입이 열린 것은 운호가 다가와 허리를 숙일 때였다.

"운호가 사숙님을 뵙습니다."

"왔느냐. 오르라."

신기하게도 아무런 행동을 하지 않았는데 그가 말한 곳이 평상의 왼쪽 빈자리임을 금방 알 수 있었다.

그 말투가 너무 자연스럽고 평온해 운호는 주저 없이 지시에 따라 평상에 올랐다.

운호가 무릎을 꿇은 채 올려다보자 청문자의 입이 다시 열렸다.

"내가 누구냐?"

"청문 사숙이십니다."

"나를 얼마나 아느냐?"

"잘… 모릅니다. 죄송합니다."

"죄송할 일이 아니다."

고개를 조아리는 운호의 모습을 건너 청문자의 시선이 서서히 지면서 노을을 만들어내는 태양을 향했다.

아무런 기세를 내보이지 않았는데도 숨이 막힐 정도로 풍겨 나오는 압도적인 기운.

태양을 베고 싶은 무인의 열망일까?

한동안 노을을 바라보던 청문자가 다시 입을 연 것은 운호가 어쩔 줄 모르고 손에 찬 땀을 무릎에 닦을 때였다.

"내가 너를 맡겠다고 한 이유를 아느냐?"

"그것도 모릅니다."

"그렇겠지. 너를 맡은 이유는 내가 사문에 오 년간의 시간을 허락받았기 때문이다. 나는 오 년 동안 사문 최고의 절기인 사일검을 익히기 위해 폐관 수련할 예정이다."

"그런데 왜 저를?"

"청곡 사형께 받은 은혜를 돌려주기 위함이다. 사형께서는 내가 너의 무공 기초를 닦아주길 간절히 원하셨다."

"사부님께서······."

"또한 사형들께서 너의 노력을 칭찬하며 풍운대의 일원이 될 수 있도록 가르쳐 주기를 바랐다. 네 정성이 갸륵하다고 하시더구나. 그러나 나는 수련을 해야 되기 때문에 너를 일일이 지도할 수 없다. 나와 함께 오 년 동안 지내겠지만 얼마나 얻는가는 너에게 달려 있음을 명심하라."

"예, 사숙. 죽을 각오로 배우겠습니다."

청문자의 말이 무슨 뜻인지 충분히 안다.

그럼에도 운호는 뛰는 가슴을 주체하지 못했다.

하늘을 가로지르는 붉은 노을.

태양이 모습을 숨겼고, 노을에 비친 구름만이 마지막 아름다운 빛을 반사시키며 하늘을 수놓고 있었다.

청문자는 말을 끝낸 후 침묵을 지켰고, 운호 역시 대답을 한 후 고개를 숙인 채 움직이지 않았다.

점창 최고수 청문자.

분광과 회풍의 경지를 위해 스스로 폐관의 길을 가는 절정의 무인과 그의 가르침을 받게 된 운호의 운명이 서로 교차되며, 그렇게 운문에서의 첫날밤이 시작되고 있었다.

"눈으로 보고 마음으로 새겨라. 유운검법은 구름이 흐르는 형상처럼 유로 강을 제압하는 검법이니라. 점창의 입문 검법이자 사문의 비기를 익히기 위해 반드시 필요한 기초 공부이니 혼신의 힘을 다해야 할 것이다. 세 번을 보여줄 테니 그대로 따라서 하거라."

운문으로 온 다음 날 아침, 청문자는 운호를 앞에 두고 유운검법의 기초 검리를 가르친 후 세 번의 시범을 보였다.

두 번은 동작 하나하나를 아주 느리게 펼쳤고, 마지막 한 번은 눈이 보이지 않을 정도의 쾌검을 펼쳐 허공을 갈라놓았다.

내력을 싣지 않았음에도 운문의 한쪽 공간이 갈가리 찢겨나가는 것처럼 보일 지경이었다. 운호는 입을 벌린 채 한동안 움직이지 못했다.

천하를 내려다보는 절정 무인의 검.

가히 경이적이라고밖에 표현할 수 없었다.

놀란 채 움직이지 못하는 운호를 향해 청문자가 입을 열었는데, 그 음성이 차가워 마치 그가 펼쳐낸 검과 비슷하게 여겨질 정도였다.

"칠 일 후 네가 익힌 유운을 볼 것이다. 진전된 모습이 보이지 않으면 더 이상의 가르침은 없을 것이니 최선을 다하도록 하라."

"그리하겠습니다."

"글자를 익히는 것은 무인이 되기 위한 기본 중의 기본이다. 세상의 이치가 머리에 담기지 않으면 상승 공부를 할 수 없기 때문이다. 무슨 뜻인지 알겠느냐?"

"예."

"석 달에 걸쳐 운학이 운문으로 와서 네가 글자를 익히도록 도와줄 것이다. 정해진 기간이 지나면 그는 오지 않을 테니 나머지 공부는 네 스스로 해야 될 것이다. 서책은 초옥에 마련해 놨으니 걱정하지 않아도 된다."

"운학 사형은 언제부터 오십니까?"

"오늘 밤부터 올 것이다. 마음이 바쁘다. 시간이 없으니 할 말이 있으면 지금 해라."

"어디로 가시는지 물어도 되겠습니까?"

"그건 알 필요 없다."

"칠 일마다 오시는지요?"

"그렇다."

"그렇다면 기다리겠습니다."

서두르는 청문자를 향해 운호가 입을 굳게 닫았다.

더 이상 시간을 빼앗지 않겠다는 의지가 행동에서 고스란히 나타났다.

청문자가 사라지자 혼자 남은 운호는 바위 곁에 놓인 목검을 손에 쥐고 마음으로 감촉을 느꼈다.

처음으로 쥐는 목검.

오직 달리기만 했을 뿐 목검을 쥐는 것은 처음이기 때문에 가벼운 흥분이 생겨났다.

목검을 들어 청문자가 한 것처럼 전면을 향해 진격세를 만들어냈다.

하지만 더 이상 움직이지 못하고 멈추어 선 채 한동안 꼼짝하지 못했다.

그가 아무리 천재라 해도 단 몇 번 만에 유운을 시전한다는 건 있을 수 없는 일이고 있어서도 안 되는 일이었다.

동작 하나하나마다 배어 있는 검리를 충분히 이해하고 행할 때, 검은 길을 찾아 위력을 발휘하기 시작하는데 그것이 바로 초식이라는 것이다.

유운검법은 칠 초식으로 이루어져 있고, 각 초식마다 십팔

변이 존재하니 다른 문파의 기초 검법에 비하면 엄청나게 까다로운 검법이었다.

그런 검법을 단 세 번의 시범만 보여주고 휑하니 떠나 버린 청문자의 행동은 진정 이해가 되지 않는 것이었다.

한참을 꼼짝하지 않던 운호가 목검을 천천히 거두어들인 것은 반각 정도의 시간이 흐른 후였다.

어린 나이였지만 그 역시 청문자의 행동이 과하다는 것을 느꼈다.

가르치는 것이 귀찮아서 그랬던 걸까?

하지만 즉시 고개를 저었다.

가르치는 것이 귀찮았다면 당초부터 받아들이지 않으면 될 일이고 굳이 유운검법까지 보여줄 필요도 없었다.

청문 사숙은 자신을 가르치기로 마음먹은 이유가 사부님의 부탁을 들어주기 위함이라고 했다.

그리고 그 이유가 가슴에 와 닿을 정도로 무척이나 합당했기 때문에 한 올의 의심도 하지 않았다.

실없이 자신을 데리고 장난칠 이유가 없기 때문에 운호는 눈을 감고 유운검법을 느리게 펼치는 청문 사숙의 검을 떠올렸다.

그러자 각 일곱 초식을 펼치는 청문 사숙의 검에서 이상한 점이 발견되었다.

'아, 이것이었구나!'

처음에는 자신의 판단이 의심스러웠으나 계속해서 기억을 떠올리자 점점 확신이 들었다. 운호는 눈을 번쩍 뜨고 목검을 들어 올렸다.

청문 사숙은 한 가지 동작을 연속해서 몇 번 반복한 후에야 초식을 펼쳤다는 것을 뒤늦게 눈치챈 것이다.

아주 단순하면서도 모든 동작의 기본이 되는 척검과 격검이 바로 그것이었다.

찌르기와 베기.

일곱 가지 척검과 격검은 상중하로 나뉘었고, 또다시 좌우로 갈렸는데 횡격과 종격이 맨 끝이었다.

청문 사숙이 가르치고자 하는 것이 무엇인지 알아챈 운호는 그때부터 척검과 격검을 수련하기 시작했다.

처음으로 검을 들었으니 아무리 간단한 동작이라 해도 쉽게 되지 않았다. 운호는 땀을 뻘뻘 흘리며 똑같은 동작을 수도 없이 반복했다.

그러나 그의 검에는 청문 사숙이 보여준 절도와 여유, 그리고 힘이 전혀 나타나지 않았다.

"휴우……."

단 한 가지 동작도 제대로 소화하지 못하는 자신이 너무나 한심해 운호는 한숨을 깊이 내뱉고 바위를 향해 다가가 벌러덩 누워 버렸다.

달리는 것보다 훨씬 어려운 일이었다.

달리는 것은 체력적으로 힘이 들 뿐, 죽기를 각오하고 뛰면 거리가 줄어들었고 끝내는 목적지에 당도했다. 하지만 청문 사숙이 보여준 일곱 가지 동작은 수없이 휘둘렀음에도 스스로 만족하지 못할 만큼 어려웠고 그 끝이 보이지 않을 정도로 난해했다.

도대체 뭐가 잘못된 것일까?

자신의 동작에서 잘못된 뭔가를 알 수만 있다면 이 고민은 금방 풀 수 있을 것이다.

그러나 운문에는 또다시 자신만 덩그러니 남겨졌을 뿐 도와줄 사람은 아무도 없었다.

운호가 사람들에게 인정받은 것은 그 누구도 따라오지 못할 정도의 강한 끈기를 지녔다는 것이다.

불가능에 도전해서 당당히 성공한 그의 의지는 이미 점창에 널리 알려질 정도로 유명했다.

그런 운호가 단 반나절의 실패로 낙담하거나 좌절한다는 것은 말도 안 되는 일이었다.

독종 운호.

목검이 의지에 따라 움직이지 않았음에도 그는 석양이 뉘엿뉘엿 지는 저녁 무렵까지 손에 든 목검을 미친놈처럼 휘두르며 운문의 바위 사이를 누비고 다녔다.

청문자의 말처럼 저녁에 슬그머니 나타난 운학은 아직 저녁상을 치우지 못한 운호를 확인하고 반가운 웃음을 먼저 터뜨렸다.

"어이, 꼬마 사제. 저녁이 늦었구나."

"사형, 그동안 잘 지내셨어요. 오랜만에 뵙습니다."

"하하하, 네 소식은 들었다. 아주 점창을 들었다 놨더구나."

"무슨 말씀이신지 잘 모르겠습니다."

"어느 날부터인가 점창에 미친놈이 나타났다는 소문이 돌았는데 넌 못 들었느냐?"

"저는 못 들었습니다."

"그 미친놈은 삼 년 동안 하루도 빼먹지 않고 혈류동에서 용호각까지 뛰었다고 하더라. 어떠냐. 정말 미친놈 아니겠느냐?"

"사형!"

"우리 꼬마 사제가 이제 소리까지 지르는구먼. 껄껄껄!"

이제야 장난이란 걸 눈치챈 운호가 얼굴을 붉히자 운학이 커다란 웃음을 터뜨렸다.

그는 진정으로 즐거움이 잔득 담긴 얼굴을 하고 있었는데 쉬이 웃음을 멈추지 못했다.

운호를 바라보는 시선.

웃음 속에서도 그 시선에는 대견함과 따뜻함이 담겨 있었다.

"운호야!"

"말씀하세요."

"정말 그동안 잘해주었다. 나는 네가 반드시 해낼 것이라고 믿었다."

"사형이 걱정해 주신 덕분에 무사히 체력 훈련을 마칠 수 있었습니다."

"해준 것이 아무것도 없는데 너는 내 얼굴에 금칠을 하는구나."

"그렇지 않아요. 사형의 한마디, 한마디가 저에게 큰 힘이 된 걸요."

"껄껄껄, 네가 그렇게 생각했다니 내 어깨가 으쓱해지는구나."

과장된 행동.

운학은 오랜만에 만난 운호로 인해 무척 즐거운 표정이었다. 몸짓조차 즐거움과 겹쳐져 과장되게 나왔다.

그런 그가 슬그머니 웃음을 멈춘 것은 운호가 천자문을 꺼내 들며 자신을 쳐다봤을 때다.

"아직 글을 못 읽는다고 들었다. 사실이냐?"

"예."

"부끄러워할 일이 아니다. 상황이 그러했으니 기회가 없었겠지. 너도 들었겠지만 청문 사숙께서는 나에게 석 달 동안 너를 가르치라는 지시를 내리셨다. 학문을 익히기에는 짧은 시간이지만 읽고 쓰는 데 불편하지 않을 정도는 될 게다."

"열심히 하겠습니다. 그런데 사형."

"왜 그러느냐?"

"한 가지 부탁이 있습니다."

"뭐냐?"

탁자를 끌어당겨 책을 펴던 운호가 갑자기 생각났다는 듯
책을 옆으로 치워 버리자 운학이 놀란 얼굴을 만들었다.

운호의 성정은 맑고 평온해 이렇게 불현듯 의외의 행동을
하리라고는 생각하지 못했기 때문이다.

운학의 반문에 운호는 청문 사숙의 지시로 유운검법을 수
련한 일을 말하며 마음대로 되지 않는 척검과 격검을 봐달라
고 부탁했다.

얼마나 급했는지 목검을 들고 시범까지 보일 태세였다.

운학은 빙그레 미소를 지으며 이야기를 듣다가 운호가 목
검을 들자 그의 행동을 막았다.

"운호야, 검을 내려놓고 이리 와 앉아라."

"가르쳐 주실 수 있습니까?"

"아니다. 나는 너에게 어떠한 말도 해줄 수 없구나."

"왜죠?"

"너는 점창제일의 고수 질풍검의 검을 얻어야 되기 때문이
다. 질풍검의 가르침이 눈앞에 있는데 어찌 이제 겨우 창천을
뗀 나의 검을 받으려 하느냐. 서두르지 말거라. 사숙께서는

다음에 오실 때 너에게 커다란 배움을 남겨주실 것이다."

운학 사형의 말이 무슨 의민지 정확하게 알 수는 없었으나 청문 사숙의 가르침에 끼어들지 않겠다는 뜻임은 충분히 알아들을 수 있었다. 운호는 답답함을 억누르고 글자 공부에 전념했다.

글을 익힌다는 것은 또 다른 기쁨이었다.

신천지를 본 것과 같은 새로움.

낮에는 검의 길을 찾느라 새카맣게 잊어버렸지만 저녁이 되면 운학이 가르쳐 주는 글자를 따라 읽으며 정신을 몰두했다.

글 속에 담겨 있는 뜻과 의미를 머리에 새길 때마다 화려한 폭죽이 터지는 것처럼 신기해서 다른 생각을 할 겨를이 없었다.

배운다는 것이 이렇게 즐거울 줄은 꿈에도 몰랐기에 운호는 눈을 빛내며 운학의 입에서 나오는 이야기에 온 정신을 집중시켰다.

그러나 더욱 즐거워하는 사람은 운학이었다.

운호처럼 무섭게 집중하는 사람은 처음이었다. 그 두뇌가 기가 막히도록 비상해 하나를 가르쳐 주면 둘, 셋을 그냥 익혀 버려 시간 가는 줄 모를 정도로 가르치는 즐거움이 컸다.

묻고 또 묻는다.

운호는 가르칠수록 질문이 점점 많아졌는데, 그 질문의 수

준이 갈수록 높아져 운학을 곤혹스럽게 만들기 시작했다.

그럼에도 운학의 얼굴에는 웃음이 지워지지 않았다.

비록 자신이 사문의 서열로 봤을 때 사형의 위치에 있지만 학문을 가르치며 그 이상의 감정이 들었기 때문에 그는 운호의 모든 것이 사랑스러웠다.

글을 배우면서 시간이 예전보다 배는 빨리 지나가는 것 같았다.

낮에도 미쳤고 밤에도 미쳤으니 시간이 어떻게 지나가는지 알 수가 없었다.

목검을 세우고 앙악의 자세에서 오른쪽부터 사선으로 힘 있게 내리그으며 정악의 자세로 돌아갔다.

한 발이 앞으로 나갔고, 곧이어 전면을 향해 검을 찌르며 왼쪽으로 비켜서서 위에서부터 아래로 내려쳤다.

쉬익!

처음과 비교해 보면 월등한 속도와 절제가 담긴 일 수였음에도 운호는 고개를 갸웃거리며 자신의 목검을 내려다봤다.

생각하던 것보다 멈춰 선 위치가 낮다.

목검을 조절하는 속도와 힘이 자신의 통제에서 벗어났다는 걸 의미한다.

"휴우!"

점심을 먹고 수련을 재개한 지 세 시진째 달했으니 흘러내린 땀으로 온몸이 범벅된 상태였다.

목검을 내리자 한숨이 따라서 흘러나왔다.

처음보다 발전된 것은 맞다.

하지만 청문 사숙이 보여준 검과는 아직도 확연한 차이가 난다.

청문 사숙은 느리게 움직이면서도 강력한 힘이 올올히 느껴질 정도로 완벽하게 검을 통제했는데 자신은 그리하지 못하고 있었다.

답답함에 겨워 목검을 내리고 골똘히 생각에 잠겼다.

도대체 무엇이 문제인지 알 수가 없다.

청문 사숙의 움직임은 칠 일이 지난 지금까지 생생하게 머릿속에 떠오르고 있었다.

그럼에도 따라 하지 못하니 답답함에 미쳐 버릴 것만 같았다.

움직임을 멈추자 흘러내리던 땀이 점점 많아져 물줄기처럼 온몸을 적셨다.

젖은 옷이 신체를 자극해서 답답함을 더했다.

목검을 땅에 세우고 손을 움직여 윗옷을 벗자 탄탄한 상체가 드러났다.

불과 열두 살밖에 되지 않은 운호의 상체는 작은 근육이 빽빽하게 들어차 있고, 여기저기 난 상처와 시커멓게 그을린 피부로 인해 더욱 강해 보였다.

운호의 고민은 그리 오래가지 않았다.

천성적으로 고민하며 주저하는 것보다는 행동으로 난관을 극복하는 성격이기 때문에 그는 검을 붙잡고 다시 공터로 나섰다.

목검을 치켜든 운호가 청문 사숙이 보여준 일곱 가지 동작을 연속으로 펼치기 시작했다.

연환으로 움직이자 목검에서 파공성이 흘러나왔고, 그동안 나름대로 만들어낸 보법과 어울리며 목검이 공간을 장악했다.

그런 동작을 운호는 무려 반 시진 동안 쉬지 않고 계속해서 시전했다.

익숙해진다는 것은 그만큼 빨라진다는 걸 의미하기도 하는 모양이다.

시간이 지나자 그의 검은 점점 빨라져 눈에 보이지 않을 지경이었다.

"멈춰라!"

갑작스럽게 들려온 목소리.

몰두된 정신으로 허공을 향해 목검을 날리던 운호가 미처 신형을 정지시키지 못하고 비틀거리다가 간신히 균형을 잡았다.

어느새 나타난 청문자의 표정은 너무나 차가워 마주 바라보기 어려울 지경이었다.

"멍청한 놈! 그것이 무엇이냐?"

"사숙께서 보여주신 자세를 따라서……."

"내가 언제 그리했단 말이냐?"

"……."

"쯧쯧, 기지도 못하는 놈이 날기부터 하려고 하다니 진정 가소롭구나."

청문자가 바위에서 내려와 운호가 수련하던 공간으로 다가왔다.

그는 질책 어린 시선을 던지며 다가왔는데, 매우 강렬해서 운호는 고개를 수그린 채 들지 못했다.

얼마나 지났을까.

아무런 말 없이 운호를 노려보던 청문자가 목검을 건네받은 후 천천히 움직이기 시작했다.

그는 처음 보여주었던 것보다 훨씬 느리게 움직이고 있었다. 팔과 다리의 동작 하나하나가 따로 봐도 될 정도였다.

"검에는 일곱 가지 원칙이 있다. 그 첫 번째가 요! 잡아 찢는다는 것이다."

청문자의 목검이 묘한 궤적을 그리다 정악의 자세에서 횡격을 시전한 후 반대로 돌아왔다.

감탄이 저절로 나올 만큼의 완벽한 균형.

검이 좌에서 우로 왕복했는데 마치 하나의 선에서 움직인 것처럼 보일 지경이다.

청문자의 움직임은 거기에서 그치지 않았고 그의 목소리도 계속되었다.

검의 일곱 가지 근본 자세에 대한 강론, 이른바 파검칠식.

요, 자, 소, 대, 벽, 추, 절.

잡아 찢고, 찌르고, 버티고, 후려치고, 뽑고, 벤다.

청문자는 파검칠식을 보여준 후 모든 동작을 멈추고 차가운 표정으로 운호를 향해 입을 열었다.

"무엇을 느꼈느냐?"

"절도와 힘의 균형, 그리고 조화가 완벽하다고 느꼈습니다."

"왜 그리 느꼈느냐?"

"그건 잘 모르겠습니다."

"그래서 네가 멍청하다는 것이다. 다시 묻겠다. 완벽한 자세를 유지하기 위해서는 어찌해야 되느냐?"

"몸이 조화되고 균형을 이루어야 합니다."

"그렇다. 그렇다면 너는 그리했느냐?"

"……."

"제대로 익히지 못한 상태에서 단지 빠르게 움직이는 것은 바람에 흩날리는 허수아비와 다를 바가 없다. 그처럼 멍청한 짓이 없다는 뜻이다."

"죄송합니다."

청문자의 질책에 운호의 얼굴이 벌겋게 달아올랐다.

유운검법을 시범 보여주면서 공간을 찢어내던 청문자의 마지막 검은 진정으로 놀라운 것이었다. 운호는 자신도 그리 되고 싶은 마음에 되지도 않는 과욕을 부렸다.

사숙의 말씀처럼 기지도 못하는 놈이 뛰기부터 하려 했으니 진정 부끄러운 일이었다.

그러나 청문자는 더 이상 추궁하지 않고 목검을 운호에게 돌려주며 말을 이었다.

어느새 그의 음성은 처음과 다르게 차분하게 가라앉아 있었는데, 말의 속도도 느리게 변해 있었다.

"검의 근본은 너에게 보여준 것처럼 일곱 가지 자세뿐이다. 그 일곱 가지의 자세가 변화되고 조화되어 만들어지는 것이 검법이다. 천년거목의 뿌리처럼 튼튼하고 완벽한 자세를 지니지 못한 자는 절대 고수의 반열에 오르지 못한다."

"그러면 어찌해야 됩니까?"

"검의 움직임이 너무 느려 네 눈에 보이지 않도록 움직여라. 다리의 균형과 몸의 조화가 하나가 되도록 했을 때 완벽한 자세를 이룰 수 있을 것이다. 칠 일 후에 다시 볼 테니 수련에 매진토록 하라."

청문자가 보여준 자세를 떠올리며 운호는 지렁이가 기어가는 것보다 더 느린 속도로 검을 움직였다.

처음에는 쉬워 보였으나 시간이 지날수록 온몸을 으스러

뜨리는 고통이 찾아왔다.

빠름보다 느림이 훨씬 힘들고 괴롭다는 것을 뼈저리게 느낀 시간이었다.

하체를 완벽하게 고정시키고 전신의 균형을 유지한 채 눈에 보이지 않을 정도로 검을 느리게 움직인다는 것은 죽을 만큼 힘든 것이었다.

모래각반을 전신에 두르고 뛴 것보다, 몇 시진 동안 쉬지 않고 목검을 휘두른 것보다 훨씬 고통스럽고 괴로웠다.

그럼에도 운호는 참아냈다.

청문자가 가르쳐 준 파검칠식을 끊임없이 수련하며 자세를 가다듬어 나갔다.

다시는 부끄러운 모습을 보여주고 싶지 않았다.

훨씬 발전된 모습을 보여 한시라도 빨리 유운검법을 익히고 싶었다.

하지만 칠 일이 지나 운문을 찾은 청문자는 그런 운호를 향해 질책만 하고 다시 사라졌다.

그런 행동은 석 달이 넘도록 변하지 않았다. 아직까지 운호의 자세가 부족하다는 것이다.

도대체 얼마나 오랜 동안 기본 자세를 붙들고 씨름해야 되는 걸까.

시간이 지나면서 기본 자세조차 제대로 익히지 못하는 자신이 한심스러워 밤잠조차 이루지 못하기 시작했다.

운학 사형은 석 달이 지나자 나중에 보자며 환한 웃음을 남기고 떠나간 이후 한 번도 모습을 나타내지 않고 있었다.

사형이 있을 때는 위로라도 받을 수 있었지만 그마저 떠나자 외로움이 물밀듯 밀려왔다.

그러나 무엇보다 그를 괴롭히는 건 청문자의 눈에 들지 못하는 검이었다.

의지가 강하다는 건 천성에서 비롯되기도 하지만 자라온 환경에 의해 결정되는 경우가 더 많다.

그런 차원에서 본다면 운호는 절망을 딛고 일어서는 의지 면에서 남다른 재능이 있는 것 같았다.

무언가에 미친 자의 눈에는 오직 한 가지밖에 보이지 않는다는데 운호가 그랬다.

밥 먹을 때도, 해우소에 갈 때도, 심지어 잠잘 때도 오직 파검칠식에 목숨을 걸었다.

칠 일마다 나타나서 질책을 거듭하던 청문자는 삼 개월이 지난 어느 날 운호의 파검칠식을 확인하더니 이번에는 눈에 보일 정도의 속도로 수련하라며 훌쩍 사라져 버렸다.

눈에 보일 정도의 속도.

아주 느리게 움직이던 검을 막상 눈에 보일 정도의 속도로 움직이려 하자 부자연스러워 쉽게 움직이지 못했다.

검이란 참 요상한 물건임이 틀림없었다.

똑같은 목검을 가지고 속도만 달리 했을 뿐인데도 자세가 금방 흐트러지며 균형이 무너졌다.

그러나 계속 수련하자 점점 익숙해졌고, 자세도 완벽하게 변해갔다.

눈에 보이지 않을 정도로 느리게 수련하던 것에 비하면 훨씬 수월하게 느껴질 정도였다.

검이 손에 달라붙는다.

비록 목검이지만 구 개월 동안 손에서 떨어뜨린 적이 없으니 마치 몸의 일부처럼 여겨졌다.

청문자가 나타나 유운검법을 본격적으로 가르치기 시작한 것은 검을 잡은 후 꼭 일 년 만이었다.

눈에 보일 정도의 속도로 삼 개월간 수련했고, 그다음 눈에 보이지 않을 정도의 빠른 속도로 검을 움직이게 만든 지 삼 개월이 지난 후였다.

처음과는 완전히 다른 가르침.

청문자는 유운검법의 초식 하나하나에 들어 있는 검리를 상세하게 설명하면서 반복적으로 시범을 보여주었는데, 거의 한나절이나 지속되었다.

그냥 검의 진로만 보여준 것이 아니라 검법 운용의 핵심인 유운신법까지 가미되어 움직이니 운호는 정신을 차릴 수가 없었다.

천천히 가르친다 해도 처음 초식을 접하는 운호의 이해 능력은 한계에 부딪치고 있었다.

그럼에도 그의 눈은 번쩍이며 청문자의 검을 지켜보았다. 지금 이 순간을 놓치면 또다시 칠 일을 기다려야 했다.

그것도 제때 왔을 때야 그렇고 청문자가 수련에 정신을 팔게 되면 보름이 될 수도 있고 한 달이 될 수도 있었다.

그랬기에 운호는 청문자의 움직임을 놓치지 않기 위해 혼신의 노력을 다해야 했다.

"유운검법은 점창의 기상이 고스란히 녹아 있는 검법이다. 개파조사이신 태청자께서 점창을 여신 후 지금까지 점창의 검은 언제나 패의 길을 걸어왔다. 부러질지언정 꺾이지 않는 것이 점창의 검이니 점창의 기상을 한시도 잊지 말라."

검을 접고 떠나면서 청문자가 마지막으로 한 말이다.

운호가 비상한 두뇌를 지닌 천재라 해도 단 하루 만에 유운검법을 익힌다는 건 불가능에 가까웠다.

만병지왕이라는 검의 길.

그 길이 쉬웠다면 만병지왕이라 칭하지 않았을 것이다.

청문자가 떠난 후 머릿속에 저장해 놓은 검의 진로와 신법의 경로가 상충되면서 운호는 단 일 초식도 제대로 시전할 수가 없었다.

예상과 전혀 다른 결과에 고개를 흔들며 수없이 같은 시도를 반복했으나 결과는 똑같았다.

이 일을 어쩌면 좋단 말인가.

청문자의 거듭된 시범을 보면서 그대로 따라 할 수 있다고 생각했는데 막상 혼자 하려니 팔이 움직이지 않고 다리가 떨어지지 않았다.

바위에 앉아 머리를 감싸 안고 괴로워했다.

노력으로 되는 것이라면 무슨 짓이라도 하겠지만 유운검법은 운호를 비웃기라도 하듯 전혀 모습을 보여주지 않았다.

청문자의 앞에서는 한 올도 남기지 않은 나신으로 온갖 교태를 보이던 놈이 어찌 자신의 앞에서는 옷섶을 굳게 여미며 꼼짝도 하지 않는단 말인가.

답답하고 답답한 일이었지만 운호는 또다시 목검을 손에 쥐고 공터에 섰다.

마음을 다잡는다.

자신은 분명 사숙의 설명을 들으며 유운을 봤고, 그 움직임을 기억하고 있다.

검법 속에 숨어 있는 위력을 찾아내어 펼치지는 못하겠지만 비슷하게라도 따라 하고 싶었다.

어두워지는 것도 잊었고 새벽이 다가오는 것조차 인식하지 못한 채 꼬박 공터를 헤맸다.

또다시 떠오른 태양이 그의 얼굴을 붉게 만들었어도 움직임을 멈추지 않았다.

여전히 굳은 얼굴.

유운을 꺼내지 못한 그의 얼굴은 실망과 분노로 인해 잔뜩 굳어 있었다.

"참으로 어리석은 놈이로다!"

아침마저 굶은 채 목검을 휘두르는 운호의 뒤에서 창노한 음성이 흘러나왔다.

언제 나타났는지 바위를 딛고 선 청문자는 운호의 수련 모습을 보면서 날카로운 목소리로 꾸짖었다.

한눈에도 그 후 공터를 떠나지 않았다는 것을 알 수 있었기에 그의 눈에는 답답함이 담겨 있었다.

"어쩌자고 밤을 새운 게냐!"

"유운이 저에게 모습을 보여주지 않았습니다. 그래서……."

"쯧쯧쯧, 점창의 신기가 그리 만만해 보였단 말이냐? 단 한 번으로 너에게 진면목을 보여줄 정도라면 그것이 어찌 유운이겠느냐!"

"……."

"먼저 밥을 먹어라. 그다음 내 너의 수련을 보도록 하겠다."

청문자는 그로부터 칠 일 동안 운문을 떠나지 않고 운호의 곁에서 유운검법의 수련을 도왔다.

초식 하나하나마다 들어 있는 속성과 검리를 일일이 설명했고, 자세를 교정해 주며 전진과 진퇴의 묘리를 깨우쳐 줬다.

신법이 검법에 미치는 영향과 그 운용의 적절성을 강조하며 변화를 가르쳤고, 속도와 균형의 중요성을 지속적으로 주입시켰다.

그 칠 일 동안 청문자는 일 년이 넘도록 하던 말보다 훨씬 많은 말을 운호에게 하며 수많은 질책을 퍼부었다.

단 한 번도 칭찬을 하지 않았고, 단 한 번도 기꺼워하지 않았다.

운호의 괴로움이 시작된 것은 그때부터였다.

칠 일간 유운검법의 운용을 가르치고 떠난 청문자는 칠 일마다 한 번씩 나타나서 다짜고짜 검을 휘두르기 시작했다.

처음에는 아무런 반항조차 하지 않고 얻어맞다가 사숙의 뜻이 무엇인지 알게 된 이후부터 유운검법을 시전해서 반격을 시도했다.

최선을 다했지만 얻어맞는 것은 똑같았다.

처음이나 나중이나 청문자가 나타난 날은 밤새도록 끙끙 앓아야 했다.

인정사정 보지 않고 두들겨 팼기 때문에 온몸이 멍으로 뒤덮였고, 잠자리에서 제대로 눕지도 못할 정도였다.

그럼에도 다음 날 일어나서 수련을 할 수 있는 것은 천룡무상심법의 효능 때문이었다.

잠이 들면 여전히 혈도를 두들기던 힘이 고통과 함께 전신으로 움직여 고통을 완화시켜 주었다.

아지랑이와 같은 기운은 사부님이 두들기던 그 혈도의 순서에 따라 천천히 움직였는데 아침이 되면 청문자에게 얻어맞았던 멍 자국은 대부분 사라진 상태였다.

사부가 남겨주신 천룡무상심법의 무한한 효능을 확인하고 얼마나 기뻤는지 모른다.

달리기를 하면서 고갈된 체력을 회복시켜 주었고, 목검에 얻어맞은 상처마저 단숨에 치료해 주니 천룡무상심법은 천고의 비전임이 틀림없다고 생각되었다.

하지만 그의 그런 생각은 청문자로 인해 여지없이 깨지고 말았다.

사정없이 한동안 두들겨 패던 청문자는 땅바닥에서 일어나지 못하는 운호를 향해 뼈에 사무치는 한마디를 던지고 떠났다.

"천룡무상심법의 단점은 주천화부(周天火符)에서 벗어나지 못한다는 데 있다. 네가 지금 겨우 당도한 주천화부는 몸의 균형을 유지시켜 주고 단전에 기를 축적시키는 단계에 불과하다. 다른 심법과는 다르게 주천화부에 이르는 기간이 짧아 수많은 선조께서 그 함정에 빠진 채 생을 마감하셨다. 그런데도 너의 사부께서 너에게 천룡무상심법을 남긴 이유가 뭔지 아느냐?"

"모릅니다."

"내가 알기로 너의 사부께서는 당신이 삼십 년 동안 연구

해서 얻은 심득을 알려주었다고 들었다. 맞느냐?"

"그렇습니다."

"그렇다면 어찌해야 되느냐?"

"잘 모르겠습니다. 사숙께서 길을 가르쳐 주십시오."

"심득은 머릿속에 있는 내용을 외우는 것만으로 아무것도 얻지 못한다. 그 뜻을 깨우쳐야 진정한 천룡무상심법을 익힐 수 있고, 그러기 위해서는 천지의 이치를 깨달아야 되는 것이다. 운문에는 수많은 책이 쌓여 있다. 보았느냐?"

"봤습니다."

"그 책을 모두 읽고 뜻을 새겨라. 그리하여 네 사부님이 전해주신 심득이 무엇을 의미하는지 찾아내라. 그리했을 때 너는 주천화부의 경지에서 벗어나 창천으로 날 수 있을 것이다."

"명심하겠습니다."

그때부터 운호는 낮 수련이 끝난 후엔 운문에 쌓여 있는 수많은 책을 탐독하기 시작했다.

사서삼경은 물론이고 각종 경전과 고서를 섭렵했고, 심지어 불경까지 읽었다.

운문에 있는 책을 모두 독파하자 운호는 본문 자경각에 쌓여 있는 책까지 쓸어와 운문을 책으로 뒤덮이도록 만들었다.

청문자는 여전히 칠 일에 한 번씩 나타나 운호를 팼는데 시간이 지날수록 점점 그 수위가 높아지고 시간도 길어졌다.

유운검법을 펼쳐내는 운호의 검이 세월이 지날수록 강해졌기 때문이다.

그럼에도 결국 맞는 것에는 변함이 없었다.

점창제일고수 청문자의 검은 운호의 검을 마음껏 희롱하다가 시간이 되면 가차 없이 꺾어 땅바닥에 내동댕이쳐 버리곤 했다.

유수와 같은 세월.

세월은 흘러가는 물처럼, 나무 사이를 지나는 한줄기 바람처럼 순식간에 흘러가고 말았다.

청문자가 말한 오 년의 세월이 그렇게 지나갔다.

점창에는 분광십팔수검, 삼절검, 회풍무류사십팔검 등 십여 가지의 검법이 있었고, 냉염장(冷焰掌), 오라경연장(五羅輕烟掌), 신조장법(神爪掌法)과 칠절중수(七絶重手), 자모이혼수(子母離魂手), 한운수(閑雲袖), 일양지(一陽指), 금나수(擒拏手), 칠절수(七絶手) 등 수많은 권법과 지법이 있었다. 그러나 청문자는 그에 대해 언급조차 하지 않고 오로지 유운검법과 유운신법만을 전수했다.

그리고 오 년이 지난 오늘.

청문자는 마지막 대련에서 운호의 유운검법을 보며 만족에 겨운 함박웃음을 흘렸다.

마지막 대련에 걸린 시간은 무려 한 시진.

청문자가 마음먹고 유운을 펼쳤으나 끝끝내 운호의 검을 꺾지 못하고 대련을 마무리했다.

물론 꺾겠다고 마음먹었다면 어찌 꺾지 못했을까.

하지만 내공을 쓰지 않은 상태에서는 결코 쉬운 일이 아닐 만큼 운호의 유운검은 경지에 달해 있었다.

그렇게 격렬한 대련이 끝난 후 석양을 마주한 운호의 붉은 전신은 땀으로 범벅이 되었을 뿐 한껏 여유가 흘렀다.

운호의 나이 열여덟.

어릴 적 허약하던 모습은 어디에서도 찾아볼 수 없었고, 온몸이 바윗돌처럼 단단하게 변한 사내가 검을 짚고 서 있다.

처녀들의 방심을 흔들 만큼 멋지게 변해 버린 운호의 얼굴은 함박웃음으로 덮여 있어 사람의 마음을 밝게 만들었다.

그런 운호를 청문자가 기꺼운 얼굴로 쳐다보다 천천히 운문의 경치를 둘러보았다.

온통 바위뿐이었지만 석양이 올라오자 그 경치가 절경이라 부를 만했다.

청문자의 입이 슬그머니 열린 것은 가운데 구름 속에 숨어 있던 태양이 마지막 빛을 내며 사라질 때였다.

"짐은 다 쌌느냐?"

"가져온 게 없잖습니까."

"그렇기도 하구나. 그럼 가볼까?"

"제가 앞장서겠습니다."

"오 년이란 세월이 참으로 꿈결같이 지나갔구나. 남은 인생 역시 그렇게 흘러가겠지."

"사숙님의 남은 삶은 영광의 길이 될 것입니다."

"이놈아, 내가 말했잖으냐. 아부와 아첨은 사내가 할 일이 아니라고!"

"저는 그게 뭔지도 모릅니다."

"쯧쯧쯧, 내가 너하고 무슨 말을 하겠느냐. 꼴 보기 싫으니 너는 돌아가면 곧장 풍운대가 있는 황계로 가거라."

"곧장 말입니까?"

"장문인께 인사는 하고!"

6장

철마수

아무것도 장식되어 있지 않는 방.

작은 다탁과 조그만 머릿장 두 개, 책장이 덩그렇게 놓여 있을 뿐이다.

그럼에도 정결함과 고풍스러움이 느껴지는 것은 앉아 있는 사람들의 청명함이 남달랐기 때문이며, 적은 가구들이지만 균형을 맞춰 교묘하게 놓여 있기 때문이었다.

다탁에는 두 개의 찻잔이 놓여 있었는데, 방금 달였는지 김이 모락모락 솟아나는 중이었다.

"사형. 그 아이, 많이 변했더군요."

"그렇게 보였소?"

"새삼 사형의 능력이 대단하다는 걸 알 수 있었습니다. 오년 만에 풍운대와 어깨를 나란히 하게 만들 줄은 꿈에도 생각하지 못했습니다."

"아직 많이 모자랍니다. 내가 그 아이에게 가르친 것은 유운검법과 유운신법뿐이오."

"설마요?"

"사실이오. 내가 수련을 하느라 정신이 없어 다른 것은 가르치지 못했소. 대신 그 아이의 유운은 완벽에 가까울 정도로 대단하오."

"대체 어느 정도이기에요?"

"내공을 쓰지 않으면 그 아이의 유운을 깨지 못할 정도요."

"허어!"

점창의 장문인인 청현자는 청문자의 말을 듣고 탄식을 터뜨렸다.

농담할 사람도 아니고 농담할 사안도 아니다.

그렇다면 사실이라는 건데 청현자는 정녕 믿기지 않아 찻잔을 든 채 오랫동안 놓지 못했다.

운호가 유운검법을 수련한 기간은 오 년에 불과했다.

아무리 그 기간 동안 유운검법만 수련했다 하더라도 청문자가 운호의 검을 꺾지 못했다는 건 있을 수 없는 일이었다.

청문자가 누구인가.

현 점창의 최고수이며, 전입미답의 경지로 미뤄둔 분광과 회풍을 스스로의 검에 담은 절대고수다.

　그럼에도 대뜸 부정하지 못한 것은 사형의 얼굴이 너무 태연했기 때문이었다. 재차 묻기 어려울 만큼의 확신도 같이 담겨 있었다.

　"유운검만 가지고는 힘들 텐데요?"

　"그 정도면 충분하오."

　"그럴까요?"

　"운호의 유운검은 사일검에 필요한 기초 검리가 완벽하게 담겨 있습니다. 그래서 하는 말이오."

　"음, 사형께서 그리 말씀하시니……."

　"청곡 사형께서는 나에게 사일검을 가르치시며 늘 말씀하셨소. 운호가 태양을 벨 수 있도록 도와주라 하더이다. 나는 그럴 수 있도록 최선을 다할 생각이오."

　"저도 들었습니다. 하지만 그것이 가능하겠습니까?"

　"분광과 회풍을 찾음으로써 점창의 날개가 펴졌지만 다른 무맥들을 압도하기 위해서는 파천검이 반드시 필요합니다. 운호의 무재가 갈수록 예기치 못할 정도로 변하고 있소. 어쩌면 우리는 장차 파천검을 볼지도 모르오."

　"그리 되면 무얼 못하리까. 소제도 학수고대하는 일이지요. 그럼 이제 어쩌실 생각이신지오?"

　"삼 일 후부터 풍운대에게 분광과 회풍을 가르칠 생각입니다."

"괜찮을까요. 다른 아이들은 괜찮겠지만 운호는 아직 사일 검에 입문조차 하지 못했잖습니까?"

"옳은 지적이오. 그래서 운호는 검리부터 가르칠 생각입니 다."

"그 아이의 집념이 대단하니 기대가 됩니다. 그나저나 사 형께서 또 고생하셔야겠군요."

"무슨 그런 말씀을……."

"사실입니다. 운호도 운호지만 풍운대에 분광과 회풍을 가 르치는 것도 보통 일이 아닐 테니까요. 다른 건 몰라도 분광 과 회풍은 다른 장로들이 가르칠 수 없으니 사형의 고생이 클 겝니다."

"어차피 각오하고 있었소. 점창의 미래가 그 아이들 손에 달렸으니 어찌 소홀할 수 있겠소."

"그렇다면 운호만이라도 청호 사숙에게 맡기시는 게 어떨 까요?"

"아까 말씀드린 것처럼 운호의 무재가 무섭습니다. 제가 직접 사일검을 가르치는 게 좋겠습니다."

"너무 힘드실 테니 드리는 말씀이지요."

"사일검은 유운이나 삼절검과는 다르게 깨달음이 선행되 어야 위력을 발휘하는 검법입니다. 청곡 사형의 도움을 받으 면서도 분광과 회풍을 익히는 데 오 년이나 걸린 것은 그만큼 사일검이 지닌 무리가 깊고 넓기 때문입니다. 시간이 걸리더라도 천천히 아이들을 가르치겠습니다."

"그렇게 하시지요. 어차피 풍운대의 어깨에 점창의 미래가 달려 있으니까요. 제가 할 수 있는 건 모두 도와드리겠습니다."

"그래 주시면 고맙겠소. 그나저나 문이 꽤나 시끄럽던데요. 청운, 청면 사형도 보이지 않고요?"

"그게……."

"무슨 일이 생겼습니까?"

"칠절문의 분타가 운남으로 들어왔습니다. 그래서 사형들이 아이들을 데리고 움직였습니다."

"칠절문이 감히!"

"그들은 여전히 점창을 우습게보는 모양입니다."

"누가 들어왔소?"

"철마수라 하더이다. 삼십여 명의 선풍단을 대동했다고 들었소."

"우리는요?"

"청운 사형과 청면 사형을 비롯해서 십이검 중 셋과 이대 제자 다섯이 갔습니다."

"더 왔으면 위험하오!"

"그렇겠지요. 그래서 신신당부했습니다. 상황을 보고 적절히 대응하라고 부탁했습니다."

청문자가 검미를 치켜들며 눈을 부릅뜨자 청현자가 들고

있던 찻잔을 내려놓으며 가볍게 한숨을 내리쉬었다.

청문자의 불같은 노여움은 너무나 당연했고, 자신 역시 그 못지않게 화가 난 상태였다.

삼십팔무맥 중의 하나인 칠절문은 사천 서쪽을 장악하며 삼십 년부터 뿌리를 내린 문파로서, 수장인 전왕 혁기명을 필두로 삼무절과 오극수, 십오천강 등 절정의 고수가 기라성처럼 포진되어 강력한 세력을 구축하고 있었다.

오대 전투부대를 보유한 칠절문은 단 십이 년 만에 사천 남부의 무림 세력을 완전히 병탄시켜 천하무림이 그들을 사천의 패자로 인식하게 만들어놓았다.

그런 칠절문이 사천을 넘어 운남으로 들어온 것은 더 이상 사천에서 세력 확장이 어려웠기 때문이다.

당문이 그들의 영역을 제한하며 사천의 구룡(九龍)과 감락(甘洛) 지역을 장악하고 있는 이상 움직일 틈은 거의 없다고 봐야 했다.

독과 암기의 종가인 당문은 아무리 강력한 무력을 지닌 칠절문이라 하더라도 껄끄러운 상대일 수밖에 없었다.

더군다나 당문의 뒤를 받치는 아미와 청성의 존재는 그들로 하여금 사천에서의 영역 싸움을 피하게 만드는 강력한 변수였다.

그래서 그들이 선택한 것이 바로 운남이었다.

선택.

팽창될 대로 팽창된 무력이 있는 이상 세력의 확장은 필수적이었고, 칠절문이 선택한 것은 점창이었다.

백 년 전 천왕성과의 결전 이후 쇄락을 거듭해 온 점창의 전력은 당문보다 한참 떨어진다고 평가되는 중이다.

본산 제자는 백오십에 불과했고, 속가까지 모두 합친다 해도 삼백에 불과했다. 더군다나 무림백대고수에 포함되는 고수는 오직 청문자뿐이었으니 무림의 평가가 잘못되었다고 부정할 수도 없는 실정이었다.

점창은 분노했으나 칠절문의 행동에 경고만 주었을 뿐 별다른 움직임은 보이지 못했다.

칠절문의 세력이 워낙 막강했고, 충돌을 불러일으킬 만큼 눈에 보이는 행동을 하지 않았기 때문이다.

그 이후부터 칠절문의 운남 출현은 점점 빈번해졌다. 시간이 지날수록 수뇌부가 얼굴을 보이기 시작했으며, 암암리에 자신들의 영향력을 운남에 정착시키려는 움직임이 포착되었다.

그럼에도 불쾌한 시선으로 바라보기만 할 뿐 움직이지 못했다.

운남에 들어왔다는 사실 하나만 가지고 검을 꺼내 들기에는 상대가 너무 강력했고 결과 또한 예측하기 힘들었다.

그러나 지금은 아니었다.

칠절문이 점창의 비겁함을 비웃기라도 하듯 공공연하게

운남 쪽으로 분타를 이동시켜 온 이상, 점창은 분연히 검을 빼 들 수밖에 없었다.

운남은 점창의 땅.

그동안은 행동으로 움직이지 않기에 지켜만 보았으나 이제는 그리할 수 없었다.

더군다나 분광과 회풍이 점창의 품으로 다시 돌아온 이상 다시는 점창을 우습게보지 못하도록 만들 필요가 있었다.

"피를 보자고 한다면 그리해야겠지요. 점창은 역사 속에서 피를 두려워한 적이 없소."

"잘 알고 있습니다, 사형. 저는 장문인으로서 부끄럽지 않은 결정을 할 것입니다."

"그러리라 믿고 있습니다."

청현자의 말에 청문자가 고개를 천천히 끄덕였다.

점창을 이끄는 쌍두마차.

그들은 그렇게 서로를 바라보며 무언의 신뢰 속에서 앞으로 발생할 일들에 대한 각오를 새겼다.

무인들의 세계 강호.

태풍의 눈처럼 잔잔하던 강호에 피바람이 불어오고 있었다.

"소제 운호가 사형을 뵙습니다."

"네가 운호라고?"

"운호가 맞습니다. 그런데 사형은 하나도 변하지 않으셨군요."

"푸하하, 나야 항상 잘생긴 얼굴 그대로지. 그런데 어쩐 일이냐? 너는 청문 사숙과 운문에 있다고 들었는데."

운극이 놀란 얼굴을 지우지 못하고 운호가 온 이유를 물었다.

그는 아직까지 운호의 변화가 믿기지 않는 모양이었다.

어릴 적 비쩍 마른 생선을 연상시킬 만큼 가냘프던 운호가 육 척의 키에 바위를 보는 것처럼 단단한 체격으로 돌아왔으니 그럴 만도 했다.

하지만 변한 것은 운호만이 아니었다.

첫눈에 알아볼 만큼 예전 모습이 그대로라는 것만 뺀다면 운극 역시 이미 당당한 사내로 변해 있었다.

그리고 그 옆에 선 운여와 운상 역시 운호보다 체격이 조금 작을 뿐 예전과는 판이하게 다른 모습이었다.

그들 역시 운극의 질문에 동의한다는 표정으로 운호의 대답을 기다리고 있었는데, 궁금해서 못 참을 정도로 안달이 난 상태였다.

"오늘부터 여기서 함께 기거하라는 명이셨습니다. 앞으로는 소제도 풍운대와 함께한다고 하셨습니다."

"누가?"

"청문 사숙께서 하신 말씀입니다."

"음, 잘 이해가 되지 않는군. 운호, 어디까지 배웠는지 물어봐도 될까?"

"뭘 말입니까?"

"무공 말이다. 청문 사숙께서 어디까지 가르쳐 주셨지?"

"유운검법과 유운신법입니다."

"그게 다냐?"

"예."

공손하게 대답하는 운호를 바라보며 운극의 머리가 더욱 외로 꼬아졌다.

정말 이 상황이 전혀 이해되지 않는 모양이었다.

"네가 그동안 우리와 함께하지 못한 이유를 아는지 모르겠군."

"압니다. 소제가 부족해서 같이할 수 없다고 들었습니다."

"나뿐만 아니라 너와 나이가 같은 운상과 운여마저도 익히지 않은 사문의 절기가 없다. 물론 그 수준은 각자 차이가 나지만 대사형을 비롯해 넷째 사형까지는 이미 절정의 경지에 육박한 상태고 나머지도 곧 그 경지에 도달할 거야. 내가 무슨 말 하는지 알겠어?"

"압니다."

"그래서 물어본 거다. 유운검법만 배웠다면 아직 같이하기 어려울 것 같아서……."

"사형의 말씀이 일리가 있다는 걸 잘 압니다. 하지만 청문 사숙께서 생각하시는 게 있겠지요."

"그렇겠지. 사숙께서 결정한 것이라면 무슨 뜻이 있을 거야. 하여간 잘 왔다. 일단 씻고 옷부터 갈아입어. 그동안 어떻게 지냈는지 들어보자."

"그러겠습니다."

의문을 떨쳐 버리면서 운극이 운호의 어깨를 때렸다.

그 행동에는 반가움이 담겨 있었기 때문에 운호는 가벼운 웃음을 입에 담았다.

왼쪽 담장을 넘어 한 사내가 날아온 것은, 운극의 말에 운호가 허리를 숙여 인사를 한 후 걸음을 옮기려 할 때였다.

사내는 유운신법을 펼치고 있었는데 예전 운학자가 펼친 것처럼 표홀하기 그지없었다.

"청문 사숙께서는 어디 계시느냐?"

"운몽 사형을 뵙습니다."

"허리 펴고 대답이나 해. 청문 사숙은?"

담장을 넘어 날아온 운몽이 쉬지 않고 물었다.

그의 나이 스물셋. 여전히 성격이 급하고 거칠었다.

한참 잘 먹고 잘 잘 나이인데도 몸은 대꼬챙이처럼 바짝 말라 무인이 맞는지 의심이 갈 정도였다. 그것은 그만큼 성격이 퍽퍽하다는 걸 나타내 주고 있었다.

재차 묻자 운호가 급히 입을 열었다.

황계에 왔던 첫날부터 호되게 당한 적이 있기 때문이다.

"사숙께서는 장문인과 함께 계십니다. 긴히 나눌 말씀이 있다고 하셨습니다."

"무슨 말인지 들었어?"

"듣지 못했습니다."

"답답하군!"

"무슨 말씀이신지……?"

"아니다. 그나저나 이제부터 같이 지낸다고?"

"그렇습니다."

"운극!"

"예, 삼사형."

"잘 가르쳐라. 대사형의 심기가 요새 꽤 불편한 것 같으니 눈에 나지 않도록 조심해."

"그러겠습니다. 그런데 대사형께서는 어디 가셨습니까?"

"나도 찾고 있는 중이다."

"그럼 운호는 일단 씻고 쉬라 하겠습니다. 대사형께서 오시면 그때 인사시키도록 하겠습니다."

"그렇게 해. 나는 혈류동에 가 있을 테니까 무슨 일 있으면 부르고."

"예, 사형!"

운몽은 운극의 인사를 받지도 않고 신형을 날렸다.

버젓이 있는 정문은 거들떠보지도 않고 나타난 것과 마찬가지로 담장을 넘었는데, 사형제들의 표정을 보니 한두 번이 아닌 모양이다.

"휴우……."

자신도 모르게 작은 한숨이 흘러나왔다.

오 년 만에 상봉하는 사형제들과의 첫 대면이 그리 나쁘지 않으니 천만다행이었다.

더군다나 옆에 선 운여와 운상은 잔뜩 반가운 얼굴로, 방에 들어서는 순간부터 질문을 퍼부을 기세였기 때문에 더더욱 편안한 마음이 들었다.

오랜만에 돌아온 황계.

황계의 정경은 시간의 흐름과 상관없다는 듯 아무런 변함 없이 자신을 맞아주고 있었다.

무정(武定)현.

사천 남부와 운남 북부를 연결하는 도시로서 인구 삼만에 달했고, 기름진 곡창지대와 각종 약초의 생산이 풍부해 윤택 한 도시였다.

운남의 성도인 곤명(昆明)과 불과 이백 리 정도밖에 떨어져 있지 않아 물산의 유통 또한 원활하게 이루어졌다. 세 개나 되는 표국이 성업하고 다섯 개의 문파가 자리를 잡은 곳이기 도 하다.

점창산과의 거리는 오백 리에 달해 신법을 펼쳐 전력으로 달린다 해도 반나절이 꼬박 걸렸다. 운남이면서도 오히려 사천에 있는 칠절문의 본단과 거리상으로 더 가까운 지리적 특성을 지닌 도시였다.

칠절문이 과감하게 무정현으로 들어올 수 있었던 이유도 유리한 위치에서 싸움을 시작할 수 있다는 지리적 여건이 있었기 때문이다.

칠흑같이 어두운 밤.

운남의 뜨거움을 적시는 폭우가 대지를 향해 쏟아지며 한 치 앞도 보이지 않는 어둠을 만들었다.

저벅저벅.

어둠을 뚫고 걷는 사내들의 발자국 소리가 쏟아지는 빗소리와 함께 조화를 이루며 소름 끼치는 긴장감을 만들어냈다.

그들은 신법을 펼치지 않은 채 걷고 있었는데 한 사람이 움직이는 것처럼 절도가 있었다.

얼마나 걸었을까.

멈춘 곳은 성벽처럼 담장이 둘러싸인 전각들이 화려한 불빛을 뿜어내는 구릉지였다.

불빛은 아름다운 나비가 유영하는 것처럼 어둠에 싸인 빗속을 뚫고 날아와 그들의 모습을 희미하게 밝혀주었다.

서른 명에 달하는 도.

비와 바람을 막아주는 검은색 피풍의를 착용했고, 흑색 무복과 죽립으로 통일되어 칙칙한 기운을 흘려내는 자들이었다.

그들은 구릉지대에 도착한 후 한동안 아무런 말 없이 전각을 지켜보고 있었다.

단순한 침묵이 아니었다.

폭풍이 몰아닥치기 전의 고요라고나 할까.

팽팽한 긴장 속에서 생성된 잔뜩 웅크린 침묵은 전각을 지켜보는 자들의 눈을 점점 시퍼렇게 변하도록 만들고 있었다.

한참 동안의 침묵이 깨지며 음성이 흘러나온 것은 중간에 서 있는 오십 초반의 노인에게서였다.

"놈들은?"

"끝까지 반항할 생각인 모양입니다."

"천수검이 제법 강단을 부리는구나. 하긴, 쉽게 항복했다면 재미없었을 것이야."

"어쩌시겠습니까?"

"본을 보여야겠지. 다른 놈들에게 반항하면 모조리 죽는다는 걸 확인시켜 줘야 무정현을 손에 쉽게 넣을 수 있을 것이다. 한 시진을 주겠다. 끝장을 보도록."

"존명!"

노인이 말을 끝낸 후 입을 꾹 다물자 중년 사내가 공손하게 허리를 굽히며 짧게 끊어 대답했다.

차앙!

손의 움직임이 보이지 않았음에도 귓가를 자극하는 도명과 함께 시퍼런 칼이 빠져나와 그의 손에 들려졌다.

그는 한 올의 주저함도 보이지 않았다.

"벽사대는 나를 따르라! 지금부터 길을 막는 자는 모두 죽인다!"

묵묵히 자리를 지키고 있던 도객들이 중년 사내의 뒤를 따라 전각을 향해 박쥐 떼처럼 날아가기 시작했다.

그들의 신법은 무겁고 진중하면서도 한 번에 일 장씩 죽죽 뻗어 나갈 정도로 빨라 전각과의 거리를 급속도로 좁히고 있었다.

파괴의 기운을 담은 검은 구름.

하늘을 가리는 흑운처럼 빠르게 움직이는 그들의 손에는 어느샌가 빼 든 쌍수도가 시퍼런 빛을 뿜어내고 있었다.

"으, 이놈들을!"

철저하게 파괴된 전각 사이를 누비던 청면자의 입에서 길고 낮은 신음 소리가 흘러나왔다.

칠십에 달하는 시신.

흘러내린 피가 빗물과 섞여 붉게 물들었고, 팔다리가 잘린 시신들이 여기저기 뒹굴어 숭의문은 마치 지옥을 보는 것처럼 변해 있었다.

무인들은 모두 죽어 있었고, 식구로 보이는 아낙네와 어린 아이들의 오열만이 마당에 가득했다.

한 사람도 남기지 않았다. 부상당해 반항하지 못하는 자들은 웬만하면 죽이지 않을 텐데 흉수들은 확인 사살까지 했다. 그 잔인함에 청운자를 포함한 점창 무인들의 어깨가 심하게 흔들렸다.

운남이 어찌 점창의 땅이랴.

그럼에도 운남을 점창의 땅이라 표현하는 것은 그만큼 점창의 영향력이 크다는 걸 의미했다.

세 개의 표국을 운영하는 국주들이 점창의 속가였고, 억울한 눈으로 죽어 있는 숭의문주 천수검 정각 역시 점창 사람이었다.

숭의문은 무정현을 대표하는 다섯 개 문파 중 하나였으나 불과 하루 만에 철저하게 파괴되어 세상에서 지워지고 말았다.

천수검은 심지가 곧고 넓어 본산의 제자들에게까지 신망받는 무인이었고, 점창십삼검 중 이 자리에 있는 운청과는 연배가 비슷해서 격의 없게 지내는 사이였다.

그런 사람이 한쪽 팔과 다리가 잘린 채 눈을 감지 못하고 죽어 있으니 운청은 넋을 잃은 채 주저앉아 그의 시신을 놓지 못했다.

천수검의 남은 손은 아직 검을 부여잡고 있었는데 얼마나 굳게 잡았는지 검을 빼내기가 어려울 지경이었다.

제자들이 천수검의 시신을 수습하는 걸 지켜보던 청면자의 입술이 비틀어졌다.

그의 눈은 평소와는 다르게 분노로 번들거리고 있었다.

"사형, 어쩌시겠소?"

"뭘 말인가?"

"복수를 해야 하지 않겠소!"

"누구한테 복수를 해? 먼저 흉수를 밝혀내야 복수고 뭐고 할 게 아닌가?"

"상처를 보시오. 하나같이 도에 당한 것뿐이오. 이래도 모르시겠소?"

"추측만 가지고 될 일이 아니야."

"그래서요? 그럼 사형은 놈들의 뒤나 캐며 시간을 보내자는 게요?"

"이보게, 청면. 아이들이 보네. 말조심해!"

"끙!"

청면자가 못마땅하다는 표정을 지우지 못하고 커다랗게 헛기침을 해댔다.

무정현에서 숭의문을 하루 만에 이 정도로 완벽하게 세상에서 지울 수 있는 세력은 사천에서 넘어온 칠절문이 유일했다.

그런데도 청운자가 신중한 모습을 보이자 성격이 급한 청면자는 반쯤 옆으로 돌아서 더운 콧김을 불어내며 주먹을 틀어쥐었다.

그냥 내버려 두면 단신으로 칠절문을 향해 달려갈 정도로 그는 분노에 차 있었다.

"사제, 장문인의 부탁을 벌써 잊었는가?"

"난 점창의 명예를 되찾기 위해 왔을 뿐이오."

"설마 나를 겁쟁이라 생각하는 건 아니겠지?"

"그럴 리가 있소. 험험, 천하의 염라검을 누가 겁쟁이라 생각한다고……."

청면자가 인상을 슬쩍 풀며 청운자의 눈치를 봤다.

어느 샌가 청운자의 얼굴은 귀기가 서린 것처럼 굳어 있었다. 자칫 잘못 입을 열었다가는 젊을 적 점창을 몇 번이고 들었다 놓았던 청운자의 개차반 성격이 금방이라도 터져 나올 것 같은 분위기다.

그랬기에 그는 사형의 눈치를 보면서 입을 굳게 닫았다.

이럴 때는 그저 하자는 대로 하는 게 제일 좋은 방법이었다.

청운자는 평소에는 조용하게 지내지만 한번 성격이 터져 나오면 그 행동에 주저함을 두지 않는 것으로도 유명했다.

"운학!"

"예, 사숙."

"놈들을 철저하게 감시해라. 다른 놈들이 넘어왔는지 확인해 보도록. 삼 일을 주겠다."

"알겠습니다."

"운명!"

"예, 사숙."

"아이들을 데리고 여기를 수색하라. 놈들이 한 짓이라는 증거만 찾는다면 일이 쉬워질 테니 힘들더라도 해봐."

"그리하겠습니다."

"운청은 놈들의 행적을 쫓는다. 비가 와서 쉽지 않겠지만 최대한 추적하도록!"

청면자가 단 한순간에 고개를 팍 수그리고 옆으로 슬그머니 빠져버리자 청운자의 입에서 미리 생각이나 한 것처럼 명쾌하게 지시가 쏟아져 나왔다.

그는 제자들이 시야에서 벗어나자 천천히 돌아섰다. 청면자와 눈을 마주치지 않은 채 입을 열었다.

"이봐, 사제."

"말씀하시오."

"우리 애들은 아직 젊어. 우리처럼 늙지 않았단 말일세. 나는 저들을 지키고 싶네. 무슨 뜻인지 알겠지?"

"왜 모르겠소."

"운자배 애들이나 그 밑의 명자배 애들은 우리하고 달라서 죽는 걸 무서워하지 않는단 말이야. 우리 때보다 간이 훨씬 커진 것 같아."

"그래서요?"

"신중할 필요성이 있다는 걸세."

"소제는 아까부터 아무 말 안 하고 있소."

"이해해 주니 고맙구먼. 그래서 말인데, 나는 내일 칠절문으로 갈 생각일세. 가서 놈들의 얼굴을 봐야겠어."

"혼자서 말이오?"

"왜 나 혼자 가, 자네는 뭐 하고?"

"그럼 둘이 가자고요?"

"둘이면 되지 않겠어. 놈들 상판 보러 가는데 애들 다 데리고 갈 필요는 없잖아. 어떤 놈들이기에 이토록 잔인한지 내 눈으로 직접 봐야겠다."

시퍼렇게 빛나는 청운자의 시선이 한쪽에 쌓인 시신 쪽에서 멈춰 섰다.

그는 청면자처럼 대놓고 분노를 표출하지는 않았으나 행동 하나하나에서 섬뜩함이 절절히 흘러나오고 있었다.

무정현의 중심부에 있는 청죽로는 객잔과 기루가 백 보마다 하나씩 나타날 정도로 많았고, 생활에 필요한 물품을 파는 각종 상점이 늘어서 있어 수많은 사람이 왕래하는 곳이었다.

그 청죽로에 흑색 도복을 멋지게 차려입은 청운자와 청면자가 나타난 것은 어둠이 천천히 밀려들기 시작한 술시 무렵이었다.

그들은 여유 있는 걸음으로 천천히 걸으며 상점과 사람들을 구경하고 있었는데 태연한 얼굴을 하고 있어 유람 나온 노인들처럼 보일 지경이었다.

"사형, 어차피 갈 거면서 왜 애들을 고생시키셨소?"

"싸우러 가는 거 아니라고 했잖아."

"정말이요?"

"가급적 그럴 생각이야."

"어련하시겠소."

청운자가 말꼬리를 흐리자 청면자가 입맛을 다시며 고개를 돌렸다.

세상일이 어디 생각대로 된단 말인가.

어디 잘 아는 지인 집에 놀러 가는 것도 아니고 숭의문을 피로 적신 자들을 만나는 자리에 어찌 웃음만 있겠는가.

더군다나 칠절문에서 파견한 철마수란 자는 그 성격이 냉정하고 집요해 상대하기 어려운 것으로 유명했다.

십에 팔구는 검을 뽑아야 할지 모른다.

그럼에도 청면자는 좌우를 살피며 청운자의 발걸음에 맞춰 걸음을 옮겨나갈 뿐, 가지 말자는 말은 꺼내지 않았다.

어차피 가야 한다면 말없이 따르는 것이 훨씬 현명한 행동이었다.

다섯 명의 낯선 사내가 따라붙은 것은 반 식경 전부터였다.

안정된 보폭.

정체를 숨기지도 않은 채 따르는 흑의의 사내들은 흑립으로 얼굴을 가렸음에도 칼 같은 기세를 뿜어내며 주변의 더운 공기를 밀어내고 있었다. 공격에 대한 의지는 보이지 않고 그저 조용히 그들을 따르기만 했다.

청운자가 먼저 걸음을 멈춘 것은 화려한 청죽로가 거의 끝나가는 곳에 위치한 장원 앞에서였다.

조용히 서서 더 이상 움직이지 않는 걸 보니 이곳이 목적지란 뜻인데 청운자는 아무런 행동도 하지 않고 뒤를 따르던 사내들을 기다렸다.

그리고 그들이 자신들을 포위하듯 다가왔을 때에야 태연하게 입을 열었다.

"다 왔잖아. 문 열어!"

장원 안으로 들어서자 십여 명의 사내가 좌우로 늘어서서 그들을 맞아들였다. 그 중앙에 있는 철마수가 청운자의 걸음에 맞추어 마주 걸어 나왔다.

그의 머리 양쪽을 가르며 흐르는 흰머리가 횃불에 반사되면서 묘한 기운을 뿜어냈다. 붉은 입술이 열리자 그 기운이 한층 강해졌다.

말로 설명하기 어려운 기운, 바로 살기다.

"오호, 점창의 장로들께서 여긴 웬일이시오? 나이가 들어 움직이기도 힘드셨을 텐데."

"네 얼굴을 보러 왔다."

"나를 말이오?"

"보고 싶었어. 철마수 얼굴을 보고 싶어 밤잠까지 설쳤다."

"클클클, 회춘을 하고 싶었다면 잘못 찾아왔구려. 상춘루에 어린 기녀들이 새로 들어왔으니 그곳으로 가보지 그랬소."

청운자의 대답에 철마수가 가래 끓는 웃음을 터뜨리며 눈을 빛냈다.

그의 대답은 천한 것이었으나 행동은 전혀 그렇지 않았다.

웃음은 입으로만 나왔을 뿐 얼굴은 전혀 변하지 않았고, 처음과 똑같은 자세로 청운자를 살피며 공기의 파장을 바꾸고 있었다.

품어져 나오는 살기가 피부를 자극할 만큼 점점 강해진 것은 청운자의 얼굴이 일그러졌기 때문이다.

"청면 사제."

"말씀하시오."

"저놈이 칠절문이 자랑한다는 오극수 중 하난가?"

"맞는 것 같구려."

"왜 철마수라고 불리는 거지?"

"싸울 때 손에 이상한 걸 낀다고 하더이다."

"안 보이는데?"

"사형 같으면 적에게 자신의 독문 무기를 드러내고 다니겠소?"

"하긴 그렇기도 하겠구먼."

청운자가 청면자의 대답을 들으며 고개를 주억거렸다.

이 상황과 전혀 어울리지 않은 대화를 나누며 청운자는 한 발자국씩 철마수를 향해 다가가고 있었다.

살기는 점점 강해졌다. 청운자가 철마수의 일 장 앞까지 다가섰을 때는 금방이라도 터져 나갈 것처럼 팽팽해졌다.

청운자가 걸음을 멈춘 것은 그 경계선이었다.

교묘한 위치.

서로 간 양보할 수 있는 마지막 선에서 멈춰 선 청운자가 뒷짐을 진 채 철마수를 향해 입을 열었다.

"꼭 그래야 했느냐?"

"뭘?"

"숭의문 말이다. 한 사람도 남기지 않았더군. 본보기를 보이기 위해서 한 짓이겠지만 너무 잔인했다."

"감성적이구려. 그 정도 가지고 뭘 그러시오. 이제 시작일 뿐인데."

"무인임을 포기한 것이냐?"

"무인이 뭔데? 칼 들고 싸우면서 먹고사는 사람이 무인이지 별거야? 무인은 고고하게 살아야 된다는 법이라도 있어?"

그동안 무림 선배에 대한 예의를 지키는 것처럼 보이던 철마수가, 경계선으로 다가온 청운자에게 이를 드러냈다.

하지만 청운자의 얼굴에 떠오른 것은 비웃음이었다.

"칠절문이 너 같은 놈 때문에 많이 변했구나."

"늙은이 단둘이 와서 어쩌자는 거냐. 오늘은 죽이지 않을 테니 꺼져. 다른 놈들과 같이 와라. 그때 죽여주마."

"곧 강호에 법이 있다는 걸 알게 될 것이다."

"클클클, 우린 너희처럼 도인이 아니야. 그보다 더한 짓도 할 수 있지. 그러니 우리 일을 방해하지 마라. 찌그러져 점창에 처박혀 있으면 멸문은 막을 수 있을 것이다."

"운남을 원하느냐?"

"그러니까 왔지. 우리도 먹고살아야 되잖아?"

"하긴 이제 그냥 돌아갈 수도 없게 되었다. 숭의문을 저리 만들었으니 어찌 그냥 돌아갈 수 있겠느냐."

"우리가 바라는 바야. 될 수 있으면 빨리 점창이 나서줬으면 좋겠어. 난 시간 끄는 건 딱 질색이거든. 한 놈이든 열 놈이든, 아니면 점창 전부든 상관없다."

청운자의 질책에 철마수가 이빨을 드러내며 으르렁댔다.

그는 잔인한 미소를 짓고 있었는데, 어느 샌가 두 팔을 뒤로 돌린 채였다.

말로는 보내준다고 했지만 당장이라도 처죽일 태세. 단순한 동작이었음에도 살기는 극대화되었고, 곧 폭발할 것만 같았다.

그때 청운자의 고개가 좌우로 꺾이며 천천히 입이 열렸다.

"세상은 말이야, 참 엿 같은 거 같아. 조용히 지내려고 하면 꼭 저 새끼들처럼 짓밟으려는 놈이 나타난단 말이지. 철마수 넌 우리를 단순히 도인으로 본 모양인데 잘못 본 거야. 점창은 그냥 도나 닦는 문파가 아니거든. 점창은 말이다, 죽으면 죽었지 더러운 꼴은 못 보는 독종들이 살아!"

말을 마친 청운자가 천천히 검을 빼 들었다.

그의 얼굴은 어느새 귀기로 덮여 있었는데, 철마수의 도발에 완전히 반응한 모습이었다.

염라검 청운자.

한번 돌아버리면 앞뒤 생각하지 않고 부숴 버리는 청운자의 예전 모습이 나오자 청면자가 한숨을 내리쉬며 고개를 흔들었다.

한심해서 못 견디겠다는 얼굴이다.

여기까지 오며 나름대로 논리를 세우고 제자들을 먼저 생각하기에 많이 변했다며 감탄했는데 막상 적과 부딪치자 바로 예전 성격이 튀어나왔다.

자신 역시 철마수의 말과 행동에 열이 받은 상태였으나 이렇게 완벽하게 포위된 상태에서 검을 꺼내려는 생각은 조금도 없었다.

굳이 적의 근거지에 들어와서 싸움을 벌이는 것은 무모한 짓이었다.

예상한 대로 지붕과 담장 쪽에서 이십여 명의 흑의사내가 나타나 퇴로를 차단했다. 장원 안에 있던 자들 역시 포위망을 압축하며 들어오고 있었다.

득보다 실이 많은 상황이었다.

그러나 청운자는 검으로 한 번 땅을 슬쩍 튕긴 후 다가오는 적을 견제했다. 그리고 청면자를 향해 뻔뻔한 목소리로 입을 열어 그를 환장하게 만들었다.

"사제. 난 안 싸우려고 했는데, 저놈들 하는 짓 보니까 안 되겠지?"

선룡단.

칠절문이 자랑하는 주력 전투 부대 중의 하나로, 수장은 오 극수의 맏이이자 사천십이절에 속하는 금마수 정확.

사천 남부를 장악하면서 혁혁한 전과를 올렸고, 전투가 벌어질 때마다 선봉에 서서 적을 잔인하게 유린한 극강의 전투 부대였다.

그들은 전투 시 금빛 용이 새겨진 황룡기를 전면에 세우는데 그것은 무적을 자랑하는 그들의 자존심이었다.

지금 여기 나타난 자들은 철마수 휘하의 벽사대 소속으로 철마수와 함께 십여 년이 넘도록 한솥밥을 먹은 도객이었다.

절명도라 불리는 강력한 무력과 더불어 숭의문을 처리한 것에서 알 수 있듯 뒤를 돌아보지 않는 잔인함까지 보유한 자들이었다.

더군다나 오랜 세월을 같이했기 때문에 합격과 상황 파악에 대한 인지 능력이 뛰어나 강력한 적이라도 이처럼 완벽하게 포위한 경우에는 제 발로 걸어 나가게 만든 적이 없었다.

독 안에 든 쥐.

청운자와 청면자는 벽사대의 입장에서 봤을 때 독 안에 든 쥐와 다름없었다.

벽사대의 공격은 숭의문을 파괴시킬 때처럼 언제나 어깨에 금색 견장을 찬 선위무장 왕파로부터 시작되었다.

왕파는 청운자가 검을 치켜들자 기다렸다는 듯 철마수의 옆을 스쳐 공중으로 도약하며 칠도를 퍼부었다. 얼마나 빠른지 눈에 보이지도 않을 지경이었다.

쾌도.

단순하게 빠른 것이 아니라 강력한 위력까지 담겨 있어 마치 공중에서 벼락이 치는 듯한 일격이었다.

마당에서 포위하고 있던 자들이 움직인 것은 그의 공격이 청운자의 검에 의해 튕겨져 나갔을 때였다.

중일조 십이 인만의 연수 합격.

지붕과 담장을 차단한 이십여 명의 벽사대는 싸움이 시작되었음에도 자리에서 움직이지 않았다. 철마수는 그의 독문 무기인 마령수를 끼고 싸움의 흐름을 관장하며 변수에 대비했다.

어차피 저 둘만 왔다면 상대가 안 되는 싸움이기에 나머지는 도주로를 차단하면서 지켜만 보았다.

점창의 움직임이 파악된 것은 숭의문을 괴멸시키고 돌아온 직후였다.

그동안의 전례로 봤을 때 전혀 예상할 수 없을 만큼 전격적인 움직임이었기에 본단에서도 어제야 겨우 알아낸 모양이었다.

그러나 그는 크게 신경 쓰지 않았다.

본단에서는 점창의 응수를 타진하라고만 했지, 싸움을 시작하라는 명령은 내리지 않았다.

하지만 성격상 미적거리는 것은 질색이었다. 어차피 운남을 먹겠다고 결심한 거라면 주저할 이유가 없었기에 도착 후 무정현의 상황이 파악되자마자 숭의문을 잔인하게 괴멸시켜버렸다.

무인은 머리를 쓰게 되는 순간 칼이 녹슬고, 그리 되면 칼을 쓰기가 힘들어진다는 게 그의 소신이었다.

점창 무인들이 왔다는 정보를 듣자 소름이 돋아났다.

두려움으로 인한 것이 아니라 흥분에 겨운 희열 때문이었다.

한때 천하제일을 자랑했다는 점창의 검.

그런 자들을 상대한다는 생각을 하자 흥에 겨워 잠을 이루지 못했다.

재밌는 것은 숭의문을 무너뜨리고 단 하루 만에 점창의 장로 둘이 들이닥쳤다는 것이다.

처음에는 단둘이 왔다는 게 믿겨지지 않았다.

본단의 정보에 따르면 점창십삼검 중 셋이 같이 들어왔다고 들었기 때문이다.

점창십삼검.

현재 점창을 상징하는 존재들로서 자신보다 절대 아래라고 볼 수 없는 절정의 무인이다.

만약 그들이 같이 왔다면 이렇게 여유를 부리지 못했을 것이다.

하지만 그들은 모습을 드러내지 않았고, 횃불이 넘실거리는 마당에는 늙어빠진 늙은이 둘만 덩그러니 서 있을 뿐이다.

이해하지 못할 일을 이해하려고 노력하는 것은 정말 바보 같은 짓이다.

특히 철마수처럼 단호한 결단력을 지닌 자들은 다가온 기회를 본능적으로 잡아채는 감각이 남다르기 때문에 그런 일에 심력을 낭비하지 않는다.

철마수의 비릿한 웃음이 흘러나오는 순간 살기가 최고조에 달했다.

마령수가 장착되며 왕파의 선제공격에 따라 중일조의 포위공격이 시작되었다. 그러자 팽팽했던 살기가 터지며 죽음의 기운이 넘실거리기 시작했다.

무슨 이유로 단둘이 왔는지 모르나 운남대전의 시작을 알리는 초전에서 점창의 장로를 둘이나 잡는다는 것은 엄청난 전과가 될 터였다.

청운자와 청면자가 점창을 대표하는 무인이라고는 하나

둘만으로 범의 아가리에 들어온 이상 죽음은 기정사실이나 다름없다. 벽사대에 포위된 이상 절대 살아남지 못한다

한 손이 열 손을 당하지 못하는 이치.

방진을 기본으로 팔괘진을 형성시킨 벽사대의 합격은 시간이 지나면 늙어빠진 점창 장로들의 기력을 점점 고갈시켜 바닥을 뒹굴게 만들 것이 분명했다.

점창의 장로 청운자와 청면자.

역사와 전통을 자랑하는 점창파의 무인 중에서도 최고 배분에 속하는 절정고수.

왕파의 강력한 칠도를 모두 튕겨낸 청운자의 검이 바람을 따라 휘돌며 도객들 틈으로 파고들었다. 그러자 기다렸다는 듯이 청면자가 반대쪽으로 몸을 날리며 십삼검을 뿌렸다.

왜 중일조만 공격에 가담했는지 이해될 만큼 도객들의 공격은 파괴적이었다. 그러나 청운자와 청면자의 검은 그들의 강력함을 이화접목의 수법으로 무너뜨리며 포위망을 유유히 벗어났다. 그리고 연환 공격의 고리를 철저히 끊어 공격을 멈추게 만들었다.

합격의 기본은 방위의 선점이었으나 청운자와 청면자는 방위를 내주지 않는 노련함을 보이며 도객들을 혼란 속에 빠뜨렸다.

하지만 왕파는 그런 혼란을 즉시 잠재웠고, 도객들의 공격

을 또다시 주도해 나갔다.

벽사대의 일원이 된 순간부터 수없이 겪어온 합격의 첨두에는 언제나 왕파가 있었기에 그들은 금방 평정심을 회복했다. 방위와 방위를 교차시키며 두 노인의 허점을 향해 집요하게 칼을 날리기 시작했다.

접전.

거의 반 시진에 달하는 공격과 방어.

그 누구도 우위를 확보하지 못하고 있었으나 분명한 것은 청운자와 청면자가 시간이 지날수록 불리해진다는 것이다.

소수와 다수의 결과는 항상 이렇다.

아무리 무력이 뛰어난 무인이라 하더라도 단박에 적을 격살시킬 정도의 격차가 없다면 결국 시간에 밀려 내력이 고갈되고 목숨이 위태롭게 된다.

포위망에 갇힌 고수의 유일한 선택은 도주였으나 청운자와 청면자에게는 그 방법마저 차단되었으니 암담한 상황임이 분명했다.

그러나 그러한 상황은 청운자의 입이 열리는 순간 순식간에 변했다.

"사제, 그만 가지. 애들 기다리겠어."

"그냥은 못 가오! 몇 놈은 잡아야겠소!"

청운자의 말에 반응한 청면자의 검에서 세 치에 달하는 백색 검기가 주욱 뻗어져 나오며 광포하게 도객들 사이를 헤집었다.

지금까지와는 완전히 다른 검격.

그에 맞춰 청운자가 호응했다. 허공을 격하고 뛰어올라 오
채 색 칠검을 뿜어내자 도객들의 포위망이 균열을 일으키며
깨져 나갔다.

청면자의 검은 이미 유함을 버리고 오직 강력함으로 무장
한 채 진격을 거듭했는데, 깨진 포위망 사이로 도객들의 칼을
꺾으며 피를 뿌려댔다.

셋이 무너졌고, 다섯이 부상을 당한 채 물러났다.

눈 깜짝할 사이에 믿을 수 없는 신위를 나타내며 포위망을
깨뜨린 청운자와 청면자는 정문을 향해 날아갔는데, 그 모습
이 마치 귀신처럼 보일 지경이었다.

철마수는 벽사대원들을 일거에 무찌르고 뒤로 물러나는
청운자와 청면자를 코앞에서 확인했다. 그럼에도 즉각 추격
하지 못했다.

충격으로 인해 찾아온 일시적인 마비. 그는 찢어질 듯 눈을
부릅뜨고 움직이지 못했다.

뭐지, 저건?

갑작스럽게 터져 나온 빛의 무리가 아직도 뇌리 속에 생생
히 남아 사라지지 않고 있었다.

검이 빛이 되어 갈래갈래 나뉘었고, 나뉜 빛줄기들은 사천

을 종횡하던 벽사대의 몸을 찢어발겨 순식간에 포위망을 격파해 버렸다.

방어망이 구축되었으나 빛을 막지 못했다. 변변한 반격조차 하지 못한 채 공격에 가담했던 벽사대의 태반이 나가떨어진 것은 단 삼 초 만에 이뤄진 일이었다.

전혀 예상치 못한 반전.

기가 막혀 제대로 말도 나오지 않았다.

점창에서 자랑하는 사일검법에 저런 수법이 있다는 소린 들어본 적이 없다.

사일검법이 점창의 비기로 알려져 있으나 강호에 나타난 점창의 검은 압도적인 강함을 보여주지 못했고, 두려움의 대상에서 멀어진 지 오래이다.

그런데 지금 눈앞에서 펼쳐진 검은 전신이 으스스하게 떨릴 만큼 강력해서 자신이 직접 봤음에도 믿지 못할 정도였다.

담장을 지키던 벽사대가 막으려 신형을 날렸으나 점창의 장로들은 여유 있게 검을 날려 날아온 칼을 격퇴하고 어둠 속으로 사라져 가는 중이다.

추격하려면 추격할 수는 있었다.

그러나 그는 추격 명령을 내리지 않고 사라져 가는 점창 장로들의 뒷모습을 보면서 천천히 손에 끼었던 마령수를 벗었다.

무겁게 나오는 한숨 소리.

왜 선룡단의 단주인 대형이 행동에 신중을 기하라고 신신당부했는지 이제야 조금은 이해가 갔다.

전통의 명문 점창.

우습게만 알았던 점창의 힘이 이 정도로 강하다는 건 운남 공략이 생각보다 쉽지 않을 것이라는 걸 단적으로 나타내 주는 것이었다. 자신의 앞날 또한 순탄하지 않을 것이라는 예측을 하도록 만들었다.

그러나 철마수가 한숨을 쉰 이유는 그 때문만이 아니었다.

어젯밤 본문의 정보를 담당하고 있는 암각에서 점창 무인들의 하산을 알려주며 가져온 또 하나의 소식은, 동마수와 은마수가 파령대와 귀곡대를 이끌고 급히 남하하고 있다는 것이었다.

그 소식을 듣는 순간 수뇌부의 조치에 게거품을 물며 화를 냈다.

자신을 보내놓고 연이어 병력을 파견하는 것은 자신을 믿지 못하는 것이나 다름없었다. 당장이라도 문단으로 달려가 따지고 싶은 심정이었다.

하지만 지금은 아니었다.

어젯밤만 해도 자신과 벽사대 서른이면 점창의 주력이 나오기 전까지 무정현을 장악하는 데 무리가 없을 것이라고 판단했다. 그러나 점창 장로들의 무력을 확인한 지금은 추가 병력을 파견한 본문의 조치가 얼마나 합리적이고 적절한 것이었는지 충분히 이해할 수 있었다.

만약 오늘 유유히 빠져나간 장로들과 점창삼검이 같이 들
이닥쳤다면 자신의 안위를 장담할 수 없었다. 그만큼 청운자
와 청면자의 무력은 자신의 예상 범위를 월등하게 뛰어넘었
다.

"어디 다녀오십니까?"

"왜, 내가 너한테 보고하고 다녀야 하냐?"

"그게 아니라, 한참 동안 안 돌아오시니까 걱정이 돼서 그
렇죠."

"클클클, 궁금해서 놈들 상판을 보고 오는 중이다."

"두 분이서요?"

즐거움이 가득 찬 얼굴로 청운자가 대답하자 운청이 입을
떠억 벌렸다.

장로들을 빼고 가장 연장자인 운청은 눈앞에 있는 장로들
의 철없는 행동을 알게 되자 화를 숨기지 못하고 대들듯 따지
기 시작했다.

성격이 불같아 열풍검이라는 별호를 가지고 있음에도 존
장에 대한 예의를 잊지 않았으나 지금 같은 비상 상황에서 아
무런 상의 없이 적의 소굴에 갔다 온 걸 자랑하는 청운자의
뻔뻔함은 참기 어려웠던 모양이다.

"사숙들께서는 어쩌자고 그런 일을 하셨습니까!"

"그냥 보러 갔던 것뿐이라고 했잖아!"

"만약 무슨 일이라도 생겼으면요. 어찌 그리 생각이 짧으십니까!"

"이놈이! 너 말 함부로 할래?"

"그렇잖아요. 제가 뭐 없는 말 했습니까!"

"끄응."

"운남 공략을 목적으로 온 놈들입니다. 점창과 마주 앉아 웃으면서 사이좋게 대화를 나누려고 온 놈들이 아닙니다. 사숙께서는 장문인께서 신신당부하신 걸 벌써 잊으셨단 말입니다. 정말 해도 너무하십니다."

"운청아, 네 말이 맞다."

"사숙도 마찬가집니다!"

"험험, 나는 억지로 끌려갔을 뿐이니까 너무 뭐라고 하지 마라."

슬며시 끼어들었던 청면자가 헛기침을 하고는 딴청을 했다.

하는 말마다 옳은 소리이니 존장으로서의 체면을 지키기가 여간 어려운 일이 아니었다.

이럴 때는 그저 조용히 있는 게 상책인데 사형인 청운자가 자신을 쳐다보며 떠넘기려는 의도를 보이길래 즉각 반응을 했다. 그런데 그것이 오히려 더욱 큰 역효과를 나타내고 말았다.

꿍꿍대는 청운자에게서 등을 돌린 청면자는 자신들을 멀뚱멀뚱 쳐다보고 있는 점창삼검과 이대제자들을 확인하고는 입을 주욱 내밀었다.

놈들의 얼굴에는 모두 '왜 그랬어요?' 란 표정이 담겨 있어 마주 대하기 곤란했기에 연신 헛기침만 토해냈다.

그러나 청운자는 자신과 전혀 다른 소신과 배포로 무장한 막무가내 기질을 내보이며 반격을 가했는데, 실로 교묘하기 그지없었다.

"야, 이놈아, 너 산에서 내려오니까 아래위도 안 보여? 우리가 설마 거길 놀러 갔겠어. 엉? 놀러 갔겠냐고!'

"궁금해서 가셨다면서요."

"그건 그냥 해본 소리지, 그걸 그대로 믿어?'

"그럼 왜 가신 겁니까?'

"놈들의 전력을 탐색하러 갔었다. 어느 정돈지 확인할 필요가 있었거든. 밀어넬지 기다려야 할지 결정하기 위해서 간 거다."

"아무런 말도 없이 달랑 두 분이서 가셨다가 무슨 일이라도 생겼으면 어쩌려고 그랬습니까?'

"놈들의 전력만 확인하고 즉시 후퇴했다."

"그래도 무척 무모한 행동이었습니다. 앞으로는 이런 일이 없었으면 합니다."

"그놈 참. 시어머니와 다름없는 놈일세. 알았다. 그리하마."

"그래, 놈들의 전력은 어땠습니까?"

"너희까지 갔다면 충분히 해볼 만했다."

"벽사대가 전부였습니까?"

"춘경장에는 그놈들과 철마수만 있었다. 그 정도라면 충분히 제압할 수 있을 것 같다."

"사숙, 신중하게 생각하셔야 되겠습니다."

"왜?"

자신의 말에 운학이 중간에서 끼어들자 청운자의 목소리가 올라갔다.

운학은 성격이 지랄 맞은 운청과 달리 쾌활한 성격이면서도 신중하고 사리가 밝은 놈이라 아무런 이유 없이 반대할 리 없었다.

"사숙께서 지시하신 대로 주변을 탐색했고 점창 문하에게 연락해서 칠절문의 동태를 살펴달라고 부탁했습니다. 오늘 오후에 청향표국의 다정검께서 전서구를 보내왔는데 영인(永仁)에서 파령대가 급속 남하하는 걸 확인했다고 합니다."

"영인에서 오후에?"

"그렇습니다. 사실 운청 사형께서 화를 내신 건 그 때문이었습니다. 사숙들께서 그들과 조우했다면 무척 어려운 지경에 빠졌을 겁니다."

"파령대라면 동마수라는 놈이 이끌고 있지?"

"그렇습니다."

"그놈들뿐일까?"

"지금 확인된 건 그자들뿐입니다."

"어쩔래?"

청운자의 시선이 청면자를 향했다. 이전과는 다르게 전혀 장난기가 담겨 있지 않았다.

"어차피 우리는 놈들의 눈치나 살피자고 여기 온 것이 아니었소. 파령대까지라면 내일 끝을 봅시다. 그 정도라면 가능할 것 같소. 시간이 지날수록 천하가 점창을 우습게볼 테니 서둘러야 하오."

"나도 그렇게 생각했다."

청면자의 대답에 청운자가 결론을 내리듯 방바닥을 쳤다.

쉬운 싸움은 아닐 것이나 그냥 두고 볼 수도 없는 상황이다.

오늘 있었던 벽사대의 무력으로 봤을 때 파령대가 합쳐지면 피해가 생길 수밖에 없으나 천하가 운남을 지켜보고 있으니 질질 끌 일은 아니었다.

방 안에 있던 삼검을 포함해 이대제자들 또한 같은 생각을 하고 있었는지 입술을 굳게 다문 채 눈을 빛냈다.

점창을 목표로 운남에 들어온 칠절문.

그 선봉인 벽사대와 파령대.

그들을 격파하지 못한다면 천하는 점창을 우습게 여기며 동네북으로 만들지 몰랐다.

목숨을 버리는 한이 있더라도 점창의 명예를 지켜야 한다는 것이 모두의 생각이었다.

　하지만 그들은 까맣게 몰랐다.

　벽사대와 파령대의 힘을 합친 것보다 더 강한 은마수의 귀곡대가 학경(鶴慶)을 넘어 무정현으로 들어왔다는 사실을.

7장

아, 청운자여!

　"점창의 장로들이 왔다 갔다고?"

　"예, 형님."

　"왜 못 잡았느냐?"

　"방심했습니다. 그리고 그들의 무력이 생각한 것보다 훨씬
대단했습니다."

　"쯧쯧쯧, 철마수가 변명을 다 하는구나."

　술병이 놓인 탁자에 느긋하게 앉은 은마수가 가볍게 혀를
찼다.

　오십 중반의 노인.

　은색 전포를 가지런히 차려입은 은마수는 육 척이 되지 않

을 만큼 왜소해서 의자에 파묻힐 정도였으나 슬그머니 탁자에 놓인 술병을 잡자 팽팽한 긴장감이 유발되었다.

그의 말 한마디는 좌중의 분위기를 좌지우지했는데, 똑같은 음성이었음에도 말에 따라 분위기가 수시로 바뀌곤 했다.

분위기가 슬쩍 이상하게 바뀌자 좌측에 앉아 있던 흑색전포 노인이 나서며 입을 열었다.

위압적인 외모.

얼굴을 사선으로 가로지른 검상이 그의 외모를 더욱 강력하게 만들어 상처 입은 장비를 연상시켰다. 눈에서 새어 나오는 푸른빛은 오싹하게 만드는 광기가 배어 있어 그가 얼마나 잔인한 성품의 소유잔지 짐작할 수 있게 했다.

그가 나선 것은 퉁퉁 부은 얼굴로 잔뜩 위축되어 있는 철마수를 두둔하기 위함이었다.

"넷째가 언제 변명하는 것 보셨소. 아무래도 그 늙은이들이 한 수가 있었나 보오. 넷째야, 상세하게 이야기를 해봐라. 어떻게 된 거냐?"

"그게……."

동마수의 질문에 철마수의 입이 열리며 지금까지 벌어진 일에 대한 이야기가 조목조목 새어 나왔다.

집요한 성격대로 상황을 설명하는 말솜씨는 빈틈이 없어, 무정현에 들어온 후부터의 일이 하나도 빠짐없이 거론되었다.

특히 점창 장로들이 보여준 무력은 무인의 관점에서 세세하게 설명했는데, 마치 눈앞에서 직접 보는 것처럼 생생하게 표현해 동마수와 은마수의 얼굴을 찌푸려지게 만들었다.

은마수의 입이 다시 열린 것은 철마수의 설명이 마무리되었을 때다.

"검에서 빛이 흘렀다는 것은 무슨 뜻이냐?"

"검기가 연속해서 나뉜 것처럼 보였습니다."

"검기가 분산되었다는 말이냐?"

"소제가 보기에는 그랬습니다."

"음……."

철마수가 소신을 굽히지 않고 대답하자 은마수의 입에서 침중한 신음성이 흘러나왔다.

절정에 든 고수들이 검기를 생성시키는 건 당연한 일이다.

하지만 지금까지 검기를 분산시켰다는 말은 들어본 적이 없었다.

검의 단계를 봤을 때 검기의 분산은 일종의 탄강이나 검파 단계에서 나오는 것이다. 점창의 장로들이 그 정도의 무력을 지녔을 리는 없으니 검력에 의한 것이라고 보기는 어려웠다.

그렇다면 검법의 묘리에서 발생했다는 뜻인데 점창의 비기인 사일검법에 그러한 초식이 있다는 건 금시초문이었다. 은마수는 곰곰이 생각에 잠겼다.

한동안 말없이 눈을 오므린 채 생각에 잠겼던 은마수의 입이 다시 열린 것은 철마수가 찜찜한 얼굴로 깍지를 끼며 상체를 뒤틀었을 때다.

"그렇다면 그들이 온 이유는 정찰 겸 벽사대의 무력을 측정하기 위해서였겠구나."

"소제도 그리 생각합니다."

"동마!"

"예, 형님."

"오면서 천향표국과 조우했다고 했지?"

"그렇습니다."

"그렇다면 지금쯤 점창에서도 파령대가 온 것을 알겠구만."

"일부러 노출시킨 건 아니었습니다. 이렇게 될 줄 알았다면 그냥 깡그리 죽여 버릴 걸 그랬습니다."

"흐흐, 미친 짓을 한 것은 철마로서 충분하다. 칠절문이 살인에 미친 집단이냐?"

동마수의 대답에 은마수가 입술 끝을 올리며 작은 목소리로 으르렁댔다.

그의 눈은 동마수와 철마수를 번갈아 바라보고 있었는데, 반쯤 감긴 눈에는 숭의문을 괴멸시킨 것에 대한 분노가 아직도 은은히 새어 나오고 있었다.

그는 도착하자마자 숭의문을 도륙한 철마수의 행동을 질책하며 주먹을 들었다.

그 주먹에 철마수는 열 번이 넘게 마당에 쓰러져야 했고, 얼굴은 알아보지 못할 정도로 엉망이 되어버렸다.

부상자들까지 죽여 버린 철마수의 행동을 은마수는 용서하지 않았다.

사천을 종횡하던 절정고수 철마수가 손가락 하나 까딱하지 않고 얼굴이 퉁퉁 부을 정도로 얻어맞은 것은, 은마수가 그에게는 아버지와 다름없는 친형이었기 때문이다.

다른 사람은 몰라도 은마수는 철마수에게 있어 목숨마저 내어줄 하늘같은 존재이기에 매타작을 고스란히 받아들였다.

은마수라고 다 큰 동생을 때리고 싶었을까.

그럼에도 손을 댄 것은 칠절문의 기강을 세우기 위함이었다.

인명을 함부로 대하게 되면 민심이 이반되고, 칠절문은 사마외도로 분류되어 세상과 등지는 삶을 살아가게 될 수밖에 없었다.

동생이 왜 그리했는지 너무나 잘 알고 있으나 그는 철마수에게 주먹을 날려 수하들에게 자신의 뜻을 정확하게 알려주고 싶었다.

그랬기에 그는 동마수의 스쳐 지나가는 말에도 민감하게 반응하며 으르렁댔다.

자신의 뜻에 반하거나 마음에 들지 않는 일이 생길 때면 언제나 이렇듯 목소리가 변한다.

은마수의 날카로운 눈빛이 천천히 거둬지며 화제가 바뀐 것은 동마수가 자신의 실수를 인정하며 고개를 숙인 후였다.

　"점창 늙은이들의 무력이 그 정도라면 파령대가 온 것과 상관없이 공격해 올 것이다. 점창삼검이 같이 왔으니 위험을 무릅쓰고라도 승부를 보려 할 게야."

　"열 명이라고 들었습니다. 그 인원으로 공격해 올까요?"

　"그들은 분명히 온다. 우리가 운남에 들어온 사실 하나만으로도 시간은 그들 것이 아니다. 천하가 그들의 대응을 주시하고 있기 때문이다. 시간을 끌면 끌수록 점창의 명예는 나락으로 떨어질 수밖에 없으니 다른 선택을 할 수 없을 것이다."

　"오면 죽을 텐데요."

　"크크크, 그래서 점창과의 싸움이 즐거운 거야. 명문이라는 놈들은 술수를 쓰지 않으니 상대하기가 무척 편하거든. 재밌는 싸움이 될 테니 슬슬 몸을 풀어놔라."

　바람처럼 표홀한 신법.

　점창이 자랑하는 유운신법의 특징은 빠르면서도 구름이 흘러가는 것처럼 부드럽게 움직인다는 것이다.

　열 명의 점창 무인이 춘경장의 전면에 위치한 능선에 내려앉은 것은 어둠이 몰려와 전각에 횃불이 켜진 술시 무렵이었다.

　그들은 흑색 도복을 끈으로 묶어 움직이기 편하게 만들었는데 춘경장이 눈에 보이자 숨결이 조금씩 뜨거워지고 있었다.

"사형, 곧장 가오?"

"잠시만 지켜보고. 파령대가 왔다더니 어제보다 인원이 늘었군."

"경계 서는 자들이 꽤 되는구려."

"가급적 빠른 시간에 숫자를 줄여놔야 싸우기 편해진다. 무슨 뜻인지 알겠지?"

"알고 있소."

청면자의 재촉에 청운자가 춘경장의 전각 쪽으로 시선을 주며 시간을 끌었다.

어차피 공격에 대한 계획은 모두 세워져 있기 때문에 그가 지시만 내리면 즉각적인 공격이 이뤄질 수 있었다.

그럼에도 그는 쉽게 입을 열지 않았다.

전각에는 열이 넘는 무인이 전각 곳곳에 위치해서 경계를 서고 있었는데 완전 무장한 상태였다.

불안한 기운.

그들이 오기를 기다리기라도 한 것처럼 전각 안에서도 투기의 숨결이 은은하게 흘러나오고 있었다.

"기다리는군."

"그렇소."

"하긴, 칠절문의 정예라고 불리는 놈들이니 오죽하겠나. 그렇지 않아도 점창이 기습했다는 소린 듣고 싶지 않았다."

"생각보다 머리가 팽팽 돌아가는 놈들이구려."

"운청아."

"예, 사숙."

"오늘 싸움은 점창의 힘을 천하에 보여주는 것이다. 무슨 뜻인지 알겠느냐?"

"알고 있습니다."

"나는 이 싸움에서 점창의 명예가 지켜지기를 바란다. 하나 그보다 더 중요한 것이 있으니 그것은 바로 너희의 목숨이다."

"사숙!"

청운자의 노안에 담긴 걱정이 한꺼번에 밀려왔기 때문에 운청의 입에서 굵직한 신음이 흘러나왔다.

무슨 뜻인지 너무나 잘 안다.

그리고 그것은 자신도 마찬가지이기에 받아들이는 감정이 남달랐다.

사숙이 자신을 걱정하고 있는 것처럼 자신도 옆에서 이를 지그시 악물고 있는 명자배 제자들을 걱정하고 있었다.

여기에는 자신의 목숨과도 같은 제자 명각도 와 있었기에 그는 청운자의 시선을 똑바로 받아내지 못하고 신음을 흘리며 고개를 돌렸다.

"싸움에 비겁하라는 뜻이 아니라 목숨을 중히 하라는 뜻이다. 너희가 살아야 점창의 명예도 산다. 내 말을 명심하고 또 명심하라."

"저 또한 사숙과 같은 생각이옵니다. 그러니 너무 염려하지 마십시오."

공격은 쌍로와 삼검에 명자배 제자가 한 명씩 따라붙어 두 명이 한 조가 되도록 구성했다.

명자배 제자의 무력이 그들에 비해 떨어진다는 점을 감안하여 그리 편성했는데 막상 정해놓고 보니 신구의 조화가 제법 적절했다. 언제든지 연수 합격이 될 수 있는 체제가 형성되었다.

청운자는 공격을 하기 위해 몸을 일으키며 명자배 제자들을 하나씩 돌아보았다.

결코 아이들이 아니다.

모두 서른에 가까운 나이이고 무림에 나가면 검에 피를 달고 살 수 있을 만큼 뛰어난 무력을 지닌 점창의 차세대 주력들이다.

비록 이대제자이지만 점창이란 전통 명문의 그늘에서 무려 이십 년 가까운 세월을 수련한 자들이니 어찌 허술하겠는가.

아니, 오히려 춘경장 안에 있는 칠절문의 수뇌부를 제외한다면 벽사대나 파령대의 도객들보다 훨씬 출중한 무인들이다.

특히 이곳에 파견 나온 명자배 제자들은 삼검의 직속제자들도 포함되어 있을 만큼 정예 중의 정예이니 결코 어린아이처럼 걱정해야 할 대상이 아니었다.

그럼에도 불안한 마음이 드는 것은, 오랜 세월 어른으로 살아온 자신의 시간이 그들의 안위를 걱정토록 만든 것이리라.

청운자의 시선이 제자들을 천천히 휘돈 후 춘경장으로 향했다.

이제 자신의 한마디면 칠절문과 돌이킬 수 없는 전쟁이 시작된다.

가슴이 뛰었고, 그에 맞추어 점창의 산과 전각들이 하나씩 머릿속에 떠올랐다.

쇄락의 길을 걸어온 사문.

천하제일문이란 영광된 역사를 지키지 못하고 몰락해 버린 사문을 바라보며 죄인이 되어 살아온 오십여 년의 세월.

점창의 무인으로서 고개를 들 수 없을 만큼 부끄러웠고 슬픈 세월이었다.

분쟁이 생길 때마다 참을 수밖에 없던 사문과 자신의 무능함이 몸서리치도록 가슴을 아프게 만들어 오랜 세월 동안 남모르게 눈물을 흘리며 살아야 했다.

무인이 강하지 못하다는 것은 죽고 싶을 만큼의 괴로움을 가슴속에 매단 채 살아가는 것이고, 그리 사는 것은 죽는 것보다 못하다는 걸 뼈저리게 느꼈다.

그랬기에 청곡 사형이 나타났을 때 미쳐 버렸다.

어느 날 문득 분광과 회풍을 들고 나타난 청곡 사형은 점창의 영광된 역사를 되돌릴 수 있는 마지막 기회나 다름없었다.

늙어빠진 팔다리를 아침부터 저녁까지 움직이며 미친놈처럼 수련에 매진한 것은 힘이 없기에 느껴야 했던 모멸감을 다시는 느끼고 싶지 않았기 때문이다.

창천의 극조차 보지 못한 자신의 검기가 오 년의 수련을 통해 나눠졌고, 갈려져서 바위를 때렸다.

늙어버린 육신으로 분광의 완벽한 무리를 익히기에는 부족함이 있었으나 그것만으로도 자신의 검은 이전보다 배는 강해졌다.

검이 강해지면서 무인으로서의 심장도 커졌다.

이전에는 약한 사문 때문에 검을 숨긴 경우도 있었으나 분광과 회풍이 사문에 돌아온 이상 그의 검은 언제든 뽑혀 나올 준비가 되어 있었다.

그리고 오늘.

청운자의 검은 점창의 하늘과 땅을 밟고 선 채 한구석 미안함조차 없이 고개를 뻣뻣이 치켜세운 적들과 마주 서서 뽑히고 있었다.

청운자는 유운신법을 펼쳐 춘경장으로 날아가며 뒤를 힐끔 쳐다봤다.

명천이 묵묵히 따르고 있었는데, 그는 오히려 자신보다 냉철한 얼굴을 하고 있었다.

스물여덟이라고 했던가.

점창십삼검의 수장인 운풍의 셋째 제자로 창천에 입문할
만큼 강한 무공을 소유했고, 심지가 굳고 의지가 뛰어나 앞으
로의 발전이 기대되는 제자이다.

재밌는 것은 명천의 결단력이 청운자의 예상보다 훨씬 빠
르다는 것이다.

춘경장에 가까워오자 뒤쪽에서 묵묵히 따르던 명천이 어
느새 담장을 향해 뛰어올랐다. 곧바로 경계를 서고 있는 벽사
대원을 공격해 청운자가 아무런 방해 없이 담장을 넘을 수 있
도록 만들었다.

강력한 일격.

콰앙!

갑작스러운 공격을 힘들게 막아낸 벽사대원이 주춤 뒤로
물러서자 명천의 검이 그의 후퇴 공간을 차단하며 삼검을 날
렸다.

균형이 무너진 상태에서 더욱 강력한 공격이 날아오자 벽
사대원이 이를 악물며 칼을 뿜어냈다. 그러나 명천의 변화무
쌍한 공격에 옆구리와 허벅지에서 피를 뿌리며 비틀거리다
쓰러졌다.

그사이 청운자는 담장 밑에 있던 벽사대원을 제압하고 마
당으로 들어서고 있었다.

목표한 대로 경계병들을 모조리 제압하지는 못했지만 각

방향에서 들이닥치며 일곱을 쓰러뜨린 점창 무인들이 한곳으로 모여들었다.

적이 기다리고 있다는 걸 안 이상 기습은 생각조차 하지 않았다.

대신 먹잇감이나 다름없는 경계병마저 전력에 합류하도록 내버려 둘 필요는 없었다. 단숨에 숨통을 끊어놓으려 했으나 그중 셋은 용케 뒤로 물러서서 전각을 등진 채 칼을 겨누었다.

점창 무인들이 한곳에 모인 것과 전각의 방문들이 열리며 칠절문의 무인들이 모습을 드러낸 것은 동시에 벌어진 일이었다.

예측대로 그들은 기다렸다는 듯 사방에서 나타났는데 자연스럽게 반원형을 형성하며 압박을 가해왔다.

"늙은이들, 뭐 하러 또 왔나. 살려줬으면 고이 가서 남은 인생 편하게 살 것이지."

"클클클, 철마수, 너는 어째서 갈수록 혀가 짧아지느냐."

"내가 원래 그런 놈이야. 그런데 참 이상해. 죽으려면 낮에 오지 그랬어. 밤에 설치는 건 피곤한데 말이야."

"피곤하지 않을 거다."

"왜?"

"곧 죽을 테니까."

"정말 늙은이가 주둥이질 하나는 끝내주는군."

"점창의 밥그릇을 찾아야겠다. 더불어 숭의문의 복수도 같이 해주마."

"흐흐, 밥그릇이라……. 그거 멋진 표현이네. 적어놨다가 나중에 써먹어야겠어. 그런데 너희만으로 그게 가능할까?"

"떼거리로 몰려다니는 건 너희 같은 놈들이나 하는 짓이고, 점창은 원래부터 이렇게 다녔다."

"이 늙은이가 또 슬슬 열 받게 만드네."

"푸하하하! 아주 재밌는 늙은이구만."

철마수가 신경질적으로 마령수를 꺼내 손에 끼자 반대쪽에서 지켜보던 거구의 동마수가 폭소를 터뜨렸다.

그는 거대한 귀두도를 꺼내 들며 앞으로 나섰는데, 청운자에게 귀두도를 내미는 행동은 거리가 떨어져 있었음에도 금방 피를 볼 것처럼 위협적이었다.

"여기 온 이유가 우리를 내쫓아서 점창의 명예를 지켜보겠다는 거잖아. 그렇지?"

"네가 동마수냐?"

"흥, 늙어서 보이는 게 없는 줄 알았더니 아직 내가 보이기는 하는 모양이네."

"덩치가 커다란 놈은 대부분 머리가 비었다던데 너는 조금 다르구나. 핵심을 정확하게 아는 걸 보니 말이다."

"철마가 왜 거품을 무나 했더니 이제야 알겠군. 직접 대화를 해보니 늙은이가 은근히 사람 속을 긁는 재주가 있어. 하지만 늙은이, 이 상황은 주둥이보다 이걸로 해결해야 되니까 그만 닥치는 게 좋을 거야."

백색 도객들을 이끌고 동마수가 천천히 앞으로 다가오며 귀두도를 어깨 위로 끌어 올렸다.

어느새 백색 무복으로 통일된 파령대는 인원이 갈라져서 진형을 구축하고 있었는데, 포위 공격에 가장 효과적이라는 열두 명씩 무리지어 접근하고 있었다.

그들의 움직임에 맞추어 벽사대가 좌측에서 접근했기 때문에 반원진이 움츠리듯 점창 무인들을 향해 다가왔다.

접근해 오는 도객들의 칼에서 비릿한 살기가 급속하게 뿜어져 나와 마당의 공기를 서늘하게 만들었다.

"성격마저 급하군. 확실히 몸통만큼 다른 놈들과 다른 놈이로다. 청면!"

"말하시오."

"자네가 운학과 함께 벽사대를 맡아라. 나머지는 내가 하겠다."

"알겠소."

다가서는 적들을 확인하고 급히 지시를 내린 청운자가 검을 앞으로 내밀었다.

동마수만 자신이 제압하면 운청과 운몽이 이끄는 제자들이 파령대를 휘저을 수 있을 것이다.

비록 놈들의 숫자가 다섯 배에 달하나 싸움은 숫자로 하는 게 아니라는 걸 똑똑히 보여줄 생각이었다.

그러나 청운자는 검을 곧추세우며 전진하던 발걸음을 급히 멈추었다.

그들의 배후를 가로막으며 담장을 넘어오는 은색 전포의 무인들을 확인했기 때문이다.

"귀곡대!"

청운자의 입에서 자신도 모르게 놀람에 찬 신음성이 터져 나왔다.

은색 전포, 그리고 그들을 상징하는 쌍단창.

한눈에 봐도 선룡단의 전위부대라는 귀곡대가 틀림없었다.

담장을 찍고 넘어오는 귀곡대원들의 몸놀림은 마치 바람에 떨어지는 낙엽처럼 부드럽고 유연했다. 퇴로를 완벽하게 차단한 그들의 전면에서 은마수가 여유 있는 웃음을 지으며 다가오고 있었다.

"운남을 종횡한다는 염라검과 뇌운검을 뵙게 되니 영광이오."

"자네가 은마수?"

"그렇소."

"함정을 잘 파놨군."

"일부러 판 함정은 아니었소. 그저 은밀하게 넘어왔을 뿐인데 당신들이 걸려들었을 뿐이오. 재수가 없다고나 할까?"

"그게 그거겠지."

"어쨌든 멋들어지게 놀아봅시다. 지옥에 온 걸 환영하오."

하얗게 웃으며 말을 끝낸 은마수가 천천히 자신의 쌍단창을 꺼내 들자 청운자의 얼굴이 붉게 물들었다.

독문 무기인 탈명창은 그의 등 뒤에서 천천히 솟아올랐는데 마치 스스로 움직이는 것처럼 보였다.

일반적으로 사용되는 창의 길이에 비해 삼분지 일도 안 될 정도로 짧은 두 자루의 단창.

사천을 종횡하며 한 번도 패하지 않았다고 해서 무적쌍창이라고도 불린다는 기형 병기가 은마수의 손에 들린 붉은빛 삼 척 단병이다.

은마수가 꺼내 든 탈명창에서는 횃불에서 나온 빛을 받아 붉은색 기운이 슬금슬금 새어 나오고 있었다. 마치 아지랑이가 너울대는 것 같았다.

청운자의 눈이 오므려진 것은 은마수의 행동에 맞추어 귀곡대가 자신들의 단창들을 거꾸로 쥐었을 때다.

역창.

창을 거꾸로 들어 하늘로 향하게 만든 자세.

삼십여 명의 귀곡대는 역창을 한 채 은마수의 등을 쳐다보고 있었다.

언제든 명령만 내리면 공격하겠다는 투지가 줄기줄기 뿜어 나와 등골을 오싹하게 만들었다.

쌍로와 삼검, 그리고 다섯의 이대제자라면 벽사대와 파령대를 합친 칠절문의 선봉과 충분히 해볼 만했으나 은마수가 이끄는 귀곡대마저 싸움에 가담한다면 상황은 최악으로 변한다.

고전, 또는 악전.

끝까지 버틴다면 적들의 반 이상은 저승으로 끌고 갈 수 있겠지만 이곳에 온 점창의 제자들 역시 모두 죽는다.

그만큼 은마수와 귀곡대의 무력은 사천에서 정평이 날 정도로 강했다.

사천을 병탄하는 과정에서 보여준 그들의 신위는 적들에게 있어 사신이라 불릴 정도로 강했으니 아무리 계산을 해봐도 변수를 마련한다는 건 힘든 일이라고 봐야 했다.

그랬기에 청운자는 은마수가 뒤로 한 걸음 물러나 단창을 겨누며 공격에 대한 의지를 보이자 굳은 얼굴을 풀지 않은 채 옆에 선 청면자를 불렀다.

"사제."

"듣고 있습니다."

"그냥 가겠는가?"

"그냥 가기도 쉽지 않을 것 같소. 사형 생각은 어떠시오?"

"귀곡대까지 왔을 줄은 몰랐어. 모두 내 불찰일세."

"그게 어찌 사형 잘못이겠소."

"그리 이해해 주니 고맙구만. 그래서 말이야."

"뜸들이지 마시오."

"내가 책임을 지고 싶어."

"책임을 지다니요?"

"이제 시작인데 처음부터 꼬리를 말고 도망간다면 칠절문이 점창을 얼마나 우습게 알겠나. 놈들에게 점창을 보여주고 싶네."

"싸우자는 말이군요. 하지만 끝까지 가면 아이들이 위험해집니다."

"그렇겠지. 그런데도 싸우고 싶군. 꼭은 아니지만 이와 비슷한 경우가 생길 때마다 뒤로 물러서야 했지. 나는 그럴 때마다 항상 검을 물고 죽고 싶었다."

"사형!"

"청면 자네 말대로 끝까지 하면 아이들이 위험해진다. 여기서 모두 죽을 이유는 없으니 내가 신호하면 물러서."

"무슨 말씀이오? 그럼 사형은요?"

"어차피 시작되어야 할 싸움이라면 칠절문에게 경고를 해주고 싶어. 점창이 살아 있음을 똑똑히 보여줄 생각이다."

"나는 당최 무슨 소린지 알아들을 수 없소. 혼자 죽겠다는 거요?"

"껄껄껄, 이 사람아, 그냥 해본 소리야. 꼭 죽일 듯한 태세군. 신호를 보내고 나도 떠날 테니 그런 표정 짓지 마. 하여간 자네에겐 농담도 못하겠어."

"지금이 농담이나 할 상황이오? 참으로 싱겁소."

"더 말할 여유가 없겠군. 저놈의 기세가 너무나 예리해서 피부가 갈라질 것 같아."

청면자가 눈을 찌푸리며 고함을 치자 청운자가 내렸던 검을 슬며시 치켜들며 두 걸음 앞으로 나섰다.

뒤로 물러섰던 은마수의 손짓에 따라 귀곡대가 천천히 전진해 왔기 때문인데, 불과 열 걸음을 이동해 왔음에도 엄청난 압박감이 피어올랐다.

쫘아악!

일도양단.

다가온 귀곡대의 압박을 일격에 날려 버린 청운자의 검이 공간을 찢어버리며 부챗살처럼 푸른색 검기를 뿜어냈다.

일수로 귀곡대의 전진을 막은 청운자의 검이 미간을 겨누어오자 은마수의 탈명창이 천천히 가슴으로 올라왔다.

"역시 명불허전. 염라검의 참공은 실로 대단하구려."

"흥!"

"귀곡대는 보았느냐?"

"예, 대주. 보았습니다."

어울리지 않는 칭찬에 청운자의 입에서 가벼운 코웃음이 새어 나오자 은마수의 창이 귀곡대를 불렀다.

귀곡대의 시선은 청운자의 검을 향하고 있었다.

"점창 장로의 검이 참공을 보였다. 유구한 전통을 자랑하는 점창의 힘이니 귀곡대는 사천을 종횡하던 선룡의 힘으로 전력을 기울여 점창의 전통을 꺾는다. 알겠느냐!"

"존명!"

은마수의 돌진과 더불어 귀곡대의 전진이 시작되었다.

철저한 연수 합격.

공전의 진수.

다섯이 한 조가 되어 톱니바퀴처럼 움직이는 귀곡대는 마치 하나의 기관처럼 보일 지경이었다.

개개인의 무력은 부족할지 모르나 연수 합격을 이룬 그들의 공격은 치밀하고 강력해 순식간에 점창 무인들을 압박하기 시작했다.

그러나 무엇보다 위험한 것은 방진 사이를 누비며 공격해오는 은마수의 탈명창이었다.

정면 대결을 피하며 기습을 해오는 그의 창은 흰색 창기를 머금은 채 독사의 이빨처럼 점창 무인들의 방어선을 찢어내고 있었다.

검을 뿌리친 은마수의 창이 기어코 후퇴하는 명인자의 옆구리를 찢으며 피를 튀게 만들었다.

귀곡대를 맞아들인 것은 청운자를 비롯해 운몽과 운학, 그리고 명인과 명무였다. 나머지가 그들과 등을 맞댄 채 벽사대와 파령대의 공격을 막아내고 있었다.

일종의 원형진.

다행스러운 것은 적의 병력이 많아도 공격해 올 수 있는 숫자가 한정돼 있다는 것이다.

반경이 일 장에 한정되어 원형진을 구축했기 때문에 앞쪽의 귀곡대와 달리 뒤쪽의 벽사대, 파령대는 효율적인 공격을 펼치지 못하며 청면자가 이끄는 점창 무인들의 방어선을 뚫지 못했다.

하지만 귀곡대의 공격은 은마수의 활약에 의해 서서히 점창 무인들의 방어선에 균열을 만들어냈다.

명인이 옆구리에 당한 상처에도 불구하고 굳건히 방어선을 지키고 있었으나 점점 한계에 몰리는 중이었다.

은마수는 피에 굶주린 승냥이가 분명했다.

그는 명인이 옆구리에서 흘러나오는 피를 막은 채 분전하자 집중적으로 그를 공격했다.

한곳을 파괴해서 방어선에 구멍을 뚫는 전략.

두 개 조씩 돌아가며 공격하는 귀곡대는 반드시 명인을 한 번씩 쳤고, 그 뒤를 은마수가 따라 들어가며 명인의 전신에 상처를 냈다.

"어헝!"

이를 악물고 고통을 참아내던 명인의 입에서 끝내 짐승처럼 억눌린 신음이 흘러나왔다.

다섯 군데를 찔린 명인의 몸은 이미 혈인으로 변한 상태였다.

상처를 입은 채 전장에서 이탈한 귀곡대는 불과 셋.

하지만 그들도 전투력을 상실했다기보다는 동료들의 공격에 방해가 되지 않기 위해서 물러났다고 볼 만큼 경미한 상처를 입었다. 오히려 피해 면에서는 점창 쪽이 크다고 볼 수 있었다.

원형진은 방어선의 효율을 극대화할 수 있는 반면 공격력이 약화되는 단점이 있다.

그랬기에 청운자가 전면에 있으면서도 이각이 흐른 지금까지 귀곡대는 단 한 명의 손실도 보지 않은 채 싸움을 이끌고 있었다.

싸움의 양상이 변한 것은 명인이 결국 참지 못하고 뒤쪽으로 물러나며 무릎을 꿇었을 때다.

"이놈들!"

그동안 방어선을 지키며 공격해 오는 적들을 격퇴만 하던 청운자의 검이 앞으로 전진하기 시작했다.

원형진에서의 탈피.

그의 눈에 담긴 것은 분노.

이글거리는 눈은 어느새 광기에 차 있었고, 그의 검은 무서운 속도로 공간을 자르며 창들 사이를 누볐다.

다섯씩 짝을 이룬 공전단창이 청운자의 검에 의해 튕겨져 뒤로 물러날 때 검에서 흰색 빛 무리가 주욱 뻗어 나와 눈 깜짝할 사이에 귀곡대원 두 명의 가슴을 훑고 지나갔다.

비명조차 없는 죽음.

워낙 빨랐기 때문에 뒤쪽에서 공격을 준비하던 귀곡대와 은마수는 청운자의 검이 어떻게 움직였는지 확인조차 하지 못했다.

가히 폭풍 같은 진격.

그의 진격은 마른하늘에 친 벼락처럼 갑작스러웠고, 거대한 바위마저 휩쓸어 버리는 모래폭풍처럼 거침이 없었기에 귀곡대는 공격을 당하고도 방어조차 하지 못한 채 비명을 지르며 쓰러져 갔다.

일 개 조 다섯 명을 쓰러뜨린 청운자의 검이 기계처럼 움직이는 귀곡대의 후속 공격을 단신으로 부딪치며 또다시 전진을 거듭했다.

명인의 부상이 그의 불같은 성격을 일깨워 이성을 잃게 만든 모양이었다.

그러나 귀곡대의 창은 처음처럼 당황하지 않았고, 청운자의 검과 당당하게 맞섰다.

때맞춰 은마수의 탈명창이 공간을 넘어 빛살 같은 속도로 다가왔기 때문에 청운자의 검은 귀곡대를 끝까지 쫓지 못하고 수시로 방향을 돌려야 했다.

청운자가 방진을 벗어나고 명인이 부상으로 인해 전력에서 이탈하자, 그동안 견고하게 버티던 방어선이 깨지며 싸움은 금방 난전으로 빠져들었다.

악화.

난전으로 빠져든다는 것은 점창 무인들의 위험이 한 단계 높아졌다는 것을 의미했다. 그리고 싸움이 그만큼 더 흉폭하고 치열해진다는 걸 의미하기도 했다.

원형진의 효율성으로 인해 싸움에 가담하지 못하던 벽사대와 파령대원들이 속속들이 전장에 가담했다. 연환 공격을 펼치던 귀곡대가 한꺼번에 전장에 가담하며 포위 공격이 시작되었는데, 공격력을 제어하던 원형진이 깨어지자 점창의 무인들도 검기를 꺼내 들며 맹렬한 살기를 드러냈다.

치열한 접전.

병기와 병기의 충돌, 음과 비명 소리만 끝없이 생겨났을 뿐 장내에 사람의 말소리는 한마디도 새어 나오지 않았다.

점창 무인들의 상황은 시간이 지나면서 점점 악화되기 시작했는데, 그것은 바로 칠절문이 자랑하는 삼마수의 가담 때문이었다.

난전으로 빠져들자 수많은 전투를 경험한 삼마수는 쌍로나 삼검과 부딪치는 대신 철저하게 이대제자들을 노리며 기습 공격을 가해왔다.

정면으로 부딪쳐도 무력에 격차가 있는 마당에 기습을 가해오니 명자배 제자들은 시간이 지날수록 상처가 늘어나고 있었다.

숫자에서 이득을 보고 있는 상황에서 적들의 수를 줄여 전투를 유리하게 이끌겠다는 심산.

쌍로와 삼검의 공격에 선룡단원들의 피해가 속속 발생하고 있었지만 그들은 명자배 제자들을 집요하게 물고 늘어져 기어코 명천의 가슴에 칼을 꽂아 넣었다.

잔인한 미소.

명천의 가슴에 칼을 꽂아 넣은 동마수의 얼굴에서 피어난 잔인한 미소가 청면자의 신형을 허공으로 떠오르게 만들었다.

"동, 마, 수!"

콰앙!

포위 공격을 받는 상황에서 신형을 공중으로 띄운다는 것이 얼마나 위험한 일인지 너무나 잘 아는 청면자가 삼장을 격하고 달려와 동마수를 향해 일격을 날렸다.

동마수를 부르는 청면자의 음성에는 분노가 가득했다.

검과 도가 만났는데 폭발음이 들렸다.

강력한 충격.

동마수가 충돌의 여파로 뒤로 세 걸음 물러날 동안 청면자의 검이 연환 공격을 펼쳤다.

하지만 그의 검은 백색 도객들의 방어에 막혔고, 동마수는 유유히 신형을 빼내어 좌측에서 접전을 펼치고 있는 명공 쪽으로 향했다.

그 행동에 청면자의 눈에서 불길이 일었다.

앞을 막아온 두 명의 파령대를 베어 넘기고 그를 추격하려 했으나 백색 도객들은 마치 작정이라도 한 것처럼 끝없이 그를 막아왔다.

"흐으······!"

억눌린 신음 소리.

이대로 동마수를 놓치게 되면 또다시 사랑하는 제자들의 목숨을 보호하지 못하게 된다.

초전에 부상으로 전열에서 이탈했던 명인이 난전과 함께 목숨을 잃었고, 명천마저 눈을 감지 못한 채 죽음을 맞이했다.

명승과 명선이 철마수와 은마수의 공격에 피를 흘리는 중이고, 명공은 동마수의 살수에 노출된 상태이다.

주위를 돌아보니 삼검이 선룡단 사이를 누비며 적들을 주살하고 있었으나 결코 상황은 유리하지 않았다.

이대로 싸움이 지속되면 처음의 예상대로 최악의 상황에 직면하게 될 것이다.

물밀듯 밀려오는 파령대의 파상공격이 전진을 가로막자 청면자가 이를 깨물었다.

이렇게 된 이상 강행 돌파가 필요했다.

포위된 상황에서 불리한 싸움을 변화시키기 위해서는 누군가의 희생이 필요한 법이었다. 죽음을 무릅쓴 강행 돌파가 바로 그것이다.

청면자의 검이 앞을 막아온 파령대의 칼을 쓸어내고 칠검을 퍼부었다.

강행 돌파를 하기로 작정한 이상, 공격에 모든 힘을 쏟아붓는다.

목숨에 위협을 받지 않는 공격은 그대로 받아들이고 적의 목숨을 취하는 것이 강행 돌파의 원칙이다.

극에 달하지 못한 창천으로는 파령대의 칼을 일격에 무너뜨리기 어렵다.

둘, 셋은 어떨지 모르나 이렇듯 십여 명이 방진을 펼친 상황에서는 불가능에 가깝다.

그랬기에 청면자는 분연히 분광을 꺼내 들었다.

분광.

검기가 나뉘어 허공을 덮어버리는 사일검법의 후삼식 중 첫 번째 절초.

정확한 초식명은 분광추영.

그림자를 쫓아 빛이 나뉜다는 뜻을 가졌고, 그만큼 빠르며 강력하다.

다수의 적을 상대하는 데 효율적이어서 완벽한 분광을 익히면 일곱 명을 한꺼번에 벨 수 있다.

그러나 분광은 완벽하게 익히지 못한 상태에서 펼치게 되면 엄청난 내공을 소모하게 만드는 단점을 가지고 있었다.

청면자가 지금에서야 분광을 꺼내 든 것도 그런 이유 때문이다.

이제는 목숨을 도외시했으니 꺼릴 것이 없었다.

어떤 일이 있어도 제자들을 살려야 한다는 일념만이 머릿속을 차지하고 있었다. 청면자는 자신의 안위를 뒤로하고 분광을 펼치며 강행 돌파를 시도하기 시작했다.

퍽! 퍽! 채앵!

분광의 위력이 파령대 속에서 석양처럼 붉게 피어올랐다.

솟아오른 피가 마치 안개처럼 마당에 펼쳐졌고, 청면자를 막았던 파령대원들이 짚단처럼 쓰러지기 시작했다.

불과 일각도 지나지 않아 열둘을 베어버린 청면자가 동마수의 등을 따라잡고 일격을 펼쳤다.

콰앙!

명공의 왼팔을 자르고 뒤로 물러나던 동마수의 칼이 청면자의 검과 부딪치면서 커다란 충돌음을 냈다.

처음 부딪쳤을 때와는 다르게 동마수는 여덟 걸음이나 비틀거리며 물러섰는데, 커다란 충격을 받았는지 얼굴이 허옇게 변했다.

"이런 개 같은 늙은이가!"

간신히 신형을 고정시킨 동마수의 입에서 거친 욕설이 흘러나왔다.

갑작스러운 공격에 목숨을 위협받게 되자 자신도 모르게 터져 나온 욕설이다. 하지만 곧 입을 닫아버리고 피에 젖은 청면자의 육신을 향해 의문에 찬 시선을 던졌다.

일격에 자신의 내장을 건드릴 만큼 강력한 무력을 선보인 청면자가 똑바로 서지 못한 채 비틀거렸기 때문이다.

'뭐지, 이건?'

처음에는 죽어 나자빠진 수하들의 피가 청면자의 몸에 묻은 것으로 착각했으나 자세히 확인하자 늙은이의 몸통 여러 곳에서 피가 흘러나오고 있었다.

그렇다면 청면자는 방어를 도외시하고 저 젊은 놈을 구하기 위해 여기까지 왔다는 뜻이 된다.

"호오, 이제 보니 점창의 장로가 미쳤구만. 죽을 줄도 모르고 날뛰니 말이다."

"크크, 진짜 미친 게 뭔지 가르쳐 주마. 함부로 운남에 온 것을 죽어서도 후회하게 만들어주겠다."

"그 몸으로 말이지?"

"헉헉! 충분하다!"

비틀거리던 몸을 추스르며 청면자가 검을 치켜 올렸다.

삼검도 자신과 같은 마음을 가졌는지 어느새 명자배 제자들을 보호하기 위해 모여들었다. 그들 역시 강행 돌파로 인해 여기저기 상처를 입어 혈인이 된 상태였다.

집중 공격을 받은 명공과 명승, 명선은 이미 전투 불능의 상태이고 삼검 또한 오랜 전투로 인해 숨결이 거칠어져 있었다.

그럼에도 삼검의 위력은 대단했다.

그들에 의해 벽사대는 일곱만이 살아남았고, 파령대도 절반이 바닥에 쓰러졌으니 점창을 상징한다는 삼검의 위력은 가히 명불허전이었다.

뒤쪽에서 벌어지고 있는 싸움은 아직 삼검의 검이 생생하게 살아 있어 철마수와 선룡단의 공격을 막아낼 여력이 있다.

반대쪽에서는 사형인 청운자가 은마수와 귀곡대를 붙잡고 격렬한 싸움을 벌이고 있으니 여기서 자신이 동마수를 죽일 수만 있다면 반전이 가능할지도 몰랐다.

그런 마음으로 내력을 끌어 올렸는데 단전을 휘돈 내력이 이어지지 않았다.

내력이 고갈된다는 것을 알면서도 지속적으로 분광을 펼친 것이 원인이다.

더군다나 동마수를 일거에 죽이기 위해 마지막에 펼친 일격은 혼신의 힘을 다한 것이었기 때문에 내력이 끊기는 지경에 이르고 말았다.

이대로라면 동마수는 둘째치고 파령대원도 상대하기 힘들다.

당황한 마음이 들었으나 동마수를 노려보던 눈을 그대로 두고 청면자는 숨을 고르며 내력을 집중시켰다.

어렵다. 하지만 물러설 수도 없다.

역시 동마수는 고수임이 틀림없었다.

내력이 불완전하게 되면 기세가 바뀌는데 동마수는 청면자의 상태가 이상한 것을 확인하고 즉시 다가와 공격 범위를 확보했다.

"어이, 늙은이. 힘들지?"

"가소로운 놈."

"피가 많이 흐르는군. 고통스럽겠어."

"크흐……."

"살 만큼 살았잖아. 이제 내가 죽여주지."

귀두도를 천단세로 바꾼 채 일 장 앞까지 다가온 동마수의 거대한 몸이 순간적으로 흐릿하게 변하며 사라졌다.

도풍이 먼저였고, 그 뒤를 따라 도기가 밀려들었다.

막강한 도력.

거구에서 터져 나온 도력은 산악처럼 장중했고, 왜 그가 사천에서 위명이 쟁쟁한 오극수에 포함되는지 알려줄 만큼 강력했다.

내력이 제대로 이어지지 않는 상태에서는 회피한 후 반격하는 것이 최상의 방법이기 때문에 청면자는 유운신법을 펼쳐 좌측으로 돌아나가며 동마수의 칼을 흘려냈다.

오직 한 수.

폭풍과 같은 적의 공격을 뚫어내어 치명상을 입혀야만 이 싸움에서 이길 수 있었다.

제대로 된 분광을 펼칠 수만 있다면 동마수의 패도적인 공격을 파괴할 수 있겠지만 내력이 고갈된 지금은 불가능에 가깝다.

동마수의 거대한 몸 구석 어디에서라도 작은 약점이 눈에 들어오면 마지막 승부를 볼 생각이었다.

하지만 동마수는 곰 같은 덩치를 가졌음에도 여우와 같은 머리를 지닌 자였다.

청면자가 신법을 피하기만 하자 조금의 허점도 내비치지 않고 오직 정면 승부를 걸어왔다.

계속 말을 꺼내 자극한 것은 오히려 청면자의 약점을 찾아내기 위함인 것으로 보였다.

"도망 다니는 거 힘들지 않아? 늙어서 다리 움직이기도 힘들 텐데 그냥 모가지를 내려뜨리는 게 어때?"

"……."

"왜 대답이 없어? 대답할 힘도 없나 보지? 이봐, 늙은이, 귀찮으니까 빨리 끝내자고."

"곰 같은 놈. 내 너의 목을 끊어놓겠다."

지속적인 조롱 속에서도 피하기만 하던 청면자의 입에서 창노한 목소리가 새어 나왔다.

분노에 겨운 음성.

결연한 의지를 담은 눈이 동마수를 노려보았고, 가슴으로 끌어들인 검이 앞으로 튀어나왔다.

끊어졌던 내력이 힘들게 이어지면서 마지막 힘을 모아 분광을 펼쳐 냈다.

동마수의 공세가 피하기만 할 수 없을 정도로 강력해졌다. 결국 청면자는 어쩔 수 없이 하늘에서 떨어지는 귀두도를 향해 빛살 같은 검기를 뿜어냈다.

하늘이 환해지며 아름다운 검기의 물결이 솟구쳤다.

모아진 내력을 한꺼번에 터뜨린 분광.

그 분광의 찬연한 빛살에 동마수의 귀두도가 점점 속도를 잃다가 뒤로 튕겨져 나갔다.

"윽!"

누가 먼저랄 것도 없이 두 사람의 입에서 신음이 흘러나왔다.

청면자는 무릎을 꿇은 채 입에서 시커먼 피를 흘리며 일어서지 못했다. 바닥에 쓰러진 동마수는 한참이 지난 후 간신히 일어나 청면자를 잡아먹을 듯 노려보았다.

그의 눈에서 나타난 것은 참을 수 없는 분노였다.

일격에 당했다는 두려움 대신 분노를 나타내며 귀두도를 치켜들고 공격 자세를 취했다.

두려움을 모르는 무인의 자세를 가지고 있는 자.

하지만 그는 가슴과 옆구리에서 샘솟듯 솟구치는 피를 손으로 막기만 할 뿐 청면자를 향해 다가서지 못했다.

명자배 제자들을 보호하던 운청이 어느새 앞으로 튀어나와 청면자를 가로막았기 때문이다.

삐익!

긴 휘파람 소리.

동마수를 견제하며 운청이 청면자를 뒤로 이끄는 사이 반대쪽에 있던 청운자가 휘파람을 불며 나타났다.

청운자는 온몸에 피가 튀어 검은색 옷에서 빤작이는 윤기가 날 정도였는데 상처를 입은 것 같아 보이지는 않았다.

그는 점창 무인들이 모여 있는 곳으로 다가오며 세 명의 파령대를 일거에 무찔렀다. 오검을 찔러내어 공격해 온 귀곡대를 튕겨낸 후 뒤쪽에서 방어망을 형성하고 있는 운청을 불렀다.

"운청!"

"예, 사숙."

"후퇴하자! 청면과 제자들을 챙겨서 정면으로 간다! 내가 엄호할 테니 서두르거라!"

다섯이 하나가 된 귀곡대의 쌍단창을 검으로 막으며 청운자가 고함을 질렀다.

급박한 상황.

이제 정상적으로 싸움을 할 수 있는 사람은 청운자가 유일한 상황에서 후퇴라는 선택은 현명한 것이었으나, 삼검 중 가장 나이가 많은 운청은 쉽게 걸음을 떼지 못했다.

벽사대와 파령대의 공격 때문이 아니었다.

방금 명승이 숨을 거둠으로써 이대제자 중 셋이나 목숨을 잃었고, 운학과 자신만이 경상을 입었을 뿐 나머지는 움직이기 힘들 정도의 상처를 입었다.

이대로 계속 싸운다면 진다는 것을 안다.

그럼에도 걸음을 떼지 못한 것은 적들에게 안방을 내주고 물러서야 하는 신세가 너무나 억울했기 때문이다.

점창의 하늘과 땅에서 젊은 제자들의 억울한 죽음을 내버려 두고 떠나야 함은 죽는 한이 있어도 하고 싶지 않은 일이었다.

칼을 날려오는 두 명의 벽사대를 튕겨낸 운청이 고통에 겨워하는 명선과 명공의 얼굴을 힐끔 보며 입술을 깨물었다.

청면 사숙은 커다란 내상을 입었는지 죽은 듯이 눈을 감고 있었는데, 얼굴이 백지장처럼 허옇게 변해 금방이라도 숨을 멈출 것만 같았다.

머리가 빙글빙글 돌았다.

옆에서는 운학과 운몽이 공격해 오는 벽사대와 파령대를 막아내고 있었는데, 운몽은 오른쪽 옆구리와 허벅지에 입은 도상으로 인해 움직임이 점점 둔해지고 있었다.

피를 흘리는 사제들과 사숙의 모습을 보는 운청의 눈이 눈물로 젖어갔다.

억울하고 분했으나 사랑하는 사람들이 모두 죽는 걸 보고 싶지는 않았기에 억지로 걸음을 내디뎠다.

청운자는 뒤로 물러나는 제자들에게 귀곡대가 따라붙지 못하도록 검을 날리며 엄호에 주력했다.

다행스럽게도 주춤거리며 움직이지 않던 운청이 부상자들을 옆구리에 낀 채 느린 속도로 정문 쪽을 향해 움직였다.

철마수와 은마수의 집요한 공격에 운청과 운학이 몇 군데씩 다시 상처를 입었으나 전면에서 가공할 무력으로 그들을 엄호한 청운자의 활약으로 정문을 넘을 수 있었다.

청운자는 귀곡대뿐만 아니라 파령대의 공격까지 차단했고, 은마수의 기습 공격까지 따라붙어 무산시켰는데 그 움직임이 마치 폭풍과 같았다.

명천과 명인, 그리고 명승의 시신이 춘경장의 마당에 방치되어 있었다. 점창 무인들은 핏발 선 눈으로 그들에게 마지막 인사를 건넨 후 춘경장의 정문을 넘으며 울음을 터뜨렸다.

떠나는 삼검의 목소리가 아련했다.

자신을 부르며 빨리 오라는 그들의 목소리가 마치 바람에 실려 들려오는 나뭇가지의 흔들림처럼 희미했다.

제자인 명천의 시신을 남겨두고 떠나는 운청의 울음소리가 아직도 귓가에 생생하다.

그들의 모습이 보이지 않게 되자 청운자는 더 이상 뒤로 물러서지 않고 걸음을 멈추었다.

사십에 달하는 적과 마주 선 청운자는 일격에 십삼검을 날려 귀곡대를 튕겨냈다. 그리고 뒤에서 빠져나온 은마수를 향해 시선을 던졌다.

그의 단정하던 머리칼은 엉망으로 헝클어져 있고 전신이 피로 젖어 귀신을 보는 것 같았다.

"은마수, 어떠냐?"

"무슨 개소리냐!"

"우리 아이들도 다쳤지만 너희 꼴도 말이 아니구나. 그런 실력으로 운남을 차지하겠다고 왔다니 진정 가소롭다."

"흥, 웃기는 소리. 당신을 비롯해 나머지도 모두 죽을 테니 우리는 손해 보지 않았다. 절대 살아남지 못할 거다."

은마수가 탈명창으로 사라진 점창 무인들을 가리키며 비릿한 웃음을 지었다.

후퇴한 여섯은 모두 치명적인 부상을 당했기 때문에 추적하기 시작하면 얼마 지나지 않아 따라잡을 수 있었다.

벽사대와 파령대가 거의 전멸 지경이었고, 귀곡대 일부도 피해를 본 상태지만 첫 전투에서 점창의 장로 둘과 십삼검 중 셋을 잡았다면 절대 손해 보는 장사가 아니었다.

그랬기에 은마수는 자신의 앞을 청운자가 가로막아도 여유를 잃지 않았다.

그러나 청운자는 은마수의 웃음을 보며 하얀 이를 드러냈다.

"너희는 이곳에서 한 발자국도 움직이지 못한다. 점창의 땅에 들어와 피를 봤으니 한 놈도 살아나가지 못하리라."

"푸하하! 늙으면 노망이 난다더니 벌써 그리 된 모양이군. 시간을 끌어보겠다는 수작인 것 같은데 그래 봤자 소용없어. 당신이나 도망친 놈들이나 살아남지 못한다고 했잖아."

"크크크, 와라. 내가 증명해 주마."

"쯧쯧쯧."

검을 내미는 청운자의 모습에 은마수가 혀를 차며 손을 들어 올렸다.

그러자 두 개 조 열 명의 귀곡대가 정문을 막고 선 청운자를 향해 날아왔고, 나머지 삼 개 조가 후퇴한 점창 무인들을 추적하기 위해 담을 넘었다.

손짓 하나에 동시에 벌어진 일.

귀곡대의 무력이 사천에서 진동하는 것은 이렇듯 일사불란한 조직력이 뒷받침되었기 때문이다.

청운자가 정문을 타넘고 뒤로 날아간 것은 바로 그때였다.

정면에서 덮쳐오는 자들을 피해 뒤로 날아간 청운자가 점창 무인을 추적하기 위해 담을 넘은 귀곡대를 덮쳐갔다.

독수리가 먹이를 덮치는 것과 같은 형상.

청운자의 검에서 발현된 빛 무리가 왼쪽 담장을 넘은 다섯의 귀곡대를 쓸어갔다.

이전 같았으면 튕겨나고 말았을 귀곡대의 신형이, 튕겨나는 대신 부서져 나갔다.

쌍단창이 먼저 부서졌고, 곧바로 육신이 쪼개졌다.

단 일격에 다섯을 말살시킨 청운자의 가공할 검법.

찬연하게 허공을 갈라 버린 빛 무리.

정면에서 공격해 들어오던 자들이 멈춰 섰고, 곧이어 우측 담장을 넘어 추적하려던 열 명의 귀곡대가 방향을 돌려 청운자를 향했다.

은마수와 철마수가 그 전면에 나섰는데, 그들 모두 놀람으로 인해 찢어질 듯 눈을 부릅뜨고 있었다.

"철마, 네가 본 것이 저것이냐?"

"예, 형님. 그렇습니다."

"음……."

은마수가 뒤늦게 합류한 동마수의 상처를 힐끔 쳐다본 후 다시 입을 열었다.

"동마 너도 저것에 당했느냐?"

"똑같군요. 청면자가 시전한 것과 똑같습니다. 다만 훨씬 강합니다. 비슷한데 위력이 월등하게 다릅니다."

"알았다."

청운자를 따라 춘경장의 정면을 나선 은마수가 어느새 원형 진을 구축한 귀곡대를 주욱 둘러본 후 눈을 지그시 오므렸다.

다시 한 번 보고 싶었다.

청운자의 검에서 뿜어진 빛 무리의 실체를 정확하게 확인 해야 피해를 최소화할 수 있을 것 같았다.

은마수가 현란한 수신호를 보낸 후 손가락을 들어 가리키 자 귀곡대가 사공진을 구축하며 청운자를 압박하기 시작했다.

귀곡대만으로 구성된 사공진은 오 인 합격술이 합쳐져 원 진을 구성하는데, 강력한 적을 상대하기 위해 만들어진 병진 이다.

은마수의 명령에 따라 발동된 사공진은 돌개바람이 불어 닥치듯 청운자를 가둔 채 철저하게 고립시켰다.

공격조와 방어조가 구분되었고, 쉴 새 없이 연환 공격이 이루어지도록 구성되어 청운자의 신형은 진한 구름 속에 갇힌 달처럼 모습을 찾아보기 어려웠다.

그러나 싸움이 시작되고 얼마 지나지 않아 귀곡대원들이 하나씩 전장에서 튕겨져 나오며 피를 뿜어냈다.

전장에서 튕겨져 나온 귀곡대의 육신은 최소 세 군데 이상의 검상을 당했는데 하나하나가 치명적이어서 목숨을 부지한 자가 드물었다.

사공진이 격파된 것은 채 이각도 지나지 않아서였다.

스물다섯으로 시작된 사공진은 열일곱이 바닥에 쓰러지자 더 이상 효력을 발휘하지 못하고 스스로 멈춰 섰다.

은마수와 철마수, 그리고 동마수가 한꺼번에 나선 것도 그때였다.

그들의 얼굴에는 경악과 어이없음이 동시에 떠올라 있었는데 병기를 꺼내 든 손이 잔뜩 굳어 있었다.

"왜 실력을 숨겼나 했더니 이유가 있었군. 불과 반 시진도 못 쓰는 검법이라……."

자신의 쌍단창을 좌우측으로 나뉘어 역창시킨 은마수가 기가 막힌 얼굴로 청운자를 바라보았다.

단 이각 만에 열일곱을 주살한 청운자의 무력은 자신도 모르게 도주까지 생각하게 만들 정도로 가공한 것이었다.

수하들이 죽어나가는 걸 눈으로 확인하고도 전장에 가담할 생각조차 못했다.

절대고수들에게서만 나타난다는 거대한 위엄.

청운자의 검에 나타난 위엄은 그런 유의 것이었기에 두려움에 젖은 온몸이 떨려왔다.

장내에 남은 자는 삼마수를 비롯해 여덟 명의 귀곡대와 세 명의 파령대가 전부였다.

눈앞에서 숨을 헐떡이고 있는 노인에게 무정현에 들어온 전력 중 가장 강하다는 귀곡대가 무려 스물둘이나 당했다. 거의 전력의 반을 청운자에게 잃은 것이다.

점창의 장로가 이 정도의 무력을 지녔다니 진정 이해가 되지 않았다.

세상에 소문난 점창장로의 무력은 절대 자신보다 위가 아니었고, 실제로 비슷한 무력을 지닌 단천도가 십오 년 전 점창의 장로 중 하나인 청무자를 꺾은 적이 있기 때문이다.

물론 청무자가 점창장로 중에서 무공이 약한 축에 속한다고는 하나 청문자를 제외한다면 점창장로 대부분이 비슷한 무력을 지닌 것으로 알려져 있었다. 그렇기에 청운자를 만났어도 지금까지 조금의 두려움도 지니지 않았다.

하지만 지금 눈앞에 우뚝 서서 귀신같은 형상을 하고 있는 청운자는 몰골이 송연해질 정도로 막강한 무력을 선보여 자신의 눈을 의심케 만들었다.

그가 천천히 다리를 움직여 앞으로 나선 것은 남은 귀곡대가 포위망을 풀고 완전하게 뒤로 물러났을 때다.

청운자의 몸 상태가 정상이 아님을 확인했기 때문이다.

"헉헉……!"

검에 의지해서 신형을 고정시킨 청운자의 숨결이 쉽게 가라앉지 않고 있었다.

이해하기 어려웠으나 청운자가 보여준 가공할 검법을 생각해 보면 한편으로 그럴 수도 있겠다는 생각이 들었다.

무려 한 시진 가까운 전투에서도 끄떡없던 청운자가 불과 이각 만에 내력이 고갈된 것은 싸움을 유리하게 이끌기 위해 위력이 강한 검법을 연이어 펼쳤기 때문일 것이다.

그렇다면 두려워할 일이 아니었다.

귀곡대원들은 청운자의 일격에 목숨을 잃었으나 최소한 자신과 동마수, 철마수는 그리 되지 않을 자신이 있었다.

공방이 펼쳐지는 순간 청운자의 목숨은 끝난 것이나 다름없다.

"뭐하나, 공격하지 않고!"

은마수가 뒤로 물러난 귀곡대를 향해 다시 공격 명령을 내렸다.

그들은 은마수를 비롯해 수뇌부가 앞으로 나서자 뒤로 물러나 관망하고 있었다. 막상 은마수의 입에서 공격 명령이 내려지자 두려운 표정을 지으며 쉽게 움직이지 못했다.

싸움이 시작될 때마다 주저 없이 창을 뿌리던 그들이었지만 청운자의 가공할 무력에 본능적인 두려움을 느낀 모양이다.

그러나 귀곡대가 움직인 것은 그리 오래 걸리지 않았다.

비록 죽음의 늪으로 빠져드는 일이었음에도 그들은 은마수의 차가운 손길에 따라 단창을 꺼내 들고 청운자를 향해 날아들었다.

죽음을 넘어선 책임과 의무.

무인으로서의 자존심이 그들에게서 두려움을 사라지게 만들어 불나방처럼 화려하게 마지막 불꽃을 태우게 했다.

번쩍번쩍!

거칠어진 숨결을 고르던 청운자의 몸이 유운신법을 펼치며 귀곡대 사이를 누볐다.

환상적인 빛 무리의 향연이 어둠을 밝히며 귀곡대의 창을 부쉈고, 붉은 피를 땅바닥에 뿌렸다.

하나씩 쓰러지는 귀곡대의 신형은 허수아비처럼 느껴질 정도였는데, 그들은 쓰러진 후 다시는 움직이지 못했다.

청운자가 비틀거리며 뒤로 물러난 것도 그들이 쓰러진 것과 비슷한 시기였다.

귀곡대 사이로 움직인 삼마의 협공이 청운자의 분광을 뚫고 들어와 가슴과 옆구리, 그리고 왼쪽 팔을 반이나 갈라놓았기 때문이다.

"으… 헉… 헉……."

비명과 거친 숨이 한꺼번에 쏟아져 나왔다.

땅바닥에 검을 짚고 선 그의 눈은 굳게 입을 다물고 있는 은마수에게 향하고 있었다.

왼쪽 팔이 고정되지 못한 채 덜렁거렸고, 가슴과 옆구리에서 새어 나온 피가 분수처럼 솟구쳤다. 그러나 그는 고통스러운 표정을 짓는 대신 웃음을 흘려냈다.

"은마수, 내가 말했지. 너희는 내 손에 모두 죽는다."

"이 개 같은 늙은이!"

"한 놈은 살려줄 테니 가서 전왕에게 전해라. 운남은 맛있는 먹잇감이 아니라 지옥이었음을."

"으……."

천천히 말을 끝낸 후 자신의 왼팔을 잘라 버리는 청운자를 향해 은마수가 목구멍 깊은 곳에서 흘러나온 신음 소리를 뱉어냈다.

마지막 승부를 위해 자신의 팔을 잘라 버리는 독심.

자신도 청운자와 같은 처지가 된다면 똑같이 할 것이지만 막상 눈으로 보게 되자 저절로 눈살이 찌푸려졌다.

죽음을 담보로 한 마지막 승부를 위해 허리를 구부렸던 청운자가 천천히 고개를 들고 검을 치켜들었다.

청면자에게 극심한 타격을 받은 동마수는 성치 않은 몸으로 공격하다 왼쪽 가슴을 찔려 일어서지 못했다. 은마수와 철마수만이 좌우로 갈라서 이빨을 드러내고 있었다.

금마수가 직접 이끄는 천룡대를 제외한 선룡단 전원의 몰살.

어이없는 사실에 은마수의 양손이 부들부들 떨렸다.

불과 열 명의 점창 무인으로 인해 선룡단이 완전히 파괴되었으니 살아남는다 해도 대형인 금마수를 볼 자신이 없었다.

그랬기에 청운자를 바라보는 그의 눈에선 파란 불길이 담겨 활활 타올랐다.

"너를 죽인 후 조각조각 찢어서 점창에 보내주마!"

고함과 함께 은마수가 급속 전진하며 역으로 들고 있던 탈명창을 회전시켰다.

끼익끼익!

회전된 탈명창에서 올빼미의 울음소리와 비슷한 괴음이 흘러나오며 원형 방패를 형성했다.

하얀 구체의 비상.

탈명창은 원반이 되어 청운자를 향해 폭사해 나갔는데, 그 속도가 너무나 빨라 눈 깜짝할 사이에 왼쪽 허리를 스치고 지나갔다.

파악!

스침과 동시에 피가 분수처럼 솟구쳤다.

그럼에도 청운자는 그대로 선 채 움직이지 않았다. 그러다 따라 들어오는 철마수와 은마수를 향해 폭발적으로 쇄도하며 마주 부딪쳐 나갔다.

작은 것을 주고 큰 것을 잡겠다는 심산.

청운자의 검에서 눈부신 검기가 부챗살처럼 퍼져 나오며 한꺼번에 철마수와 은마수의 신형을 덮었다.

철마수와 은마수도 이번에는 이전처럼 피하지 않고 내력을 극도로 끌어내어 도기와 창기를 펼쳐 정면으로 부딪쳤다.

그동안 기습 공격을 하면서 보여주던 무력과는 근본적으로 다른 칼과 창이 청운자의 검과 수많은 불꽃을 튕기며 충돌했다. 마치 연작놀이를 보는 것처럼 화려했다.

콰직! 팍! 파앙!

무서운 속도의 충돌이 끝나고 순식간에 고요가 찾아왔다.

그 누구도 말을 꺼내지 못했다.

철마수의 전신은 열두 군데에 검상을 입어 철저하게 망가진 상태에서 숨이 끊어졌다. 은마수 또한 왼팔이 잘린 채 피를 토하고 있었는데, 구멍 난 왼쪽 옆구리에서 피가 끊임없이 새어 나오고 있었다.

그러면서도 그는 새파란 눈으로 청운자를 노려보았다.

숨길 수 없는 적의.

땅에 떨어진 창을 주워 적의 심장을 쑤시고 싶어 하는 적의가 그의 새파란 눈에 담겨 있었다.

그러나 그는 움직이지 못했다. 대신 그와 반 장 정도 떨어진 곳에 무릎을 꿇고 있는 청운자의 입이 열렸다.

가슴을 꿰뚫은 탈명창이 앞으로 쓰러지는 것을 막았고, 오른팔에 든 검이 땅에 박혀 그를 지탱해 주고 있었다.

그러나 반쯤 잘린 목에서 흘러나온 음성은 목줄기를 가로막은 피로 인해 그렁대며 울려 나와 제대로 알아듣기 힘들었다.

전신이 피로 물든 청운자.

육신에 담긴 살이 해어질 대로 해어져 뼈가 드러났다. 얼마나 많은 피가 흘렀는지 그가 앉은 주변은 핏물로 웅덩이가 만들어져 있었다.

"은… 마… 수, 점창을 우습게보지 마라. 운남은 점창의 땅이다. 앞으로 점창의 허락 없이 운남에 발을 딛는 놈들은 오는 족족 죽일 것이다. 백이 오면 백을 죽일 것이고, 천이 오면 천을 죽인다. 흐흐흐. 점창은 독종들이 산다는 내 말, 죽을 때까지 잊지 마라. 오늘 본 이 피는 점창의 후예들이 반드시 갚을 테니 기다리라고 전해."

"지랄하고 있네, 개새끼. 죽으면서도 끝까지… 헉헉!"

은마수가 숨을 헐떡이며 꿈틀대자 청운자의 입이 힘겹게 다시 열렸다.

그의 눈은 반쯤 감겨 제대로 뜨지도 못했는데, 마지막 숨결을 억누르며 끝끝내 고함을 토해냈다.

"…점창은… 점창은… 무적이다!"

청운자의 고함이 바람을 타고 춘경장을 맴돌았다.

이미 숨은 끊어졌으나 그의 음성은 한동안 춘경장에 머물며 점창을 이야기했다.

8장

풍운대

　사일검법의 초식은 모두 아홉이었으나 후삼식의 검리는
너무나 심오해 백 년 이래 익힌 자가 없었다.

　심득을 얻은 조사들이 백 년 전 천왕성과의 전투에서 한꺼
번에 목숨을 잃음으로써 사일검법의 후삼식은 껍데기만 남긴
채 창공으로 사라졌다.

　분광추영, 회풍무류, 후예사일.

　태양을 벤다는 사일은 고사하고 분광과 회풍마저 잃어버
렸으니 점창 최고의 비전이라는 사일검은 반쪽짜리 검법으로
전락하고 말았다.

　명문이란 것은 유구히 전해져 내려오는 전통이 다른 곳과

차별화됨으로써 그 명예를 얻게 된다. 그리고 그 원천은 조직을 구성하는 사람에게서 나온다.

소림이나 무당, 화산이 명문으로 손꼽히는 이유는 당당하게 전해 내려오는 비전이 있기 때문이고, 심득을 얻은 선조들이 비전의 전수를 면면히 이어왔기 때문이다.

하지만 점창은 백 년 전 선조들의 명맥이 한꺼번에 끊기면서 그 힘을 잃었고, 천하제일문의 명예조차 내놓아야 했다.

강호에서 힘이 없다는 것은 설움과 멸시를 고스란히 받아들여야 하는 숙명이 수반된다. 그 숙명은 나락과 같아 목숨보다 더 소중한 무인의 명예를 철저히 짓밟는다.

점창은 그 나락 속에서 백 년을 보내야 했다.

벗어나고 싶었으나 벗어날 수 없는 운명의 사슬은 질기고 모질었다.

명예를 지키기 위해서 분연히 검을 빼 들 수조차 없는 현실을 벗어나고자 점창 무인들은 뼈를 깎는 노력을 하며 비전을 되찾으려 노력했다. 그러나 사일검법의 후삼식은 꼼짝도 하지 않은 채 그 성역을 넘겨주지 않았다.

백 년이란 세월 속에서 흘러내린 점창인의 한이 황토가 되어 점창산을 뒤덮었고, 태양을 향해 날아오르다 먼지가 되어 산화해 갔다.

절망, 체념, 분노, 그리고 원망.

점창인의 가슴속에 담긴 감정은 시간이 지날수록 그렇게

잿빛으로 변해갔다.

그러던 어느 날.

주화입마에 걸려 폐인으로 살아온 삼십 년의 세월을 건너 불사조처럼 돌아온 청곡자는 점창의 길고 긴 잠을 깨워놓았다.

오랜 시간의 가르침은 아니었으나 그는 점창에서 마지막 순간을 보내며 분광과 회풍을 사문에 돌려줌으로써 점창산에 빛이 흩날리고 바람이 휘돌게 만들었다.

산과 들이 노래했고, 점창의 석양 속에서 무인들의 검이 춤을 추었다.

흩날리는 빛줄기가 산을 환하게 물들이고 돌풍이 하늘로 솟구치는 기이한 광경이 발견되기 시작한 것은 청곡자가 숨을 거둔 후 이 년이 지나고 나서부터였다.

그리고 그 빛줄기와 돌풍은 시간이 지날수록 점점 늘어나 아홉을 헤아렸다.

전신에 부상을 입은 운청과 제자들이 시신들을 등에 지고 점창에 나타난 것은 해가 서산으로 지는 저녁 무렵이었다.

수십 군데 상처 입은 몸으로 나타난 그들의 전신은 온통 피로 도배되어 누가 누군지 알아보기도 힘들 지경이었다. 그들은 시신들을 옮기느라 제대로 걷지도 못했다.

산문을 지키던 제자들이 비상종을 쳤고, 청현자는 엉망으로 변해 버린 운청과 제자들을 바라보며 말문을 열지 못했다. 그러다 그들이 내려놓은 청운자의 시신을 확인하고는 버선발로 달려 내려왔다.

"사형! 이게… 이게 웬일이오! 눈 좀 떠보시오! 눈을 뜨란 말이오!"

"장문인, 사숙께서는 칠절문과의 싸움에서… 크윽!"

"닥쳐라!"

피 묻은 손을 내밀지 못하고 간신히 입을 연 운청을 향해 청현자가 고함을 질렀다.

그의 눈은 새파랗게 변해 있었는데 어떠한 이유도 듣기 싫어하는 시선이었다.

산에서 내려갈 때 신신당부를 했다.

사숙들을 잘 보필하고 상황이 어려워지면 지체 없이 돌아오라며 몇 번이고 운청에게 귀띔을 했다.

그런데 청운자가 차가운 시신으로 변해 이렇듯 눈을 감고 누워 있으니 참을 수 없는 노여움이 물밀듯 솟구쳤다. 청현자는 운청을 노려보며 부들부들 몸을 떨었다.

청현자의 시선에 운청이 고개를 숙이며 참았던 눈물을 흘려냈다.

죄송스러움이 담긴 그의 울음은 억눌려서 마치 동물의 울음소리와 비슷했다.

청현자의 고개가 다시 청운자에게로 돌려진 것은 운학이

나서서 비틀거리는 운청을 뒤로 물렸을 때다.

"사형, 나보고 어쩌라고 이리 돌아오셨소! 나는… 어쩌라고!"

털썩 주저앉은 청현자의 입에서 독백이 흘러나왔다.

싸움이 있을 거란 예상도 했고, 자칫 잘못하면 제자들이 부상을 입을지도 모른다는 걱정도 했다.

그러면서도 애써 걱정을 덜어낸 것은 사형들과 삼검이 함께 갔기 때문이다.

어차피 칠절문과의 관계는 단시간에 해결될 일이 아니니 운남에 점창이 있음을 알려 함부로 행동하지 못하도록 하는 것이 이번 하산의 목적이었다.

애초부터 대규모의 전투는 생각하지 않았고, 혹시라도 그런 일이 생긴다면 무조건 돌아오라며 신신당부했다.

그런데 이렇듯 싸늘한 시신으로 돌아왔으니 너무도 기가 막혀 말도 나오지 않았다.

정신이 멍해져 아무런 생각조차 할 수 없었다.

감겨진 눈과 얼굴을 바라보자 새삼 어릴 적 자신을 혼내던 청운자의 젊은 시절이 생각났다.

그때의 사형은 성격이 불같아 조금이라도 잘못한 일이 있으면 사정을 봐주지 않았다. 나이도 열세 살이나 차이 났기 때문에 대든다는 건 꿈도 꾸지 못했다.

사형의 젊었을 적 얼굴은 꽤나 잘생겼지만 지금은 온통 주름이 잡혀 그때의 모습을 찾아보기 어려웠다.

언제 이렇게 늙었을까.

차가운 시신으로 변해 버린 사형을 바라보는 청현자의 눈이 붉게 달아올랐다.

청현자가 천천히 일어난 것은 운청을 비롯해서 간신히 서 있던 제자들이 더 이상 견디지 못하고 쓰러졌을 때다.

장문인 청현자는 이를 악물고 자리에서 일어나 청운자의 시신에서 몸을 돌렸다.

사형의 시신을 부여잡고 마음껏 울고 싶었으나 청현자는 붉은 눈으로 청면자를 비롯한 제자들의 치료를 지시하기 시작했다.

장문인으로서 직책을 수행하는 그의 얼굴은 어느새 무섭게 굳어져 있었다.

청허자와 청문자가 상청궁의 지붕을 타고 넘어 날아온 것은 청현자가 운자배 제자들을 독려해서 부상자를 의선각으로 옮길 때였다.

그리고 그 뒤를 따라 청우자를 비롯한 장로들이 속속들이 도착했다.

"청운아!"

마당에 내려선 청허자가 덮치듯 청운자의 몸을 끌어안으며 고함을 질렀다.

벌벌 떨리는 손길.

이젠 늙어 검버섯이 가득한 그의 손이 청운자의 전신을 어루만지며 벌벌 떨었다.

끊임없는 통곡.

청운자의 시신을 어루만지며 토해내는 그의 음성은 날카롭고 높아 비명이 되었다.

"이놈아, 너는 다 늙어서도 사형의 말을 듣지 않는구나! 어찌 이럴 수 있느냐! 늙은 내가 먼저 죽어야지, 어찌 네가 먼저 갈 수 있단 말이냐! 이놈아, 눈을 뜨거라! 청운아… 크윽!"

노안에서 솟아난 눈물이 청운자의 하얗게 변해 버린 얼굴로 떨어져 두 사람이 동시에 우는 것처럼 보이게 만들었다.

육십 년 가까이 함께 보낸 세월.

그 세월이 추억 속에 함께하는데 어찌 사제의 죽음을 쉽게 받아들일 수 있으랴.

청허자는 죽음을 받아들이지 못하고 끊임없이 흔들어 청운자를 깨우려 했다.

감정조차 제어하지 못하는 청허자의 행동은 마치 넋이 나간 것처럼 보였다.

그 모습을 청문자를 비롯한 장로들이 지켜보며 눈물을 흘려냈다.

같은 감정, 같은 슬픔이 마당에 가득 찼고 비슷한 울음소리가 서로의 가슴을 적셨다.

오랜 세월을 함께한 사형의 죽음에 그들 또한 진한 눈물을 훔치며 찢어지는 슬픔을 감추지 못했다.

하지만 그들의 눈에 있는 것은 눈물만이 아니었다.

대사형인 청허자의 몸부림과 청운자의 시신을 지켜보는 그들의 눈에는 눈물과 함께 분노가 담겨 있었다. 시간이 지날수록 그 분노는 점점 붉은 색깔을 띠며 강렬해져 갔다.

그것은 그들의 뒤에 선 점창십삼검의 눈에도, 명자배 제자들의 눈에서도 똑같이 나타나고 있었다.

청허자는 청운이 가는 마지막 날 기어코 장례식에 나타나지 않았다.

영원한 헤어짐.

빈손으로 태어나 빈손으로 돌아가는 것이 도가사상의 근본이니 아쉬워할 것도 없으련만 청허자는 방 안에 틀어박혀 청운의 마지막을 쉽게 보내지 못한 채 억눌린 울음만 지었다.

수십 년을 함께한 사제의 얼굴을 더 이상 보지 못한다고 생각하니 억장이 무너져 내려 한 발자국도 움직일 수 없었다.

그는 이틀째 방에서 꼼짝하지 않고 침묵에 잠긴 채 식사마저 거르고 있었다.

하지만 그는 현재 점창을 이끄는 최고 배분의 존재이기에, 이틀이 지나자 장로들의 발길이 끊이지 않고 이어졌다.

"사형, 들어가도 되오?"

"사제, 혼자 있고 싶네."

"들어가겠습니다."

주인이 허락하지 않았음에도 방문이 열리며 청명자가 불쑥 들어섰다.

자신마저 그냥 돌아서면 더 이상 청허자를 밖으로 나오게 만들 사람이 없다는 생각에 그는 막무가내였다.

그는 들어선 후 책상 맡에 멍하니 앉아 있는 청허자를 힐끔 쳐다보고는 털썩 주저앉았다.

"힘드신 모양입니다."

"끄응."

청허자의 앓는 소리에 청명자가 슬픈 눈을 만들었다.

그러나 입에서 나온 말은 눈에서 나타난 연민과는 전혀 다른 이야기다.

"그 마음을 왜 소제가 모르겠습니까. 하지만 사형께서는 점창의 최고 어른이십니다. 제자들이 모두 사형을 바라보고 있는데 식사마저 안 하시고 이 좁은 방에 틀어박혀 계시면 어쩌란 말입니까?"

"조금만 더 이대로 있고 싶네."

"안 됩니다."

"사제!"

"돌아가신 청운 사형의 눈을 보시지 못했습니까. 그 눈에 담긴 것 말입니다."

"……보았지."

"봤다면 이러실 수 없습니다. 청운 사형의 눈에 담긴 것은 오직 하나, 분노였습니다. 점창을 이리 만든 자들에 대한 분노. 그런데도 사형께서 이리 하실 수 있단 말입니까!"

"내가 벌써 일흔여덟이야. 죽어도 벌써 죽었어야 될 나인데 이리 멀쩡하게 살아 있고 대신 청곡과 청운을 보냈네. 사제, 내가 어찌 멀쩡할 수 있겠는가."

"압니다. 그래서 이틀 동안 지켜만 보았잖습니까. 하나 더 이상은 안 됩니다. 모든 제자가 사형을 지켜보고 있단 말입니다. 이젠 나가셔야 할 때입니다."

"조금만 더 이대로 있으면 안 되겠나?"

"안 됩니다!"

청허자가 처연한 눈으로 바라봤음에도 청명자는 칼같이 말을 끊어버리곤 자리에서 벌떡 일어났다.

그리고는 앞으로 다가가 청허자의 몸을 번쩍 들어 올렸다.

정검 청무자.

점창십장로 중 여덟째로서 청운자의 시신이 점창에 왔을 때 나타나지 않은 유일한 사람이다.

그런 그가 선유각에 모습을 보인 것은 그로부터 오 일이 지난 후였다.

젊은 시절 사문의 몰락에 누구보다 가슴 아파하던 그는 다른 사람과는 달리 점창을 얕보는 자에게 가차 없이 검을 빼들곤 했다.

상대가 누구든 상관하지 않았고, 한 치도 물러서지 않는 기백을 보였다.

그랬기에 그는 여섯 번이나 죽을 고비를 맞이해야 했다.

진산절기를 잃어버린 사문의 절기만 가지고는 무림을 종횡하는 강자들을 꺾을 수 없었으나 그는 한 번도 자신의 의지와 행동을 후회하지 않았다.

사숙들을 비롯해 사형들의 무서운 질책과 전대 장문인들의 문책 속에 수많은 고립과 외로움을 맞이했어도 점창의 명예가 달린 일이라면 죽음을 두려워하지 않았다.

호탕해서 놀기 좋아하고 사형들과 달리 게을러 수련하는 걸 싫어해 청자배 중 가장 무력이 약한 청무자였으나 점창에 대한 사랑은 그 누구보다 컸다.

하지만 무력이 뒷받침되지 않는 의지만으로는 결과를 바꿀 수 없고, 그런 행동이 점창을 더욱 위축시킨다는 걸 안 순간 그는 구름에 닿는다는 점창산의 끄트머리 무영동에 처박혀 세상에 나오지 않았다.

강해지고 싶었다.

비록 진산절예를 잃어버렸다 해도 남아 있는 비기를 완벽하게 구사해 다시는 사문의 명예를 실추시키지 않겠다고 다짐하면서 이를 갈았다.

그것이 청곡자가 나타나기 오 년 전의 일이다.

그리고 청곡자에 의해 사일의 정수가 전해진 순간부터 다시 오 년 동안 무영동에서조차 사라져 분광과 회풍에 목숨을 걸었다.

그의 검은 점창에서 피어난 아홉 개의 빛 중 하나였고, 그 빛은 청문자에 이어 가장 강력했다.

선유각에는 장문인 청현자와 청허자, 그리고 청우자가 앉아 있었는데 청무자가 방문을 박차고 들어오자 침중해진 시선들이 그의 얼굴을 쳐다봤다.

그들의 눈에 담긴 것은 곤혹스러움.

청무자는 사형들의 시선을 차갑게 뿌리치고 자리에 털썩 주저앉으며 소리부터 질렀다. 그의 목소리에는 원망이 가득 담겨 있었다.

"내가 없는데도 장례를 치렀던 말이오?"

"그럼 어떡하나, 이 사람아. 연락이 안 되는데."

"그래도 그렇지, 어찌 그리 야박하단 말이오?"

청우자의 대답에 청무자의 입에서 원망의 목소리가 흘러나왔다.

떨리는 음성.

그의 눈에는 어느새 그렁그렁 눈물이 맺혀 있었다.

"장문인, 나를 보내주시오."

"사형, 고정하시지요."

"이번 일에 나설 사람은 내가 적격이란 걸 장문인도 아시지 않소."

청무자가 청현자를 향해 뜨거운 시선을 던졌다.

나이는 불과 네 살밖에 차이 나지 않지만 청현자는 언제나 청무자를 어렵게 대했다.

하지만 지금의 청현자는 점창을 책임지고 있는 장문인이기에 청무자의 불같은 시선을 피하지 않은 채 마주 보며 부드럽게 입을 열었다.

"사형의 검이 얼마나 무섭게 변했는지 잘 알고 있습니다. 분광을 넘어 회풍을 보고 있다고 들었습니다."

"그렇소."

"사문을 위해 정말 잘된 일입니다."

청현자는 얼굴 가득 환한 미소를 지으며 고개를 숙였다.

점창에 날개를 달아 창천을 달려가는데 가장 선두에 있는 사람은 당연히 청문자였지만, 예상을 뛰어넘어 무서운 진전을 보이고 있는 사람은 눈앞에 있는 청무자였다.

그의 집념이 만들어낸 결과.

누구보다도 그 사실을 잘 알고 있는 청현자는 진심 어린 경의를 표하고 있었다.

그럼에도 입에서는 다른 이야기가 나왔다.

"사형, 하지만 지금은 아닙니다."

"뭐가 아니란 말이오?"

"칠절문은 그 일이 있은 후 무정현에서 사라졌습니다. 사형이 가셔도 이제 할 일이 없게 되었습니다."

"그렇다면 더욱 잘되었소. 직접 사천으로 가겠소."

"더더욱 안 될 말씀입니다. 무정현에 들어온 칠절문의 전력은 일 할도 안 되는 것이었어요. 사천으로 간다는 것은 지옥으로 들어가는 것과 다름없는 일입니다."

"그럼 장문인께서는 이대로 덮자는 말씀이오?"

"사형, 어릴 적에는 제가 무척이나 유약해서 걱정을 많이 끼쳐 드렸지요?"

"험!"

부드러운 말투로 청현자가 입을 열었다.

질책 어린 호통에 전혀 어울리지 않는 반응.

하지만 그것이 청무자의 입을 더 이상 열리지 못하게 만들었다.

"점창산에 빛이 물들고 돌풍이 솟구치기 시작한 지 벌써 삼 년이 지났군요. 그 숫자가 하나씩 늘어 아홉이 되는 순간 장문직을 맡은 소제는 진정 감격에 겨워 몸을 바로 하지 못할 지경이었습니다. 사문의 영광이 목전으로 다가온 것만 같아 밤잠을 설치면서 기뻐하고 즐거이 산보를 할 수 있었습니다. 그러나 뜻밖에도 그중 청운 사형이 유명을 달리하셨고, 청면 사형께서는 기식이 엄엄하게 되었어요. 저는 가슴이 아파 사형이 오시기 전까지 이 방에서 꼼짝도 하지 못했습니다."

"그래서 내가 가겠다는 것 아니오. 가서 점창을 건드린 대가를 열 배, 스무 배로 받아오겠소."

"사형의 마음을 소제가 왜 모르겠습니까. 하나 지금 칠절문과 승부를 본다면 사문이 전력을 다한다 해도 이긴다는 보장을 못합니다. 점창이 날개를 펴려는 지금 이 시점에서 과연 그것이 옳은 일이겠습니까?"

"끙!"

"그러니 사형, 소제에게 맡겨주세요!"

"어쩌실 생각이시오?"

"점창의 새로운 역사는 오 년 후부터 시작하겠습니다. 지금부터 오 년이라면 점창은 창천으로 비상하게 될 겁니다. 오년 후 반드시 칠절문을 사천에서 사라지게 만들 테니 저를 믿고 기다려 주세요."

"정말이오?"

"저 역시 점창의 영광이 한낱 쥐새끼들에게 짓밟히는 걸 원치 않습니다. 그동안 사형께서는 제자들을 보살펴 주십시오. 점창의 누구 하나라도 강호인의 업신여김을 당하지 않도록 강하게 키워주십시오."

"사형들에게도 똑같은 말을 하셨겠지요?"

"그렇습니다."

"사형들 생각도 장문인과 같습니까?"

청무자가 좌중에 앉아 있는 장로들을 쓸어보며 묻자 청현자의 얼굴에서 쓸쓸한 웃음이 떠올랐다.

"모두 같은 생각이십니다."

"그렇다면 내 그리하리다. 사십 년을 참아왔는데 그까짓 오 년을 못 참겠소."

옷을 털고 일어나는 청무자가 눈에 담고 있던 분노를 슬그머니 내려놓았다.

장문인의 복수에 대한 의지는 눈에서 읽을 수 있었기에 그는 자리에서 일어나며 분노를 숨겨야만 했다.

장문인의 말은 틀린 게 하나도 없었다.

지금 칠절문과 정면 대결을 하게 된다면 점창은 더 이상 일어서지 못할 정도의 타격을 받게 될지도 모른다.

시간이 필요하다는 청현자의 말.

분광과 회풍이 돌아온 이상 점창이 아끼고 아껴야 할 최대 무기는 시간임이 분명했기에 그는 지체 없이 자리에서 일어나 왔던 길을 되돌아갔다.

그의 분노, 그의 의지.

그는 장문인이 약속했던 오 년 동안 점창에 비수를 꽂은 칠절문을 생각하며 회풍의 정수를 터득하기 위해 전력을 다할 것이 분명했다.

황계.

풍운대를 수련시키기 위해 장문인의 영에 따라 점창의 비처가 된 곳이었다. 아름다운 계곡과 연이어 펼쳐진 바위군 넘어 울창한 수림이 우거져 가을이 되면 온통 노랗게 변한다 해서 황계라 불린다.

그 황계에 청문자가 나타난 것은 해가 중천에 뜬 축시 무렵이었다.

먼저 연락을 받았는지 맏이인 운곡을 비롯해서 풍운대 전원이 둥그렇게 둘러싼 형태로 서 있었는데, 그들의 몸에서는 슬금슬금 긴장감이 새어 나왔다.

청운자와 제자들의 죽음이 눈앞에서 펼쳐진 이상 점창은 더 이상 참지 않을 것이다.

인내의 한계점.

사문의 모멸은 약함으로 인해 생긴 것이나 지금의 점창은 다르다.

그랬기에 그들은 청문자의 출현이 그들의 하산을 말하려 함인 줄로 짐작하고 있었다.

천천히 걸어 풍운대의 앞에 선 청문자는 그들을 한동안 매섭게 노려보다가 풍운대의 대사형인 운곡을 향해 천천히 입을 열었다.

음성은 건조하고 냉랭해서 찬바람이 불 정도였다.

"운곡, 지금의 점창을 말해보라."

"무슨 말씀이신지……."

"칠절문에 당한 지금의 점창을 말해보란 말이다!"

사숙의 질문이 무엇을 말하는지 그때서야 알아들은 운곡의 얼굴에서 곤혹스러움이 나타났다.

하지만 그 곤혹스러움은 금방 가라앉았고, 대신 청문자를 향해 분명한 목소리로 대답했다.

"부끄러움과 분함이 있을 뿐입니다."

"진정으로 부끄럽고 분하느냐?"

"그렇습니다."

"나 또한 그러하다."

운곡을 바라보던 시선이 돌고 돌아 풍운대 전체를 휘돈 후 청문자의 입에서 가볍게 한숨이 새어 나왔다.

그러나 그는 금방 자세를 가다듬고 시선을 운곡에게 주었다.

"장문인께서는 금일부로 제자들의 하산을 막는다는 영을 내리셨다."

"그게 무슨 뜻인지요? 칠절문에 대한 복수를 하지 않는다는 말입니까?"

"점창은 원한을 잊지 않는다."

"그런데 왜 하산을 막으십니까? 저희는 이해할 수 없습니다."

"아직 사문의 힘이 약하기 때문이다. 그래서!"

운곡이 금방이라도 반박하려는 듯 입을 열려 하자 청문자의 말끝이 올라갔다.

"그래서 장문인께서 하산을 막으신 것이다. 점창은 향후 오 년 동안 전력으로 힘을 키운 후 칠절문을 칠 것이다. 장로 회의에서 결정된 것이니 이의를 달지 말라."

"으······."

풍운대의 입에서 억눌린 신음 소리가 나왔다.

당장이라도 복수를 하기 위해 점창 전체가 움직일 것이라 판단했는데 그리하지 않는다고 하니 그들의 얼굴에는 분노가 가득 들어섰다.

장로들과 다른 젊은 무인들.

그들은 사문의 모욕을 참아내며 시간을 벌겠다는 장로들 의 결정을 쉽게 받아들이지 못한 채 몸을 떨었다.

하지만 곧 자세를 추스르고 청문자의 입을 주시했다.

하산이 목적이 아니라면 수련에 매진하고 있는 풍운대 전 체를 모이라 할 이유가 없기 때문이다.

청문자의 입이 다시 열린 것은 풍운대의 표정에서 일그러 짐이 어느 정도 퍼졌을 때다.

"하지만 오 년 후에도 너희가 그 싸움에 나서기는 어려울 것이다."

"무슨 말씀이십니까?"

이번에 나선 것은 운검이었다.

운검의 나이 스물여섯.

분광십팔수검의 경지가 절정을 넘었고, 벌써 사일검이 창천을 바라보고 있어 점창십삼검과 비교해도 떨어지지 않을 만큼 성장한 상태였다. 그 무력의 진전은 가히 폭발적이라 볼 정도이다.

운호는 그를 황계에 와서 처음 만났다.

오 년 만에 처음 봤기 때문에 미처 알아보지 못했는데 먼저 다가와 운호의 어깨를 다정스럽게 두드려 줘서 그가 둘째 사형임을 알 수 있었다.

운여의 말로는 무공에 미쳐서 그런지 말수가 극도로 적고 얼굴조차 보기 힘들어 자신도 한 달 만에 본 것이라고 했다.

그런 그가 청문자의 말에 대뜸 나서며 수긍할 수 없다는 표정을 지었다.

사문의 싸움에 가담하지 못한다는 청문자의 말은 그의 과묵함을 깰 정도로 충격적이었던 모양이다.

하지만 청문자는 싸늘한 안색으로 운검을 쳐다볼 뿐이다.

"운검 너는 사숙들이 죽고 다친 이유를 아느냐?"

"……저는 자세히 알지 못합니다."

"가르쳐 주마. 네 사숙들의 분광은 완벽하지 못했다. 분광은 완벽하게 익히지 못하면 내공의 소모가 극심해서 강자와 싸울 때 치명적인 약점이 있다. 그랬기에 청운 사형이 목숨을 잃고 청면 사형이 다친 것이다."

"사숙, 점창의 싸움에서 저희가 빠지는 것과 그것이 무슨 상관이 있습니까?"

"너희를 위해 사문이 온 힘을 기울이고 있는데 아직도 내 뜻을 모르겠느냐? 너희는 분광과 회풍이 경지에 이르지 못하면 이곳 황계에서 한 발자국도 움직이지 못한다. 두 번 다시는 점창의 어깨에 오욕을 올려놓지 않게 만드는 것이 너희의 사명이란 말이다. 그래도 무슨 소린지 모르겠느냐?"

"사숙!"

"더 이상 말하지 말라. 풍운대는 내일부터 분광과 회풍에 진입한다. 회풍을 볼 때까지 너희는 여기 황계에서 한 발자국도 나갈 수 없다는 것을 명심하라. 죽기를 각오하고 수련해야 할 것이다. 점창의 일원으로서 오늘 우리가 당한 수치를 갚고 싶다면 오 년 내에 파천을 얻어라!"

사일검법.

점창의 최후 비전으로 모두 아홉 초식으로 구성되어 있고, 초식이 경지에 달할 때마다 전삼식을 태산, 중삼식을 창천, 후삼식을 파천에 이르렀다고 말한다.

진정으로 파천의 경지에 도달한 사람은 점창의 역사상 단 한 명, 만천자가 유일했다.

그는 사일검의 최후 초식 후예사일로 무림에 태양을 베는 검을 선보였고, 천왕성의 무림 정복 야욕을 꺾으면서 천하제일인으로 우뚝 섰다.

사일검의 요체는 쾌(快), 변(變), 역(力).

전삼식인 섬전(閃電), 풍영(風影), 월파(月破)는 속도를 근간으로 하는 극쾌가 중심이었고, 중삼식인 낙영(落英), 비화(飛花), 무영(無影)은 수많은 변화를 나타내는 초식이었다. 반면 사일검의 정화로 꼽히는 후삼식 분광, 회풍, 사일은 검신일체의 힘을 원천으로 삼는데, 깨달음이 선행되어야 하기 때문에 익히기가 까다롭고 경지에 도달하기가 극히 난해했다.

청문자와 청면자가 분광을 시전하면서 내공이 급격히 소모된 것은 검과 몸이 일체가 되지 못했기 때문이다.

검신일체의 기본은 원천지기가 바탕이 되어야 한다.

사람으로 태어난 이상 자연의 섭리를 어길 수는 없는 법. 칠십에 가까운 그들의 몸은 한계를 이겨내지 못하고 파천의 수많은 둔덕 사이를 헤매다가 이슬처럼 사그라지고 말았다.

청문자는 후예사일을 보고 말겠다는 의지를 접고 풍운대와 같이 생활하기 시작했다.

자신의 꿈보다는 점창이 우선이었고, 풍운대가 반석에 올랐을 때 점창은 무림의 역사로 우뚝 설 수 있다는 것이 사문의 결정이었다.

그랬기에 그는 밤잠을 잊어가며 풍운대를 가르쳤다.

운호를 제외한 일곱의 풍운대는 모두 창천의 경지에 올라서 있기 때문에 분광과 회풍을 가르치는 데 큰 어려움은 따르지 않았다.

오성이 뛰어난 기재들을 선별했고, 사문의 기보인 태청단을 아낌없이 쏟아부어 완벽한 체질로 변한 풍운대는 솜이 물을 빨아들이듯 파천을 향해 나아갔다.

또한 가르치는 사람이 누구인가.

점창제일검이며 분광과 회풍이 절정에 오른 청문자가 아닌가.

아무리 좋은 재료가 있더라도 그것을 완벽하게 다스릴 수 있는 숙수가 있어야 황홀한 음식이 나오듯 무예 또한 그러하다.

청문자는 자신이 익히면서 거친 시행착오들을 너무나 잘 알고 있기에 풍운대가 만들어낸 오류들을 금방 제어했고, 내공의 흐름과 초식의 변환을 상세히 설명해 지름길로 안내했다.

분광과 회풍의 심오한 무리를, 강론서부터 시전까지 일일이 몸소 보여주며 풍운대를 이끌었기에 삼 년이 지나면서부터 황계에 빛이 흘러나왔다. 오 년이 지나자 완벽하게 변한 일곱 개의 빛 무리가 황량한 암석군을 물들이며 아름답고도 신비로운 광경을 만들어내었다.

운호는 오 년이 지난 지금, 처녀들의 방심을 설레게 할 만큼 훤칠한 미청년이 되어 있었다.

그의 나이 스물넷.

떡 벌어진 어깨 위로 탄탄하게 흘러내린 몸통은 바위를 연상시켰고, 그 아래로 뻗어 내린 다리는 거목처럼 굳건했다.

좌정한 그의 전신은 땀으로 젖어 방금 목욕을 마친 사람처럼 보일 지경이었는데 구릿빛 피부의 단단함과 어울리지 않게 고통스러운 표정을 짓고 있었다.

천룡무상심법을 운용하면서 벌어진 현상.

심법을 운용할 때마다 그는 참기 어려운 고통 속에서 시간을 보내야 했다.

벌써 팔 년째 찾아온 고통이고, 그 고통은 세월이 지날수록 심해져 이제는 일주천을 하고 나면 목욕을 한 것처럼 전신이 젖었다.

그럼에도 그는 오시가 되면 어김없이 사람이 없는 곳을 찾아 천룡무상심법을 연마했다.

천룡무상심법이 주천화부에서 멈추고 더 이상 진전되지 않을 거라던 청문 사숙의 말씀은 틀렸다.

운호는 돌아가신 사부님을 믿었기에 죽음을 담보하면서까지 만져주신 혈들로 진기를 끌어 올리며 하루도 빼놓지 않고 수련을 게을리하지 않았다. 주천화부 단계에서 움직이지 않던 진기가 움직이기 시작한 것은 운문으로 들어선 지 일 년이 지난 후부터였다.

그때부터 말할 수 없을 정도의 고통도 같이 생겨났다.

심법을 운용하면 전신을 먹먹하게 만드는 통증으로 인해 온몸이 흔들렸고, 일주천이 끝나고 나면 일어나지 못할 정도로 탈진 상태에 빠져 버렸다.

더욱 괴로운 것은 무공을 익힐 때였다.

심법 수련 때뿐만 아니라 유운검법을 익히면서 자신도 모르게 진기가 운용될 때 역시 극심한 고통이 따랐다.

고통은 참을 수 없을 정도였기에 검법을 수련하면서 진기의 움직임을 최대한 제어해야 했다.

불쑥불쑥 튀어나오는 고통이 검의 진로를 방해해 초식의 정교함과 유연함마저 흔들리게 만들었다. 운호는 진기를 제어하느라 갖은 애를 써야 했다.

오래전 유운검법을 수련하면서 청문 사숙과의 비무를 통한 난타로 전신에 상처가 가득했을 때도 몸에서 생긴 고통보다 오히려 내력의 움직임에 더욱 큰 고통을 받았다.

그 사실을 청문자가 몰랐던 것은 그만큼 운호가 내색하지 않았고 실전을 방불케 하는 비무를 통해 전신에 수많은 타격이 작렬했기 때문이다.

사형제들이 분광을 넘어 회풍의 경지에 진입한 지금, 자신이 그들과 떨어져 있는 이유 또한 고통으로 인해 내공을 사용할 수 없기 때문이었다.

분광과 회풍은 내공이 바탕이 되어야 발현되기 때문에 청문자는 아예 그를 배제한 채 풍운대에 온 정성을 쏟고 있었다.

청문 사숙이나 사형들이 안타까운 시선으로 자신을 본다는 걸 알면서도 운호는 그들이 걱정할까 봐 자신에게 내공이 있음을 알리지 못했다.

사실 없는 것과 같은 내공이기에 더욱 말할 수 없었는지도 모른다.

그럼에도 그는 풍운대를 한 발자국도 떠나지 않았다.

같이 수련했고, 같이 먹고 마셨다.

날이 갈수록 사형제의 검에서 뿜어져 나오는 검기가 오색찬란하게 변하는 걸 확인하면서 가슴 깊은 절망감을 맛봤다. 하지만 청문자가 분광과 회풍을 강론할 때 반드시 참석해 경청했고 사형들의 수련을 참관하며 검초의 변화를 배우는 걸 포기하지 않았다.

내공을 쓰지 못하는 자신의 검은 오직 바람 소리뿐 한 가닥 빛줄기조차 보이지 못했으나 운호는 청문자가 사형들을 질책할 때마다 반드시 같이 꾸중을 들으며 잘못된 검로의 원인과 교정, 검리의 이해에 대해서 숙고의 시간을 가졌다.

그리고 그런 것들을 종합해 홀로 떨어져 밤새도록 사일검을 수련했다.

지독하던 어린 시절의 운호는 커서도 변하지 않았고, 그의 노력은 무서울 만큼 끈질겼다.

그러던 어느 날,

한 번도 운호를 찾지 않던 청문자는 우연히 운호의 수련을 확인한 후 억눌린 신음을 흘리고 말았다.

갈수록 태산이라더니 운호의 검이 꼭 그 짝이었다.

사문의 절대비기 분광과 회풍이 운호가 마련한 작은 공간에서 흥겹게 춤을 추며 노래를 부르고 있었다.

천룡무상심법의 단점을 누구보다 잘 아는 청문자이다.

역대 얼마나 많은 점창의 무인이 파천검을 꿈꾸며 천룡무상심법에 목숨을 걸었던가.

그중 주천화부를 벗어난 무인은 다섯 손가락에 꼽을 정도였다. 그만큼 극히 난해하고 익히기 어려운 심법이 바로 천룡무상심법이었다.

양광이현(陽光二現)에 도달해 쌓은 내공이 현천진기에도 못 미쳐 천룡무상심법을 익힌 선조들은 피눈물을 뿌리며 후회했다.

무림의 역사에서 점창의 명예를 찬연하게 빛낸 만천자의 무공이 천룡무상심법이었고, 그것으로 태양을 베는 파천검을 세상에 선보여 천하제일인의 자리에 올랐으니 천하제일신공이란 것은 누구도 부인할 수 없는 사실이다.

그럼에도 점창 무인들이 접근하지 못한 것은 그 심법의 무리가 너무 심오했기 때문이다. 만천자가 해설서도 남기지 못한 상태에서 숨을 거둔 것도 컸다.

만약 만천자가 살아서 심법을 후예들에게 전수했다면 점창의 주력 심법은 현천진기가 아니라 천룡무상심법이 되었을 지도 모른다.

어려움 속에서 피어난 꽃이 가장 아름다운 법이다.

고통과 절망은 화려한 비상의 밑거름이 된다는 것을 너무나 잘 알기에 청문자는 운호의 비상을 기다렸다.

심법을 전수한 청곡자의 천재적인 두뇌와 운호의 하고자 하는 불같은 의지를 누구보다 잘 알기 때문이다.

어릴 때부터 봐온 운호의 의지와 처절한 집념은 살아오면서 단 한 번도 본 적이 없는 것이었다.

더군다나 그가 사일검의 태산과 창천을 익히는 과정은 점창 역사상 당연 발군이었다.

완벽하게 운호의 몸에 장착된 유운검법의 검리가 태산과 창천을 경이적인 속도로 검에 쓸어 담는 걸 보면서 얼마나 감탄했던가.

그랬기에 더욱 기대를 했는지 모른다.

하지만 유운검법을 익힐 때도, 사일에 들어와 태산과 창천을 익힐 때도 운호의 검에는 한 올의 내공조차 담겨 있지 않았다.

기다리고 기다렸으나 결국 나타나지 않는 운호의 내공을 보며 분함과 분노로 온 밤을 하얗게 새웠다.

차라리 안 보는 게 나았다.

운호의 검을 보고 있노라면 미쳐 버릴 것만 같아 벌써 일 년 넘게 그의 수련을 보지 않았다.

그런데 이렇다.

분광과 회풍을 펼치는 운호의 검은 하늘에 아름다운 궤적을 그려놓고 있었다.

내공이 실리지 않았을 뿐, 운호의 사일검은 풍운대 누구의 것보다 정교하고 깨달음이 깊었으며 강력했다.

차라리 눈을 가리고 보지 말 것을.

뒤돌아서 걸어가는 그의 입에서 한숨 소리가 그치지 않았다. 새삼 천룡무상심법을 운호에게 심어주고 떠난 청곡자가 너무도 원망스러웠다.

차라리 현천진기(玄天眞氣)를 가르쳤더라면 운호는 자신의 대를 이어 점창을 책임질 무인이 되었을 것이다.

천주혈에서 돌아오던 진기가 풍부혈까지 올라간 것은 불과 일 년 전의 일이다.

점차 거세지던 진기가 어느 날 갑자기 폭주하더니 천주혈을 뚫고 옥침혈을 침범했다.

거의 세 치가량 몸이 떠올랐다가 가라앉은 후 이전과는 또 다른 고통이 시작되었다.

이전에는 진기가 움직이는 혈들을 중심으로 아팠는데, 옥침혈을 뚫고 진기가 올라간 후부터는 전신이 부들부들 떨릴 만큼의 고통이 찾아왔다.

처음에는 너무 큰 고통에 자신도 모르게 심법 운용을 멈추려 했으나 의지와는 다르게 진기가 폭포처럼 전신 혈도를 누벼 이를 악물고 참아야 했다.

말로만 듣던 주화입마.

사부님도 무리한 운기를 하다가 주화입마에 빠져들었다고 했던가.

점창에 들어와 무예를 배웠고, 수많은 서책을 접하면서 주화입마가 무엇인지 알았다.

무인의 생명을 거두어가는 흉물.

주화입마에 빠진 무인은 남은 인생을 불행 속에 살다가 결국 죽음에 이르게 된다.

고통 속에서도 진기의 흐름을 멈추면 정말 주화입마에 빠지게 된다는 것을 본능적으로 느낀 운호는 죽을힘을 다해 일주천을 끝내고 진기를 단전으로 몰아넣었다.

어릴 때부터 갖가지 고통을 당해봤지만 전신을 지옥 불속에 빠뜨린 것과 같은 고통은 진정 처음이었다.

인내하는 것만이 살아남는 방법이라며 참고 또 참아온 세월이었으나 이번 고통은 그 도를 넘어 결국 정신을 잃었다.

정신을 차렸을 때는 벌써 세 시진이 지난 후였다.

황계에 들어와 처음으로 청문자의 검론 강의에 빠졌고, 수련조차 쉴 수밖에 없었다.

고통의 여진이 쉽게 가라앉지 않았기 때문이다.

그날 이후 운호는 수도 없이 기절하면서 천룡무상심법을

익혀 나갔다.

고통만 있을 뿐 몸을 움직이는 데는 이상이 없고 갈수록 진기가 거세졌기 때문에 하루라도 운기를 하지 않으면 통증이 심해져 견딜 수가 없었다.

완벽하게 숨이 멈춰져 있던 운호의 손에서 미세한 진동이 발생하더니 그 진폭이 점점 커지졌다.

단전에서 시작된 진기들이 천주, 진중, 하완혈을 거쳐 신당혈, 옥침혈로 돌다가 갑자기 거세지더니 풍부혈을 때리기 시작했다. 한 번 충돌할 때마다 운호는 몸을 사시나무 떨듯 떨어댔다.

얼굴이 저절로 일그러졌고, 몸이 불덩이처럼 뜨거워 견딜 수가 없었다.

그동안 풍부혈에서 되돌아오던 진기는 움직임을 멈추지 않고 풍부혈을 자극했는데, 그 고통이 얼마나 지독했는지 이가 저절로 악물려질 정도였다.

이런 상황은 옥침혈을 깰 때 경험했기에 운호는 운기를 멈추지 않고 지속적으로 진기를 움직여 풍부혈로 밀어 올렸다.

고통 속에서도 이를 악물었다.

중요 혈들이 깨질 때마다 내공이 급속도로 증진된다는 걸 알기에 운호는 이를 악물고 버텼다.

옥침혈이 깨진 지 일 년이 지났다.

꾸준한 내공 수련으로 인해 진기가 점점 강해지고 있었으나 그 속도는 매우 느렸다.

변화가 필요했다.

신체를 괴롭히는 고통에서 벗어나고 싶었고, 마음껏 내공을 운용해서 분광과 회풍을 펼치는 꿈을 매일같이 꾸었다.

그러기 위해서는 미지의 세계로 남아 있는 천룡의 꿈속으로 들어가야 했다.

이제 남은 것은 풍부와 뇌호, 강간혈뿐이다.

물론 생사현관이라 불리는 백회혈이 있으나 그것은 꿈의 경지로 치부되고 있으니 당장은 가능한 것부터 이뤄내야 했다.

풍부가 울리기 시작한 것은 오 일 전부터였다.

처음에는 미약했으나 이제는 끝장을 보겠다는 듯 진기가 풍부를 때리고 있었다.

중요 혈의 파쇄는 기회가 자주 오지 않는다. 내공이 강해지고 신체의 상태가 진기의 흐름과 절묘한 균형을 이루었을 때 불현듯 다가오는데, 그 기회를 잡지 못하면 얼마나 오랫동안 기다려야 할지 알 수 없다.

그랬기에 운호는 전력을 다해 내공을 운용하며 풍부혈을 자극하며 버텼다.

얼마의 시간이 지났을까.

꽝!

마치 천둥소리와 같은 굉음이 울리며 풍부혈을 깨뜨린 진기가 뇌호혈을 향해 쏟아져 들어갔다.

　풍부가 강이라면 뇌호는 끝없이 펼쳐진 대해였다.

　도도한 흐름.

　품는 것이 다르고 담아내는 양이 이전과는 비교조차 되지 않는다.

　뇌호를 휘돌며 훨씬 강력해진 진기가 광활한 대지를 휩쓸고 소용돌이치다 미친 파도처럼 거침없이 그의 혈을 타고 전신을 누볐다.

　하늘에서 솟아난 듯 도도하고 오만하게 전신을 휩쓸던 진기는 끔찍한 고통을 동반했는데 온몸의 힘줄은 터질 듯 부풀어 올랐고 무의식 속에서도 이가 부들부들 떨렸다.

　풍부를 깨뜨리면 고통이 사라질지 모른다는 바람은 또다시 희망에 지나지 않았다.

　점입가경이라더니 운호가 꼭 그 짝이었다.

　내공이 증진될수록 고통은 종류를 달리하며 그의 신체를 괴롭히고 있었다.

　그리고 그 고통은 갈수록 깊고 지독해져만 갔다.

　얼마나 정신을 잃었을까.

　간신히 눈을 뜬 운호는 한동안 움직이지 않고 하늘을 바라보았다.

한두 번 당한 것이 아니기 때문에 정신을 차렸어도 몸을 살피지 않았다.

극심한 고통을 겪었지만 이렇듯 정신을 차리고 나면 멀쩡해진다는 것을 경험으로 알기 때문이다.

하늘에는 양 떼처럼 생긴 뭉게구름이 파란색 물감으로 칠해진 것 같은 창공을 배경 삼아 아름답게 흘러가고 있었다.

아름다운 정경.

끝없이 펼쳐진 하늘로 날아갈 수 있다면.

하늘은 이처럼 아름다운데 왜 나의 인생은 이렇게 아프고 힘들어야 할까.

알지 못할 설움에 눈물이 스르륵 흘러나왔다.

사부이신 청곡자가 생각났고, 자신을 연민의 눈초리로 바라보던 사형제와 청문 사숙이 떠올랐다.

사부님은 여전히 인자한 웃음을 띤 채 다가왔다.

보고 싶다.

다시 한 번 그 따스한 손길을 느낄 수만 있다면 어떠한 대가라도 치를 수 있을 것 같았다.

그리고 사형제들.

풍운대를 이끄는 운곡 사형은 늘 자신을 챙겨주며 배려해 주었고, 질책만 하던 운몽 사형마저 어느 순간부터인지 안타까운 시선으로 자신을 바라보고 있었다.

친구인 운상과 운여는 늘 가까이서 아픔을 같이하려 했으나 자신의 아픔은 대신할 수 없는 것이었다.

오 년의 세월은 운호에게 목숨을 줄 만큼 사랑하는 사람들을 만들어냈다.

그러나 지금 이 순간 누구보다 먼저 떠오르는 사람은 청문 사숙이다.

벌써 십 년.

십 년의 세월을 같이 보내며 청문 사숙이 어떠한 사람인지 뼛속 깊이 알게 되었다.

사숙은 사부님에 이어 아버지와 같은 존재가 되었다.

유운검과 사일검을 가르치면서 얼마나 기뻐하던 사숙이던가.

그런 분이 지금에 와서는 자신을 한 번도 찾아오지 않고 있었다.

왜 그런지 알기에 더욱 슬프다.

내공을 갖지 못한 무인은 무인일 수 없고, 자신은 곧 풍운대에서 제외될 것이 확실하기에 이별을 준비하는 것이 분명했다.

서운하지는 않으나 아쉽다.

오랜 세월을 함께하던 사형제와 청문 사숙을 떠난다는 사실이 아쉬워 참으로 오랜만에 외롭다는 생각이 들었다.

어차피 점창에 있으니 오다가다 만날 수도 있겠으나 같이 살결을 맞대고 지낸 세월과 어찌 같을까.

한참 동안 하늘을 바라보다 자리에서 일어났다.

벌써 태양이 서쪽 하늘로 지고 있었다.

오늘은 자신이 저녁을 차려야 했기 때문에 서둘러야 했다.

급하게 발길을 돌리던 운호가 걸음을 멈추며 자신의 온몸을 급하게 쓰다듬었다.

놀라운 사실, 고통이 안개처럼 숨어버렸다.

늘 조심하면서 내력이 새어 나오지 못하도록 했어도 찔끔찔끔 흘러나온 내력은 마치 숨어 있다가 수시로 바늘로 찌른 것과 같은 고통을 주었는데 그러한 현상이 사라져 버렸다.

오직 그만이 느낄 수 변화.

발길을 멈춘 운호는 쓰다듬는 것을 멈추고 생각에 잠겼다.

뇌호혈까지 진격한 내력은 그야말로 망망대해를 휩쓰는 거대한 파도와 같이 거침이 없었다.

풍부에서 휘돌았을 때와는 비교조차 되지 않는 내력의 흐름이다.

그렇다면 몸의 변화도 그것 때문일 가능성이 컸다.

갑자기 희망이 샘솟듯 솟아났다.

통천에 도달한 내력이 몸의 고통을 없앤 것이라면 내력을 운용해도 고통이 생기지 않을 수도 있다. 그런 생각에 운호는 천천히 내력을 풀며 몸의 변화를 살폈다.

아주 천천히.

단전에서 풀어진 내력을 전신으로 흩뿌리며 몸을 관조해

나갔다.

진기가 흘러도 고통이 없다.

춤이라도 추고 싶을 만큼 기뻐 운호는 진기의 강도를 끌어 올렸다.

하지만 그것도 잠시,

운호는 끌어 올리던 내력을 불에 덴 것처럼 급하게 회수하며 비명을 지르고 말았다.

"으헉!"

불과 삼성이었다.

풀어낸 내력이 삼성에 이르자 불개미가 뜯어먹는 것보다 훨씬 강한 고통이 온몸을 통째로 잡아먹었다.

움직이지도 못할 정도의 강력한 고통이다.

심법을 수련할 때도 이 정도의 고통은 아니었다.

허리가 저절로 숙여졌고, 이마의 힘줄이 벌겋게 솟아나 한 동안 꼼짝도 하지 못했다.

이를 악문 채 숨을 조금씩 몰아쉬자 서서히 고통이 가라앉 기 시작했지만 다시 겪고 싶지 않을 만큼 지독했다.

참으로 가혹하기 그지없는 일이다.

하나를 주면 하나를 가져가는 것이 하늘의 법칙이란 말인 가.

삼성의 내력 운용을 허락하더니 그 수준을 넘어가자 지금 까지와는 또 다른 끔찍한 고통이 찾아왔다.

내력을 움직일 수 있다는 기쁨은 잠시에 지나지 않았고, 허탈함이 가슴을 아프게 만들었다.

운명아!

너는 어찌 남들에게는 그렇게 관대하고 온후하면서 나한테는 이리 야박하게 군단 말이냐.

정말 지겹도록 원망스럽다.

상청궁.

누가 부르지도 않았지만 상청궁을 향해 장로들과 차기 장문인으로 내정되어 있는 운풍이 찾아들었다.

그들을 장문인인 청현자가 굳은 얼굴로 맞아들였다.

이틀 전에 칠절문과의 싸움에서 죽어간 청운자와 제자들의 제를 올렸으니 오 년째가 되는 날이다.

복수에 대한 다짐의 맹세.

지금 상청궁에 들어선 사람들의 눈에 가득 찬 의지는 바로 그것이었다.

"어서들 오세요."

"장문인, 날이 참 따사롭고 좋구려."

"그렇군요."

온 목적을 뒤로하고 청허자가 딴소리를 하자 둘러싼 장로들이 헛기침을 했다. 대신 청현자는 부드러운 목소리로 맞장구를 쳤다.

"이젠 서 있을 힘도 없어 큰일이오. 점점 기력이 떨어지니 죽을 날이 얼마 남지 않은 모양이오."

"사형, 어찌 그런 말씀을……."

오 년 새 더욱 늙어버린 청허자의 말을 청현자가 어두운 표정으로 받았다.

청허자의 나이 팔십삼 세.

아무리 무공으로 단련되었다고는 하나 세월은 이겨내지 못한다.

훨씬 노쇠해졌고 허리도 굽었으니 그의 말이 틀린 것은 아니다.

하지만 늙었음에도 그의 눈은 매섭게 청현자를 향했다.

"사실은 사실일 뿐이지요. 이 정도면 많이 살았으니 여한도 없소. 한데, 장문인."

"예, 사형."

"이젠 약속을 지키셔야지요?"

청허자의 말에 장문인인 청현자가 앞에 놓인 찻잔을 들어 입술을 축인 후 천천히 입을 열었다.

그의 표정은 슬쩍 굳어 있었는데 많은 사람이 자신을 찾아온 이유를 짐작하고 있음이다.

"저 역시 잊지 않고 있습니다. 칠절문이 일 년 전부터 무정현에 들어와 설치는 것을 보면서도 내버려 둔 건 오늘을 위해서였습니다."

"다행이구려. 그렇다면 언제 가오?"

"지금부터 준비해서 산을 내려가는 것은 칠 일 후로 할 생각입니다."

"늙으면 조바심만 는다고 하던데 그게 꼭 나한테 해당되는 말이구려. 장문인께서 그렇게까지 생각하고 계신 줄도 모르고 괜히 혼자 애만 태웠소."

"허허, 어찌 사형의 마음을 헤아리지 못했겠습니까."

"그럴 테지요. 장문인께서는 언제나 본도의 심장 속에 들어와 계셨으니. 끌끌!"

굽은 허리를 좌우로 흔들며 청허자가 기꺼운 웃음소리를 내자 청현자가 가볍게 헛기침을 한 후 고개를 돌렸다.

"흠, 운풍."

"예, 장문인."

"준비는 네가 맡아서 하도록 하거라. 사문의 역사가 새롭게 시작된다. 점창의 운명이 이 일전에 달렸으니 너는 준비에 만전을 기하도록 하라."

"명을 받들겠습니다."

묵직한 대답.

운풍은 허리를 숙여 대답한 후 다시 입을 굳게 닫았다.

점창의 대사형 운풍.

점창십삼검의 수장이자 분광을 완벽하게 익혔고, 회풍이 벌써 오성을 넘어 용화곡에 돌풍을 일으키고 있는 장본인이 바로 그였다.

성격은 진중하고 마음은 넓어 사형제를 품에 안으니 차기 장문인으로 손색이 없었다.

운풍이 입을 닫자 청허자가 다시 입을 열었다.

"장문인, 나를 비롯해서 장로 몇은 남아야 하지 않겠소. 본산을 지켜야 할 테니 말이오?"

"당연한 말씀이십니다."

"내 생각에는 나와 청면, 그리고 청우가 남았으면 하는데……."

"그렇게 해주신다면야 안심이 될 것입니다."

청허자는 시선으로 말한 사람들을 보다가 잔뜩 일그러진 표정으로 앉아 있는 청우자를 확인하고는 슬그머니 고개를 돌렸다.

자신은 허리가 반쯤 접힐 만큼 노쇠했고 청면자는 오 년 전 당한 상처를 회복하지 못했으나 청우자는 현 점창을 상징하는 무인 중의 하나이다.

분광을 완벽하게 넘어서 회풍이 육성의 경지에 이르렀으니 당장 무림에 나가도 적수를 찾아보기 힘든데 본산에 남으라고 하니 얼굴이 일그러지는 건 당연했다.

하지만 그는 끝내 토를 달지 않았다.

누군가 남아 점창을 지켜야 한다면 아무리 살펴도 자신이 최적이었기 때문이다.

청허자가 그런 청우자에게 고맙다는 표정으로 웃음을 지은 후 장문인을 향해 다시 입을 열었다.

"청우 사제가 그리하겠다고 하는구려. 그럼 장로들은 되었고, 십삼검은 어쩌시려오?"

"다섯을 남길 생각입니다."

"다섯이라……."

"사형들께서 각고의 노력을 해주신 덕에 우리 점창은 창천을 넘어 파천을 얻은 무인이 스물이나 됩니다. 다섯이 남는다 해도 칠절문과 충분히 해볼 만합니다."

"내 생각도 그렇소."

장문인의 자신감을 청문자가 나서며 수긍했다.

그의 얼굴은 붉은 대춧빛으로 변해 있었는데 점창의 이름으로 당당히 적을 향해 산문을 나서는 이 순간이 무척이나 흥분되는 모양이다.

얼마나 참고 또 참았는가.

점창제일검이면서도 당당히 검을 꺼내지 못한 채 지내온 삼십여 년의 세월이 그에게는 지옥처럼 느껴졌을 것이다.

부드럽게 웃음을 띤 청현자가 그런 청문자를 기꺼이 바라보다가 생각난 듯 불쑥 물었다.

"사형, 소제는 풍운대가 걱정됩니다. 전세에 따라 유동적으로 움직이는 게 어떻습니까?"

"무슨 말씀이오?"

"그 아이들은 점창의 비력입니다. 벌써부터 강호에 노출시키는 것이 아쉬워서 드리는 말씀입니다. 그리고 그 아이들이 만약에 꺾이기라도 하면 점창은 희망을 잃게 됩니다."

"그런 일은 없을 것이오. 그 아이들은 회풍이 삼성을 넘어섰소. 지금 당장 세상에 나간다 해도 쉽게 당하지 않을 것이오."

"장문인이란 자리가 원래 걱정이 많은 자리 아닙니까."

"장문인의 걱정을 왜 내가 모르겠소. 하지만 풍운대는 이제 세상에 나가야 하오. 무인은 피를 묻히고 흘릴 때에 진정한 검을 얻게 되오. 그 아이들의 회풍은 피를 품은 후에야 절정을 얻을 수 있으니 지금 내려가지 않으면 긴 시간을 돌고 돌아야 할 것이오."

부지런히 움직여 마련한 저녁을 형제들은 정말 눈 깜짝할 사이에 해치웠다.

하루 종일 수련에 매달렸기 때문인지 그들은 밥그릇을 깨끗이 비우고 네 활개를 폈다.

사형제가 유일하게 잡담을 나눌 수 있는 시간은 바로 이 시간뿐이었다.

"운호야, 숭늉 없냐?"

"당연히 있지요. 가져오겠습니다."

운몽이 바닥에 쫙 깔고 엎드린 채 손만 들어 고마움을 표시

하자 운호가 씨익 웃으며 부엌으로 나갔다.

말은 운몽이 했지만 숭늉은 전부에게 필요한 후식이기 때문에 운호는 아예 밥솥째 들고 방으로 들어와 일일이 떠주었다.

별도로 고맙다는 표현은 없다.

오 년 동안 식사 당번이 늘 해오던 일이니 그저 주는 대로 마실 뿐이다.

"대형, 소식 들었습니까?"

"무슨 소식?"

"장로회의 말입니다. 어찌 되었다고 하던가요?"

"넌 내가 점쟁이로 보이냐?"

"그거야 당연히… 아니지요."

"그런데 그런 걸 왜 물어?"

"그래도 대형이 정보가 젤 빠르지 않습니까."

한쪽에 늘어져 있다가 벌떡 일어나 묻던 운극이 머리를 긁적이며 엉덩이를 뒤로 뺐다.

황계에서 운곡의 수련 장소는 서쪽 끝에 있는 죽암이고, 그 죽암에서는 하루 종일 바위 깨지는 소리가 들려왔으니 자신의 질문에 운곡이 대답할 수 있을 거란 기대는 하지 않았다.

그럼에도 물은 것은 운곡의 불가사의한 정보 능력 때문이다.

몰라야 정상인 것도 사형인 운곡은 어떻게 알았는지 가끔 밥 먹을 때 알려주곤 했다.

지금도 마찬가지다.

모른다고 도끼눈을 부릅뜨더니 금방 얼굴 표정을 바꾸면서 슬며시 웃음을 머금었다.

"아마 조금 이따가 청문 사숙께서 오실 거다. 내가 알기로는 일주일 후 출진이란다."

"정말입니까?"

"그럼 내가 농담하겠냐, 니들한테?"

운몽이 그의 말을 듣고 벌떡 일어났으나 질문은 벽에 붙어 눈을 감고 있는 운검에게서 나왔다.

오 년의 기다림. 정말 긴 오 년의 세월이었다.

그랬기에 그의 눈은 운곡의 대답을 들은 후 번쩍거리며 빛나고 있었다.

"우리도 갈 수 있겠죠?"

"그건 나도 모른다. 하지만 청문 사숙께서 분광과 회풍이 경지에 이르지 못하면 하산할 수 없다고 하신 말씀이 자꾸 걸리는구나."

"대형, 회풍을 완벽하게 익히려면 아마 오 년은 더 걸릴 겁니다. 어떡하든 청문 사숙을 설득해야 됩니다."

"사숙께서 고지식한 건 네가 더 잘 알잖아. 설득한다고 해서 될 일이 아니다."

"그렇다고 사문의 싸움에 우리만 빠진단 말입니까? 그럴 수는 없습니다!"

운곡의 말에 운검의 목소리가 흔들리며 새어 나왔다.

간절한 열망.

그 열망은 운검뿐만 아니라 방에 있는 풍운대 전체의 눈에
서 공통으로 흘러나오는 것이었다.

그랬기에 운곡은 곤혹스러운 표정을 지을 수밖에 없었다.

문밖에서 청문자의 음성이 들려온 것은 답답했던지 운곡
이 숭늉을 단숨에 털어 넣고 있을 때였다.

"전부 나오너라!"

『풍운사일』 2권에 계속…

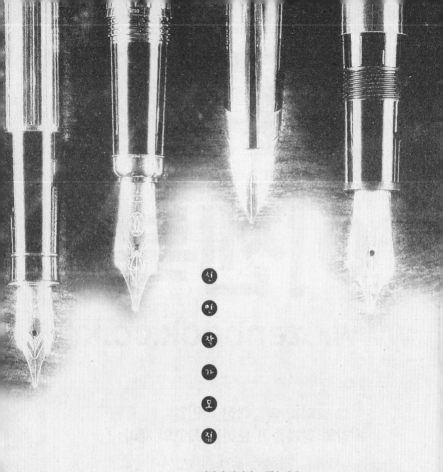

신인작가모집

시작이 반이라고 했습니다.
작가의 길에 대한 보이지 않는 벽을 과감히 깨뜨리십시오!
청어람은 작가 지망생 여러분들의
멋진 방향타가 되어드리겠습니다.

저희 도서출판 청어람에서는
소설 신인 작가분들을 모집합니다.
판타지와 무협을 사랑하시는 분들의 많은 참여를 바랍니다.
소정의 원고(A4용지 150매)를 메일이나 우편으로 보내주시면
검토 후 출판 여부를 알려드리겠습니다.

주소:경기도 부천시 원미구 심곡2동 163-2 서경B/D 2F 우편번호 420-822
TEL:032-656-4452 · **FAX**:032-656-4453
http://**www.chungeoram.com**
e-mail:chungeoram@chungeoram.com

무경 新무협 판타지 소설

FANTASTIC ORIENTAL HEROES

암제귀환록

마흔에 이르기도 전에 얻은 위명.
암제(暗帝).

무림맹의 충실한 칼날이었던 사내.
그가 무림맹 최후의 날에
모든 것을 후회하며 무릎을 꿇었다.

"만약 그때로 돌아갈 수 있다면······."

사내의 눈이 형용할 수 없는 빛을 토했다.

"혈교는 밤을 두려워하게 될 것이다!"

Book Publishing CHUNGEORAM

유행이 아닌 자유추구 -
WWW.chungeoram.com

푸른 하늘 장편 소설
FUSION FANTASTIC STORY

『현중 귀환록』, 『바벨의 탑』의
푸른 하늘 신작!
이계를 평정한 위대한 영웅이 돌아왔다!

어느 날 갑자기 찾아온 부모님의 죽음.
그리고 여동생과의 생이별.
모든 것을 감당하기에 재중은 너무 어렸다.
삶에 지쳐 모든 것을 포기할 때, 이계에서 찾아온 유혹.

"여동생을 찾을 힘을 주겠어요.
…대신 나를 도와주세요."

자랑스러운 오빠가 되기 위해!
행복한 삶을 위해!

위대한 영웅의
평범한(?) 현대 적응이 시작된다!

Book Publishing CHUNGEORAM

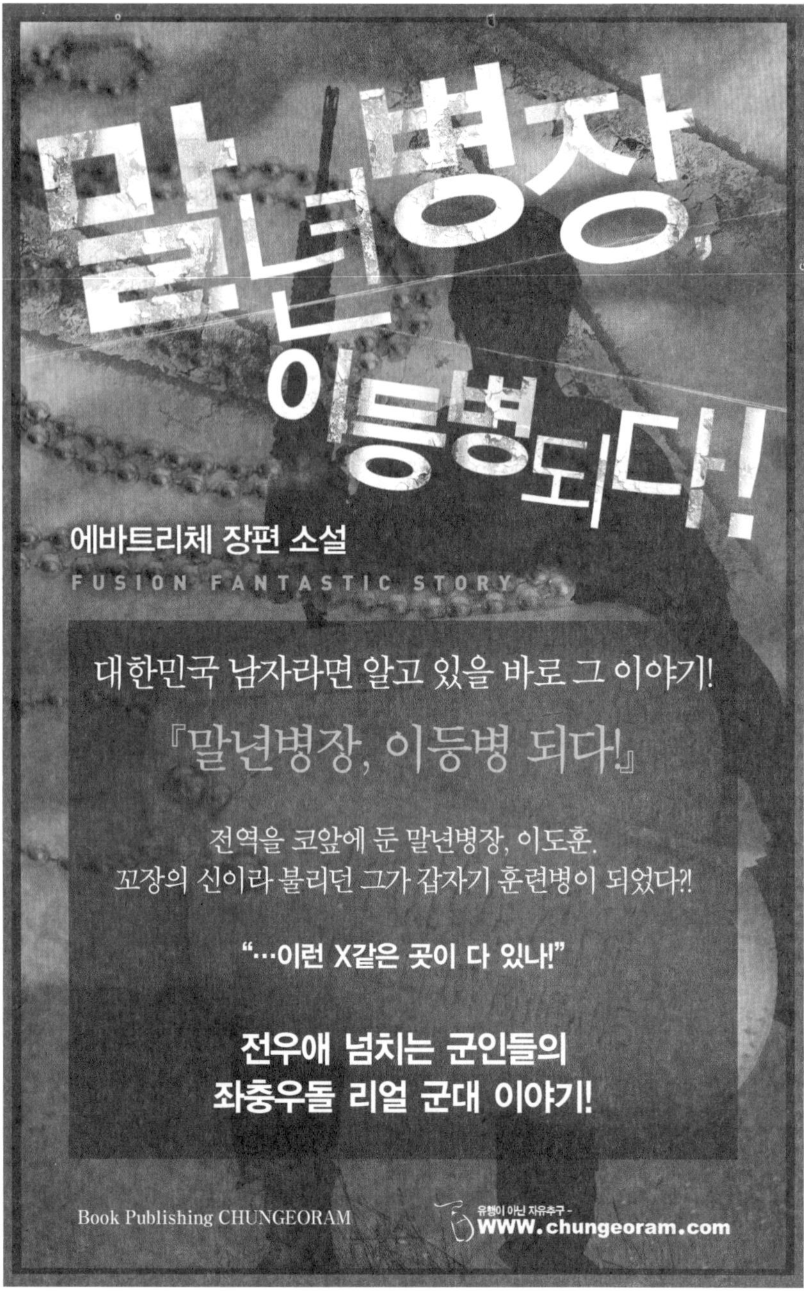
말년병장, 이등병 되다!
에바트리체 장편 소설
FUSION FANTASTIC STORY
대한민국 남자라면 알고 있을 바로 그 이야기!
『말년병장, 이등병 되다!』
전역을 코앞에 둔 말년병장, 이도훈.
꼬장의 신이라 불리던 그가 갑자기 훈련병이 되었다?!
"…이런 X같은 곳이 다 있나!"
전우애 넘치는 군인들의
좌충우돌 리얼 군대 이야기!
Book Publishing CHUNGEORAM
유행이 아닌 자유추구 -
www.chungeoram.com

FANATICISM HUNTER

광신사냥꾼

류승현 판타지 장편 소설

FANTASY FRONTIER SPIRIT

「블레이드 마스터」의 류승현 작가가 펼쳐내는
판타지의 새로운 신화!

마도대전을 승리로 이끈 유리언 대륙의 영웅,
최강의 아크 메이지 제온!

그러나 '세상의 섭리'에 아내와 아이를 빼앗기는데……

『광신사냥꾼』

만약 그것이 정말로 세상의 섭리라면,
그마저도 무너뜨리고 말리라!

복수를 위한 제온의 위대한 여정이 시작된다!

Book Publishing CHUNGEORAM

유행이 아닌 자유추구 -
WWW.chungeoram.com